Die Wunder von Kenth

Cindy Jegge

Die WUNDER von KENTH

Liebesroman

Die Figuren und Handlungen in diesem Roman sowie die Ortschaft »Kenth« sind frei erfunden. Sie stehen in keinem Zusammenhang mit realen Personen oder Begebenheiten.

Originalausgabe November 2021

© 2021 Cindy Jegge

Bibliografische Information der Deutschen Nationalbibliothek: Die Deutsche Nationalbibliothek verzeichnet diese Publikation in der Deutschen Nationalbibliografie; detaillierte bibliografische Daten sind im Internet über dnb.d-nb.de abrufbar.

Herstellung und Verlag: BoD – Books on Demand, Norderstedt
Lektorat: über fertig. PR & mehr Sabrina Steiner
Korrektorat: über fertig. PR & mehr Sabrina Steiner
Cover: A&K Buchcover (https://www.akbuchcover.de)

ISBN: 9783754343616

Liebe Leserinnen, liebe Leser,

dieses Buch enthält potenziell triggernde Inhalte. Deshalb findet ihr auf der Seite 299 eine Triggerwarnung, denn ich wünsche mir für euch alle das bestmögliche Leseerlebnis.

Eure Cindy

Für alle Frauen dieser Welt.

Vergesst nie: Ihr habt das Leben, welches ihr euch wünscht, verdient.
Ihr seid stark, mutig und wunderbar!

Kapitel 1

»Ist das wirklich dein Ernst, Thomas?« Sadie schnitt eine Grimasse. »Wieso bestrafst du mich so?«

»Ich bestrafe dich nicht«, antwortete ihr Chef ruhig. »Ich möchte nur, dass du endlich zur Vernunft kommst.« Er lehnte sich gelassen in seinem Stuhl zurück und verschränkte die Arme vor der Brust.

»Ach komm schon. Du weißt genau, dass ich selbst auf mich aufpassen kann.«

»So? Kannst du das wirklich?« Sein Blick fiel auf ihre Handgelenke und Sadie zog hastig an den Ärmeln ihrer Strickjacke.

Mist, fluchte es in ihrem Kopf. Wieso hatte sie heute Morgen diesen flauschigen Oversize-Pulli nicht gefunden? Der hätte alle ihre blauen Flecken ohne Probleme überdeckt. »Du weißt, dass ich es nicht leiden kann, wenn du dich in mein Leben einmischst.«

»Und du weißt, dass ich es nicht leiden kann, wenn meine Mitarbeiterinnen mit Kampfspuren zur Arbeit kommen.«

Sadie quittierte seine Anspielung mit einem Augenrollen. Aber tief in ihrem Inneren wusste sie genau, dass er nur allzu recht hatte.

Justin war gestern Abend wieder einmal vollkommen ausgetickt. Sie war sich nicht sicher, was sie dieses Mal falsch gemacht hatte, aber als sie ihm eine neue Dose Bier brachte, war er sofort ausgerastet. Er schlug ihr das Getränk aus der Hand und beschimpfte sie auf das Übelste. So fing es immer an. Erst machte er sie nieder, und selbst wenn sie die ganze Zeit über alles still ertrug,

9

reizte ihn eine kleine Geste von ihr so sehr, dass sie mindestens eine Ohrfeige kassierte. Meistens blieb es jedoch nicht dabei.

»Sadie, bitte. Ich meine es nur gut mit dir. Es wäre die perfekte Gelegenheit, um ein paar Tage von ihm wegzukommen. Außerdem hättest du Zeit, dich wieder deinem Manuskript zu widmen. Hast du seit der Absage des Verlages wieder einmal geschrieben?«

Sadie senkte den Blick. »Nein«, murmelte sie und fühlte sich sofort erneut als Versagerin. Sie hatte jede freie Minute und all ihr Herzblut in diese Geschichte investiert, so dass die Absage für sie wie ein Schlag ins Gesicht gewesen war. Seitdem hatte sie ihren privaten Laptop nicht einmal mehr aufgeklappt.

»Siehst du, dort hättest du die nötige Ruhe und könntest dich vollkommen auf dein Manuskript einlassen. Natürlich nach meinem Artikel, versteht sich.« Er lachte kurz auf, doch in seinen Augen spiegelte sich der pure Ernst. »Oder ist es wegen des Geldes?«

»Du weißt genau, dass ich nicht bei dir arbeite, weil ich auf das Gehalt angewiesen bin. Ich arbeite für dich, weil du jemanden wie mich verdammt gut gebrauchen kannst.« Ein kleines Lächeln stahl sich in ihr Gesicht und Thomas' Gesichtszüge wurden weicher.

»Ja, das stimmt, ich brauche dich. Und genauso sehr brauche ich diese Sonderausgabe an Weihnachten. Vielleicht ist diese Story das Tüpfelchen auf dem i, welches uns vor dem Ruin rettet.«

Sadies Herz verkrampfte sich bei seinen Worten. Thomas war wie ein Vater für sie. Als sie nichts mehr in

10

ihrem Heimatort hielt, war er der Erste gewesen, den sie in Vancouver kennengelernt hatte. Er gab ihr einen Job, obwohl sie noch keine einzige Sekunde bei einer Zeitung gearbeitet hatte. Und, was viel wichtiger war, er gab ihr ein zweites Zuhause. Er und seine Frau Laura wurden zu einer Art Ersatzeltern für Sadie, auch wenn sie bereits 25 Jahre alt war, als sie sich das erste Mal begegneten. Seither war sie bei Thomas angestellt und hatte sich von einer einfachen Sekretärin zu einer hervorragenden Journalistin hochgearbeitet. Geld interessierte sie jedoch nie. Sie hätte auch umsonst für Thomas' Zeitung geschrieben, denn sie hatte eine beträchtliche Summe geerbt. Trotzdem bezahlte er sie jeden Monat eisern, auch wenn das Blatt immer weniger Einnahmen generierte.

»Na gut, dann erzähl mir doch nochmal ganz genau, was ich in diesem Kaff soll.«

»Super«, rief Thomas und klatschte freudig in die Hände. »Und es ist kein Kaff. Kenth ist ein hübsches Städtchen in der Nähe des Alaska Highways.«

»Also doch ein Kaff.« Sie verdrehte die Augen, konnte sich aber ein Schmunzeln nicht verkneifen.

»Du kommst schließlich auch aus einem Dorf, da sollte dir die ländliche Lage nicht unbekannt sein.«

»Nett umschrieben, Thomas. Aber Whistler ist nun wirklich kein Dorf. Wir hatten die Olympischen Spiele. Also, zumindest ein paar Wettkämpfe.«

Sadie hob stolz das Kinn, als sie den letzten Satz aussprach. Sie liebte ihre Heimat unglaublich, hatte es aber nicht länger ertragen können, dort alleine zu leben. Denn dieser Ort war mit schmerzlichen Erinnerungen übersät.

»Von mir aus. Darf ich dir jetzt von deinem Auftrag erzählen oder willst du ganz alleine herausfinden, was du zu tun hast?«

»Schon gut, schon gut.« Sadie hob beschwichtigend die Hände.

»Also, seit Jahren passieren vor Weihnachten immer wieder unerklärliche Dinge in Kenth. Es ist fast so, als wohnten die Mainzelmännchen oder der Nikolaus persönlich dort. Niemand aus dem Dorf hat je herausgefunden, wer oder was dahintersteckt. Deshalb sollst du das jetzt für mich aufdecken.« Er setzte sein strahlendstes Lachen auf.

»Und wieso kommst du darauf, dass ausgerechnet ich das kann, wenn es vor mir noch nie jemand geschafft hat?«

»Du bist immerhin meine beste Journalistin. Selbst die großen Konzerne erzittern, wenn ich dich zu einem Interview zu ihnen schicke. Kannst du dich noch an den Hurst Fall erinnern?«

Sadie seufzte laut. Natürlich konnte sie sich an diesen Artikel erinnern. Er war der Grund, wieso sie nicht mehr länger Kaffee kochen musste, sondern eigenen Storys nachgehen durfte. Damals hatte sie einfach auf ihr Bauchgefühl gehört und war dem Tipp eines Anrufers gefolgt. Dieser entpuppte sich als goldrichtig. Durch ihr Handeln wurde ein millionenschwerer Betrug aufgedeckt und hunderte Rentner bekamen ihr falsch investiertes Geld zurück.

»Und du willst jetzt, dass ich einen Enthüllungsbericht über den Nikolaus schreibe?«

12

»Ganz genau. Du fährst morgen hin. Mr. McCoy, der Bürgermeister, erwartet dich am Nachmittag.«

»Und wie lange werde ich dort ins Asyl geschickt?«

»Ich brauche deinen fixfertigen Artikel bis spätestens 07.00 Uhr am Morgen des 24. Dezembers. Ich werde ihn dann kurz gegenlesen und persönlich in die Druckerei geben, damit unsere Sonderausgabe pünktlich zum Weihnachtsmorgen an den Verkaufsstellen erhältlich ist.«

»Ich soll bis Weihnachten dortbleiben?« Sadie riss entgeistert die Augen auf. »Hast du eine Ahnung, wie ich das bitte Justin erklären soll?«

»Ich würde sagen: gar nicht. Dann kannst du den Mistkerl nämlich endlich in die Wüste schicken. Ich kann sowieso nicht verstehen, wieso du immer noch bei ihm bist nach all dem, was er dir angetan hat. Laura liegt mir schon seit Monaten in den Ohren, dass ich zu dir fahren soll und erst wieder mit dir und deinen ganzen Sachen nach Hause kommen darf.«

»Und du denkst nicht, dass drei Wochen etwas lange sind für einen einzigen Artikel?«

Thomas schwieg einen Augenblick, ehe er in einem bestimmteren Tonfall sagte: »Nein. Wir brauchen einen überragenden Artikel, dies möchte ich gar nicht leugnen. Aber vor allem möchte ich dich wenigstens für eine gewisse Zeit in Sicherheit wissen. Und Laura auch. Also, tu uns bitte diesen Gefallen. Solltest du bereits nach einer Woche den Durchbruch geschafft und alle Wunder aufgedeckt haben, dann mache die restlichen Tage Urlaub. Sieh es als vorzeitiges Weihnachtsgeschenk.«

13

Sadie lächelte gequält. Es tat ihr weh, dass er und Laura sich wegen ihr solche Sorgen machten. Aber sie konnte Justin nicht für immer verlassen. Dies war keine Option.

»Ich werde schauen, was ich tun kann. Schick mir alle Infos, dann fahre ich morgen ins Nimmerland.«

»Perfekt«, rief Thomas. »Du wirst es nicht bereuen.«

Kapitel 2

Als sie in die kühle Dezemberluft hinaustrat, atmete sie tief ein. Eigentlich wäre es nur ein Katzensprung zu ihrer Wohnung in Yaletown. Aber ihr stand der Sinn so gar nicht nach dem Gespräch mit Justin. Deshalb machte sie, wie an vielen Tagen zuvor, einen Abstecher zum Fraser River.

Als sie frisch nach Vancouver gezogen war, hatte sie in Burnaby ein kleines Zweizimmer-Apartment gemietet. Natürlich hätte sie sich auch etwas Moderneres leisten können. Aber sie gab nur so viel Geld von ihrem Erbe aus wie nötig. Irgendwie hatte sie immer das Gefühl, dass daran Blut kleben würde. Sie hatte es sich nicht verdient. Sie hatte es erhalten, weil die wichtigsten Personen in ihrem Leben nicht mehr da waren, und kein Geld der Welt konnte sie darüber hinwegtrösten. Trotzdem half es ihr über die Runden.

Ihr damaliges Apartment war nicht luxuriös, geschweige denn geräumig genug gewesen, aber sie hatte die alten Holzbalken und den knarrenden Dielenboden geliebt. Das ganze Ambiente hatte Charme, und was noch viel entscheidender war, es gehörte ihr. Es war ihr Reich und sie konnte dort tun und lassen, was sie wollte.

Mit dem kühlen und lieblosen Loft, in welchem sie jetzt wohnte, wurde sie hingegen nicht warm. Dafür vermisste sie ihre alte Bleibe viel zu sehr.

Sie lenkte ihren Wagen beinahe blind auf den kleinen Parkplatz beim Fraser Foreshore Park und fühlte sich sogleich wie zu Hause. Die Sonne stand schon tief, als sie den schmalen Weg am Fluss entlang schlenderte und bemerkte, wie die Anspannung für einen kurzen Augenblick von ihr abfiel. Als sie noch hier wohnte, kam sie fast jeden Abend hierher. Sie hatte nirgends zuvor so schöne Sonnenuntergänge erlebt. Auch an diesem Abend färbte sich der Himmel bereits knallgelb. Es würde nicht mehr lange dauern, bis danach die Farben zu Orange und Rot übergingen und es so aussah, als würde der ganze Horizont brennen.

Beim hölzernen Steg machte Sadie Halt und ließ ihren Blick über das Farbspektakel gleiten. Die Baumstämme unter ihr, welche sich an einem großen Teil der Uferpromenade entlang schlängelten, trieben seelenruhig im dunklen Wasser. Im Park war nicht viel los um diese Jahreszeit und sie genoss die Ruhe.

Du fährst also morgen nach Kenth, dachte sie für sich und biss sich unweigerlich auf die Unterlippe. Sie hatte nicht grundsätzlich etwas gegen ihre ungeplante Reise. Es war schon ewig her, dass sie verreist war. Genau genommen unternahm sie seit dem Flugzeugabsturz ihrer Eltern nur noch Ausflüge, welche mit dem Auto zu bewältigen waren. Nicht einmal Justin konnte sie überreden, mit auf seine Geschäftsreisen zu kommen. Er musste regelmäßig nach Toronto, Calgary oder New York. Die Diskussionen um ihre Flugangst endeten jedes Mal in einem riesigen Streit. Doch bei diesem Thema blieb sie standhaft. Sie setzte keinen Fuß mehr in eine Maschine.

Aber wie sollte sie Justin erklären, dass ausgerechnet sie jetzt für drei Wochen wegfahren würde?

Sadie nahm einen letzten, tiefen Atemzug und schloss für kurze Zeit die Augen. Es war doch mal alles gut gewesen. Was war falsch gelaufen?

16

Sofort sah sie das strahlende Gesicht von Justin vor ihrem geistigen Auge, als sie ihn damals in der Bar in Gastown zum ersten Mal getroffen hatte. Sie wusste noch ganz genau, wie geehrt sie sich gefühlt hatte, dass ein so gutaussehender und muskulöser Kerl wie er ausgerechnet an ihr Interesse gehabt hatte. Den ganzen Abend über wich er nicht von ihrer Seite, brachte sie mit Anekdoten aus seinem Leben zum Lachen und begleitete sie schließlich bis vor ihre Haustür in Burnaby. Er machte nicht einmal einen einzigen Versuch, sich selbst in ihre Wohnung einzuladen. Er war der perfekte Gentleman.

Gleich am nächsten Morgen fragte er nach, wie es ihr ging. Sadie konnte ihr Glück kaum fassen. Normalerweise musste man einen Kerl regelrecht dazu nötigen, sich gleich am darauffolgenden Tag zu melden. Doch Justin war anders. Das war er definitiv. Nur leider nicht so, wie sie es sich gewünscht hatte.

Im ersten Jahr lief alles hervorragend. Sie verbrachten viel Zeit miteinander, er machte ihr immer wieder kleine Geschenke und las ihr praktisch jeden Wunsch von den Augen ab. Er war höflich und zuvorkommend zu ihren Freunden, und alle schienen ihn zu mögen. Deshalb dachte sie nicht zweimal nach, als er sie bat, bei ihm einzuziehen. Ein wenig traurig, doch auch voller Vorfreude, kündigte sie den Mietvertrag ihres Apartments und brachte ihr ganzes Hab und Gut in seine Wohnung.

Doch bereits nach einem Monat fielen ihr die ersten Veränderungen auf. Er bat sie des Öfteren, etwas Anderes anzuziehen, hatte ein Auge auf ihre Verabredungen und wollte immer wissen, wo sie gerade war. Er bestimmte, wann sie ihre Freundinnen traf und legte

17

immer größeren Wert darauf, dass sie abends die Wohnung nicht mehr verließ und auch nach der Arbeit direkt nach Hause kam. Sadie fand lange immer eine Ausrede für sein Verhalten. Er würde halt die Zeit mit ihr genießen, jetzt wo sie zusammenwohnten, erklärte sie Thomas jedes Mal, wenn er sie auf die Veränderungen ansprach. Doch eines Tages gingen ihr die Rechtfertigungen für Justins Benehmen aus.

Sie konnte sich noch genau an diesen einen Tag erinnern. Es war ein warmer Juniabend, und sie wollte sich mit Justin in ihrem Lieblingsrestaurant treffen. Sadie beendete extra früher ihren Arbeitstag, damit sie sich zu Hause noch duschen und umziehen konnte. Justin hatte es in den vergangenen Wochen nicht leicht auf der Arbeit gehabt und sie wollte ihm eine Freude machen. Deshalb dachte sie sich auch nichts weiter dabei, als sie ihr neues schwarzes Etuikleid von Donna Karen und ihre heißgeliebten roten Pumps anzog. Sie wusste genau, wie sehr Justin auf Highheels abfuhr. Denn nicht nur einmal hatte er sie darum gebeten, diese Schuhe auch im Bett anzuziehen.

Mit einem breiten Grinsen betrat sie das Restaurant. Justin saß in der hinteren Ecke am Fenster und starrte auf sein Mobiltelefon. Mit enormer Vorfreude auf seine Reaktion setzte sie ihren Weg zum Tisch fort. Doch als er den Blick hob und sich in seinen Augen merklich etwas verdüsterte, erstarb ihr Lächeln sofort.

»Da bist du ja endlich«, begrüßte er sie in einem schroffen Ton, während sein Blick sie von oben bis unten musterte.

18

»Tut mir leid«, sagte sie schnell und gab ihm einen Kuss. »Ich musste noch kurz nach Hause.« Sie setzte sich ihm gegenüber und begutachtete die bereits bestellten Getränke.

»Um dann wie eine Nutte vor die Tür zu treten?«

Sadie wäre beinahe das Wasserglas aus der Hand geglitten, aus welchem sie gerade im Begriff war zu trinken. Einen solch beleidigenden Satz hatte sie aus seinem Mund noch nie gehört.

»Tut mir leid«, stammelte sie verwirrt. »Ich dachte, es würde dir gefallen.«

Alles, was sie von Justin zur Antwort bekam, war ein genervtes Augenrollen, ehe er sich wieder seinem Handy widmete.

Auch der restliche Abend lief überhaupt nicht nach Sadies Plan. Als dann auch noch der Kellner einen Extrablick auf sie warf, während er die Rechnung abkassierte, brachte es Justins Fass offenbar zum Überlaufen. Er stand ruckartig auf und verkündete ihr, dass sie nun gehen würden. Perplex erhob sie sich von ihrem Stuhl und eilte ihm, so schnell es ihre Pumps zuließen, hinterher.

»Was glaubst du eigentlich, wer du bist?«, schrie er sie an, als die Wohnungstür hinter ihnen ins Schloss gefallen war.

»Schatz, ich ... ich verstehe nicht genau, was du meinst.«

»Deine ganze Aufmache? Willst du wirklich, dass jeder in dem beschissenen Vancouver denkt, dass ich mit einer Nutte zusammen bin?«

19

»Nein ... Natürlich nicht ...«

»Also, dann ist es bestimmt nicht zu viel verlangt, dass du dich anständig kleidest, wenn du mit mir ausgehst, oder?«

Sadie traute ihren Ohren nicht. Es war nicht das erste Mal, dass sie ein Etuikleid und Pumps anhatte. So etwas Ähnliches hatte sie sogar getragen, als sie sich kennengelernt hatten. Wieso zum Teufel war das jetzt nicht mehr gut genug?

»Und jetzt sagst du nichts mehr?«, blaffte er sie an und trat einen großen Schritt auf sie zu.

Sadie schluckte einmal leer und antwortete dann mit möglichst ruhiger Stimme: »Es tut mir leid, wenn ich dich mit meinem Outfit verärgert habe. Das wollte ich nicht. Ich dachte eigentlich, dass es dir gefallen würde.«

»So? Und wieso dachtest du das?«

»Na, weil es dich im Bett auch anturnt.« Gerade als sie diesen Satz ausgesprochen hatte, wusste sie, dass sie einen riesigen Fehler begangen hatte. Sie sah es sofort in seinem Blick. Er hatte sich verändert. Seine Augen waren hart und düster. Etwas, dass sie bei ihm noch nie gesehen hatte.

Sadie setzte sofort zu einer Entschuldigung an, als seine flache Hand sie mit voller Wucht mitten ins Gesicht traf. Erschrocken schrie sie auf und taumelte ein paar Schritte zurück. Für einen Moment blieben beide reglos stehen. Sie konnte nicht fassen, was er da gerade getan hatte. Und ihm schien es ähnlich zu gehen, denn sein Gesicht war plötzlich schmerzverzerrt.

Mit großen Schritten kam er auf sie zugeeilt und legte schützend den Arm um sie. »Babe, es ... Es tut mir so wahnsinnig leid ... Ich weiß nicht, wie das passieren konnte. Ich ...« Seine Stimme brach und er sank wimmernd vor ihr auf die Knie. Justin umfasste mit aller Kraft ihre Hüften. Er beteuerte ihr immer wieder, wie leid es ihm täte und dass es bestimmt nie wieder vorkommen würde, während seine Tränen ihr Kleid tränkten. Dies war das erste Mal, dass er sie »Babe« nannte, aber nicht das letzte Mal, dass er sie schlug.

Kapitel 3

Als sie vom Fraser River nach Hause kam und vorsichtig die Eingangstür aufschloss, hörte sie bereits das laute Geplärre des Fernsehers. Vielleicht war heute ein guter Tag und er würde sie ohne Widerworte nach Kenth gehen lassen. Schließlich hatte er ihr in den heutigen zehn Messages fest versprochen, dass er nie wieder die Hand gegen sie erheben würde.

Sie knipste im Esszimmer das Licht an und ein riesiger Strauß weißer Rosen stand auf dem Tisch. *Wie immer*, dachte sie sich, als sie unbeeindruckt an den Blumen vorbei ins Wohnzimmer ging. Justin saß mit einer Dose Bier auf der Couch und verfolgte die Sportnachrichten, ohne auch nur ein einziges Mal in ihre Richtung zu blicken.

»Hey Schatz, wie war dein Tag?«, fragte sie so unbekümmert wie möglich und gab ihm einen Kuss auf die Wange.

»Hey Babe«, war alles, was er sagte, wobei er weiterhin auf den Fernseher starrte.

»Können wir kurz reden?«

»Du siehst doch, dass ich gerade beschäftigt bin.«

Sadie biss sich auf die Lippen und schloss für einen kurzen Moment die Augen. »Ich weiß, aber es ist wichtig.«

Genervt drehte er den Kopf zu ihr und sah sie das erste Mal an diesem Tag an. »Was gibt es denn so Dringendes?«

Für einen kurzen Augenblick wollte sie kneifen, wollte Thomas anrufen und die ganze Sache abblasen. Aber sie

22

wusste genau, dass sie ihm das nicht antun konnte. Deshalb atmete sie tief ein und nahm ihren ganzen Mut zusammen. »Thomas hat mir einen neuen Auftrag gegeben.«

»Ja und? Das ist doch dein Job, oder? Seine Anweisungen zu befolgen?«, fiel er ihr ins Wort und starrte noch ein Stück genervter zu ihr hoch.

»Genau. Aber dieses Mal wird es ein wenig länger dauern. Ich muss für die Recherche die Stadt verlassen.«

»Für wie lange?«

»Nun ja, ich würde an Heiligabend zurückfahren. Dann wäre ich rechtzeitig hier, um mit deiner Familie zu essen.«

»Heiligabend? Sadie, spinnst du?« Er richtete sich kerzengerade auf und Sadies Körper verkrampfte sich eine Spur mehr. »Wir haben gerade mal Anfang Dezember und du möchtest bis Weihnachten fortgehen? Bist du verrückt geworden?«

»Ich weiß, es ist lange und es tut mir leid. Aber Thomas braucht mich. Die Zeitung steht kurz vor dem Bankrott. Ich muss ihm einfach helfen, sie zu retten.«

»Und das willst ausgerechnet du sein?«, blaffte er sie an.

»Ich bin gut in meinem Job. Das wüsstest du auch, wenn du mal irgendetwas von mir gelesen hättest.« *Scheiße, das war zu viel*, schrie ihr Verstand, und das bedrohliche Funkeln in Justins Augen unterstrich ihre Befürchtungen.

Er erhob sich langsam von der Couch und baute sich direkt vor ihr auf. Mit einer Körpergröße von fast 1.90m überragte er sie um Längen.

23

»Was denkst du eigentlich, was ich den ganzen Tag mache? Ich schufte mir die Finger wund, damit ich dir all diesen Luxus hier ermöglichen kann.« Er breitete die Arme aus und deutete auf das große Wohnzimmer und die Designermöbel, welche Sadie aufs Tiefste verabscheute. Er war derjenige, der diesen ganzen Kram brauchte, nicht sie. Aber sie wagte nicht, auch nur einen Ton von sich zu geben.

»Denkst du im Ernst, dass ich dann noch die Zeit finde, um mir deine kleinen Artikel durchzulesen?« Er presste mittlerweile jedes Wort durch seine zusammengebissenen Zähne und kam noch einen Schritt näher.

Instinktiv hob sie abwehrend die Hände und sagte leise: »Es tut mir wirklich leid. Ich habe alles versucht, um es Thomas auszureden.«

»Dann hast du es eben nicht gut genug versucht. Vielleicht möchtest du ja auch fahren. He, Sadie, möchtest du von mir weg?«

Er packte blitzschnell ihre Handgelenke und warf sie mit einem kräftigen Ruck an die Wand hinter ihr. Sadie prallte mit dem Kopf gegen den Verputz. Für einen kurzen Augenblick war ihre Sicht verschwommen und sie kämpfte mit zusammengekniffenen Lidern gegen die aufkommende Übelkeit an.

»Nein, bitte, Justin. Du weißt, dass ich dich nie verlassen würde«, presste sie mühsam hervor.

»So, weiß ich das?« Er drückte sie mit seinem ganzen Gewicht gegen die Wand.

»Ja, es ist die Wahrheit«, wimmerte sie leise, doch sie wagte es nicht, ihn anzusehen. Sie hatte zu große Angst, er könnte ihr ansehen, dass sie log. »Ich liebe dich.«

Er verlagerte sein Gewicht ein wenig nach hinten und Sadie hegte bereits die Hoffnung, dieses Mal das Richtige gesagt zu haben. Sie öffnete vorsichtig die Augen und sah im letzten Moment, wie Justin ausholte.

»Nein, bitte ...« Noch ehe sie den Satz beenden konnte, landete seine flache Hand mit voller Wucht auf ihrer Wange und sie verlor für einen Moment die Orientierung. Ein stechender Schmerz breitete sich sofort in ihrem Kopf aus. Langsam ließ sie sich an der Wand hinuntergleiten und blieb reglos sitzen. Tränen traten in ihre Augen, doch sie wischte sie sofort mit dem Handrücken weg. Justin hasste es, wenn sie weinte. Dies reizte ihn nur noch mehr.

»Was für eine verfluchte Scheiße, Sadie. Glaubst du eigentlich, dass ich mich von euch verarschen lasse?« Er packte das Sideboard neben ihr und schmiss es um. Das Glas der gerahmten Bilder und die Kristallvase ihrer Mutter klirrten laut, als sie in tausend Stücke zerbrachen. »Wer auf dieser gottverdammten Welt braucht für einen beschissenen Artikel drei ganze Wochen?«

Sadie erhob sich wortlos und holte einen Besen aus der Kammer im Flur.

»Du fährst nicht. Ende der Diskussion. Und wenn dein Thomas das nicht akzeptieren will, dann werde ich mit ihm ein Wörtchen reden.« Er trat auf den Flur hinaus und schnappte sich seine Jacke. »Wenn ich wiederkomme, möchte ich, dass hier alles sauber ist. Verstanden?«

Sadie nickte, doch Justin hatte bereits die Tür hinter sich zugeschlagen. Sie ließ sich auf den Boden sinken und konnte die Tränen nicht mehr zurückhalten. Ein

25

lauter Schluchzer entfuhr ihrer Kehle und sie ließ ihren Kopf in die Hände sinken.

Es war jedes Mal das Gleiche. Er schlug sie, zerstörte Möbel, schmiss Teller oder Gläser gegen die Wand und haute danach ab, um mit seinen Kumpels zu feiern. Nach Stunden kam er sturzbesoffen zurück, entschuldigte sich, bettelte, dass sie ihn nicht verließ und wollte dann Sex. Oft war er zwar so betrunken, dass er sofort auf dem Bett wegdöste, aber dieses Glück hatte sie nicht immer und sie ertrug den Gedanken nicht, noch ein einziges Mal in diesem Zustand mit ihm zu schlafen. Sie wollte seine schmierigen Küsse nicht mehr auf ihrem Körper spüren und den Gestank nach Alkohol riechen, während er auf ihr stöhnte und grunzte.

Sie öffnete die Augen und das lachende Gesicht ihrer Mutter blickte ihr auf einem Foto unter den Scherben entgegen. »Was soll ich nur tun, Mom?«, fragte sie in die Stille hinein. Doch tief in ihrem Inneren wusste sie, dass ihre Mutter ihr schon längst den Marsch geblasen hätte, wenn sie ihr von Justins Aussetzern erzählt hätte. In ihrer Familie war Gewalt tabu. Kein einziges Mal hatte ihre Mutter oder auch ihr Vater die Hand gegen sie erhoben. Nicht einmal dann, wenn sie es wirklich verdient gehabt hätte. Denn in ihren Teenagerjahren hatte sie die Geduld ihrer Eltern mehr als nur einmal auf die Probe gestellt.

Sadie kam durch die Hand von jemand anderem das erste Mal mit Gewalt in Kontakt und dies zerstörte ihr ganzes Leben. Sie verlor alles und auch, wenn es bereits über 17 Jahre her war, sehnte sich ihr Herz im Stillen immer noch nach dem, was sie damals gehabt hatte.

Vielleicht war sie deswegen mit Justin zusammen, weil sie sich insgeheim nicht traute, erneut zu lieben.

Ein Piepsen riss sie aus ihren Gedanken und zwang sie zurück ins Hier und Jetzt. Mühsam erhob sie sich vom Boden und torkelte zu ihrer Handtasche im Flur. Mit zitternden Fingern öffnete sie die neue Nachricht von Thomas.

19.21 Uhr:
Liebes, hier noch die Adresse deiner Unterkunft:
Mountain View Cottages, Moira Turner, 31 Peak Road, Kenth, BC V0K 3V0
Mr. McCoy erwartet dich um 14.00 Uhr in seinem Büro an der 23 Main Street.
Ich wünsche dir viel Spaß. Laura grüßt dich lieb.
Thomas

Erneut traten ihr die Tränen in die Augen. Sie konnte Thomas nicht enttäuschen. Das brachte sie nicht übers Herz. Entschlossen steckte sie ihr Handy in die Hosentasche und rannte in ihr Schlafzimmer. Sie nahm die größten Koffer, die sie finden konnte, vom Schrank herunter und schmiss sie aufs Bett. Fast panisch suchte sie ihre Kleider zusammen, holte ihr Make-Up und die Pflegeprodukte aus dem Bad und stellte die Laptoptasche neben ihr Bett. Sie angelte vorsichtig die Fotos aus den Scherben im Wohnzimmer und packte alles in ihr Notizbuch.

30 Minuten später zerrte sie die überdimensionalen Koffer in den Fahrstuhl ihres Apartmentkomplexes und drückte den Knopf für die Tiefgarage.

Sadie schloss die Augen, als sich der Aufzug in Bewegung setzte und betete, dass Justin möglichst betrunken nach Hause kommen würde. Dann erkannte er vielleicht erst morgen früh, dass sie nicht mehr da war.

Als sie auf den Highway Richtung Norden einbog und die Starttaste ihres Navis drückte, berechnete dieses ihre Ankunftszeit in Kenth für 01.00 Uhr morgens. Dies war definitiv zu früh. Sie war auf die Kooperation der Einwohner angewiesen, wenn sie etwas über diese ominösen Wunder herausfinden wollte. Da wollte sie es nicht schon am ersten Tag versauen, indem sie ihre Vermieterin mitten in der Nacht aus dem Bett klingelte. Kurz entschlossen hielt sie bei einem Hotel etwas außerhalb von Vancouver an und mietete sich für diese Nacht ein Zimmer.

Als sie mit einem Salat vom Zimmerservice auf dem Bett saß, tippte sie eine kurze Nachricht an Thomas:

22.03 Uhr:
Danke für die Infos. Ich verbringe die Nacht in einem Hotel und fahre morgen früh nach Kenth. Justin war nicht begeistert von meinen Reiseplänen. Er wird dir vielleicht Ärger machen.
Pass bitte auf dich auf.
Sadie

Sie stocherte weiter lustlos in ihrem Salat herum, als ihr Blick auf ihre Handgelenke fiel. Die blauen Flecken vom gestrigen Streit waren nun in ihrer vollen Pracht zu sehen. Mittlerweile hatte sie ihre Gedanken wieder eini-

28

germaßen sortiert, und die traurige Wahrheit schlich sich erneut in ihren Kopf. »Sadie, mach dir nichts vor. Du weißt ganz genau, dass du spätestens am 24. zu ihm und deinem alten Leben zurückkehren wirst. Du hast es nicht anders verdient.«

Kapitel 4

Nachdem sie dem Highway 99 fast bis ganz zum Ende gefolgt war, verließ sie ihn irgendwann nach Pemberton und folgte einer schmaleren Straße Richtung Norden. Der Schnee türmte sich auf beiden Seiten des Weges, und kurz befürchtete sie, irgendwann mit ihrem Auto stecken zu bleiben. Doch die Straße war erstaunlicherweise gut befahrbar, und so kam sie auch den Pass ohne Probleme hinauf. Trotzdem beschlich sie ein mulmiges Gefühl. Seit sie den Highway verlassen hatte, war sie noch an keinem einzigen Haus vorbeigekommen.

»In was für eine Pampa schickst du mich da, Thomas?«, fragte sie sich laut. Als sie ihn bereits verfluchen wollte, weil er ihr scheinbar die falsche Adresse gegeben hatte, sah sie das unscheinbare Ortsschild.

»Herzlich willkommen in Kenth«, war in verschnörkelter Schrift zu lesen und markierte offiziell den Arsch der Welt. Doch erst nachdem sie weitere zehn Minuten der Straße ins Nirgendwo gefolgt war, entdeckte sie die ersten Häuser im Tal. Sie fuhr langsamer und passierte den kleinen Dorfkern mit ein paar Geschäften und einem Dorfplatz mit Pavillon. Doch ehe sie sich versah, war sie auch schon wieder aus Kenth hinausgefahren.

»Scheiße nochmal. Wo waren denn diese Cottages?«, fluchte sie und tippte wild auf ihrem Navi herum. Da sie sich jedoch gemäß diesem weit ab von irgendeiner eingezeichneten Straße befand, schaltete sie es genervt aus. Als sie in die nächste schmale Seitenstraße einbog, um den Wagen zu wenden und noch einmal durch das Zentrum zu fahren, bemerkte sie ein verschneites Holzschild mit der Aufschrift ›Mountain View Cottages‹.

Na also, du bist doch kein so hoffnungsloser Fall, dachte sie zufrieden und folgte der gewundenen Straße bis zu einer Lichtung im Wald. Darauf befanden sich ein großes Haupthaus und fünf kleine Ferienhäuser. Sadie parkte vor dem Haupteingang und blieb noch einen Moment im Auto sitzen. Nach kurzer Überlegung kramte sie ihr Handy aus der Handtasche und schaltete das Display ein.

Zehn verpasste Anrufe und noch mehr Messages. Allesamt von Justin. Sie schluckte leer und für kurze Zeit bereute sie, dass sie einfach so abgehauen war. Was war, wenn er sie hier finden würde? Sie war sich nicht sicher, ob sie diesen Wutausbruch überleben würde. Nach einem tiefen Atemzug öffnete sie den Chatverlauf.

09.35 Uhr:
Sadie, wo verflucht steckst du?

09.54 Uhr:
Wieso ignorierst du meine Anrufe?

10.21 Uhr:
Was soll dieser Scheiß? Komm sofort nach Hause!

10.46 Uhr:
Du verfluchte Schlampe, ich habe gesagt, DU SOLLST NACH HAUSE KOMMEN!!!!!!!

31

11.02 Uhr:
Wenn ich dich finde, dann kannst du was erleben.

Es folgten noch dutzend weitere Nachrichten und alle mit etwa demselben Wortlaut. Sadies Magen zog sich sofort zusammen und ihr wurde übel. Ihre Brust fühlte sich an, als würde ein tonnenschwerer Riese darauf sitzen und ihr das letzte bisschen Luft aus den Lungen quetschen. *Ich muss hier raus,* schoss es ihr durch den Kopf, sie öffnete blind die Autotür und kletterte hastig aus ihrem Wagen. Sie brauchte dringend frische Luft und wollte so schnell wie möglich von den Erinnerungen an Justin weg. Jedoch kam sie nur etwa drei Schritte weit, bevor sie seitlich auf etwas Hartes prallte.

»Scheiße«, fluchte sie laut und blinzelte erschrocken. Vor ihr stand eine Dame in den Fünfzigern mit weit aufgerissenen Augen, die Hände abwehrend in die Höhe gestreckt.

»Ups, sorry«, sagte Sadie peinlich berührt und rieb sich die Schulter.

»Na, Sie haben es aber eilig, Kindchen«, entgegnete die unbekannte Frau und zog fragend die Augenbrauen hoch. Sadie fürchtete, dass sie es sich jetzt schon mit ihrer potentiellen Gastgeberin verdorben hatte. Denn weit und breit war nur noch ein weiteres Auto zu sehen. Da standen die Chancen sehr gut, dass dies ihre Vermieterin war. Doch ihre Bedenken schwanden, als sich plötzlich ein breites Grinsen auf deren Gesicht abzeichnete.

»Sie sind doch nicht etwa auf der Flucht, oder? Denn ich beherberge normalerweise keine flüchtigen Straftäter. Wobei es sicher auch mal seinen Reiz hätte.« Sie tippte sich mit dem Zeigefinger langsam ans Kinn, als ob sie gerade abwägen würde, welchen Lebenslauf sie sich von der Fremden wünschte.

»Ich bin keine Straftäterin, versprochen.«

»Schade«, erwiderte die Dame und wirkte tatsächlich ein wenig enttäuscht. »Wissen Sie, ein bisschen Action könnte diesem kleinen Städtchen wirklich nicht schaden.«

»Ja, das kann ich mir vorstellen«, murmelte Sadie, ehe sie aufklärte, wer sie war. »Hi. Mein Name ist Sadie Rivers. Ich komme von der Vancouver Sun. Ich glaube, Sie erwarten mich.«

Ihr Gegenüber schwieg einen Moment, doch dann schien sie sich von der Enttäuschung, dass ihr neuer Gast keine Massenmörderin war, erholt zu haben und fuchtelte wild mit den Händen vor ihrem Gesicht herum. »Natürlich, natürlich. Ms. Rivers, ich habe schon auf Sie gewartet. Ich bin Moira Turner, die Inhaberin dieses wunderschönen Fleckchens Erde.« Sie breitete einladend ihre Arme aus. »Und bitte nennen Sie mich Moira. Wir sind hier nicht so formell.«

»Sadie«, antwortete sie erleichtert und reichte Moira die Hand.

»Ich zeige dir am besten gleich, wo du dich einrichten kannst. Mr. Montgomery hat mir berichtet, dass du bis Heiligabend bei uns bleiben wirst?«

»Ja, voraussichtlich.«

»Ach, wie schön. Ich bin überzeugt, dass es dir hier gefallen wird.«

Sadie war sich da allerdings noch nicht ganz so sicher, deshalb lächelte sie nur und folgte Moira zu einem der

Ferienhäuschen. Sie blieben vor Cottage Nummer vier stehen und ihre Vermieterin öffnete fröhlich die Tür.

Die Einrichtung war sehr rustikal. Es war alles aus Holz und an den Wänden hingen die typischen Jagdtrophäen. Es gab ein Wohnzimmer mit einem Esstisch und einer kleinen Küche und auf der anderen Seite des Eingangs ein geräumiges Schlafzimmer. Was Sadie aber sofort ins Auge sprang, war die riesige Terrasse. Schnell durchquerte sie den Raum und trat erneut in die kühle Winterluft hinaus.

»Wow«, entfuhr es ihr, und sie stützte sich ungläubig am Geländer ab.

»Ist es nicht schön hier?«, fragte Moira fröhlich, als sie ebenfalls die Brüstung erreichte.

»Ich ... Ich glaube, ich habe noch nie etwas so Schönes gesehen.« Sadie ließ langsam ihren Blick über das Tal schweifen. Ein tiefblauer See lag zu ihren Füßen und schlängelte sich majestätisch durch die breite Schlucht. Er war umringt von schneebedeckten Bergen und Wäldern. »Es ist einfach eine Wahnsinnsaussicht hier.«

»Das kannst du laut sagen. Kenth mag vielleicht ein verschlafenes Nest sein, aber diesen Ausblick findest du nirgends sonst auf der Welt. Ein Glück für mich, denn genau deshalb verirrt sich der eine oder andere Tourist hierher.«

»Das glaube ich dir sofort.«

Moira grinste zufrieden. »Es gibt gleich Mittagessen, wenn du magst. Du hast drei Mahlzeiten inklusive. Solltest du aber mal länger unterwegs sein, sag mir einfach Bescheid, und ich stelle für dich einen Teller auf die

Seite. Du findest aber auch alles, was du brauchst, in der Küche, falls du lieber selbst kochst.«

»Nein, nein, das ist schon o.k., ich koche nicht so gerne.« Nicht mehr, seit sie jedes Mal Angst haben musste, dass ihr Justin den Teller an den Kopf warf, wenn er nicht zufrieden mit ihren Gerichten war.

»Kein Problem. Dafür hast du ja mich.« Moira legte ihr liebevoll eine Hand auf die Schulter. »Ich liebe es zu kochen. Aber das muss ich auch, denn Bernhard und ich haben fünf Kinder. Da wirst du beinahe einen Monatslohn los, wenn du mit allen ins Restaurant gehst.« Sie kicherte in den höchsten Tönen, aber Sadie wurde sofort warm ums Herz. Diese Frau erinnerte sie sehr stark an eine weibliche Ausgabe von Thomas. Warmherzig, liebevoll und stets mit einem offenen Ohr für alle.

»Vielen Dank, Moira. Ich packe noch schnell ein paar Sachen aus und komme dann ... in den Speisesaal?«

»Papperlapapp, du isst natürlich mit mir und Bernhard. Komm einfach im Hauptgebäude in den ersten Stock. Dort befindet sich unsere Wohnung. Es gibt Lachsfilet mit Reis. Ich hoffe, du hast Hunger mitgebracht.« Moira strahlte sie übers ganze Gesicht an.

»Das klingt toll. Ich komme sehr gerne.«

»Perfekt. Bis gleich.« Mit diesen Worten huschte Moira wieder ins Cottage und ließ Sadie allein in der kalten Winterluft. Für einen kurzen Augenblick blieb sie reglos an der Brüstung stehen und atmete tief ein und aus.

So lässt es sich auf jeden Fall aushalten bis zum 24., dachte sie sich und schmunzelte vorsichtig.

35

Bevor sie zu Moira ging, zerrte sie ihre riesigen Koffer aus dem Auto, schulterte die Laptoptasche und platzierte alles mitten im Wohnzimmer.

»So geht das nicht«, murmelte sie, nachdem sie das Zimmer kurz inspiziert hatte, und begann, die Möbel zu verrücken.

Zehn Minuten später begutachtete sie zufrieden ihr Werk. Die Couch stand jetzt näher am Kamin. Dafür hatte nun der Esstisch genau vor dem großen Fenster Platz, mit ausgezeichneter Sicht auf die Terrasse und das Tal. Sie würde zwar damit bestimmt nicht in einen ›Schöner Wohnen‹ Katalog kommen, dafür war es aber der perfekte Ort zum Schreiben. Mit dieser Aussicht musste die Inspiration für ein neues Buch einfach wieder zu ihr zurückkehren. Vielleicht schrieb sie ja dieses Mal etwas Brauchbares. Beim Gedanken an ihre Verlagsabsage verzog sie das Gesicht. Sie hatte dieses fette »Nein« immer noch nicht überwunden. Ihr Ego hatte stark darunter gelitten, dies hatte sie sich mittlerweile eingestanden. Aber dass sich sogar ihre ganze Motivation zum Schreiben in Luft aufgelöst haben sollte, wollte sie nicht wahrhaben.

»Irgendwann wirst du dein eigenes Buch in den Händen halten und wenn es das Letzte ist, was du tust«, sagte sie sich fest entschlossen, ehe sie erneut in die kalte Winterluft hinaustrat und zu Moiras Wohnung hinübereilte.

»Es ist wirklich köstlich gewesen, danke Moira«, sagte Sadie, nachdem sie den zweiten Teller mit Lachs und Reis verputzt hatte.

»Das freut mich, Liebes. Es ist schön, wenn man mal wieder Komplimente für seine Arbeit bekommt.« Ihr

Blick fiel sofort auf ihren Mann und der Tonfall veränderte sich merklich. Aber dieser blätterte weiter seelenruhig in seiner Zeitung, als wäre er auf beiden Ohren taub.

Als Moira die Augen verdrehte, konnte Sadie ein Kichern nicht mehr unterdrücken. Sofort hob Bernhard den Kopf. »Was ist denn los? Habt ihr etwa von mir gesprochen?« Er sah fragend von Moira zu Sadie und beide Frauen prusteten los.

»Natürlich, Schatz. Ich habe Sadie gerade erzählt, was für ein liebevoller Ehemann du bist.«

Ein breites Grinsen erschien sofort auf seinem Gesicht, ehe er sich wieder seiner Zeitung widmete.

Die Zwei waren echt süß, dachte sich Sadie, und ihr Herz verkrampfte sich augenblicklich.

Auch Justin hatte seine liebevollen Momente. Doch nach dieser einen Ohrfeige wegen ihrer zu hohen Pumps und dem zu aufreizenden Donna Karen Kleid dauerte es nicht lange bis zu ihrem ersten Besuch in der Notaufnahme. Sie hatte ein gebrochenes Jochbein, mehrere Prellungen, Blutergüsse und zwei angeknackste Rippen. Glücklicherweise konnte sie die Ärzte davon überzeugen, dass sie die Treppe hinuntergefallen war. Doch auch wenn sie keine plausible Erklärung für ihre Verletzungen gehabt hätte, hätte bestimmt niemand ihren liebevollen und äußerst zuvorkommenden Freund verdächtigt. Schließlich war er Tag und Nacht an ihrem Krankenbett und ließ sie keine Sekunde aus den Augen. Wahrscheinlich hatte er Angst, dass sie ihn sonst verpfeifen würde.

Als sie wieder zu Hause waren, versprach er ihr hoch und heilig, dass so etwas nicht noch einmal vorkommen

37

würde. Er hielt sein Versprechen einen knappen Monat. Danach musste Sadie ihre Blutergüsse am Hals mit Theaterschminke abdecken, damit niemand auf der Arbeit Verdacht schöpfte. Justin konnte alle täuschen und um den Finger wickeln. Nur Thomas erkannte sein wahres Gesicht. Glücklicherweise wurde sie mit der Zeit und vielen YouTube-Tutorials zu einer richtigen Make-Up-Artistin und konnte somit die meisten Verletzungen gut kaschieren. Sonst hätte Thomas ihn wahrscheinlich längst angezeigt.

»Möchtest du noch ein Dessert?«, fragte Moira und riss Sadie somit augenblicklich aus ihren Gedanken. »Es gibt Apfelkuchen.« Sie blickte sie hoffnungsvoll an und Sadie wusste sofort, dass sie nicht ablehnen durfte.

»Das lasse ich mir nicht entgehen«, antwortete sie und lächelte angestrengt, um die dunklen Gedanken aus ihrem Kopf zu vertreiben.

»Wunderbar. Ich bin gleich zurück.« Moira verschwand schnell in der Küche und Bernhard atmete tief ein, als er umblätterte. »Diese Frau könnte wahrscheinlich die Hungersnot in Afrika mit ihren üppigen Mahlzeiten beenden. Sie kocht immer noch für eine halbe Armee.« Er blickte kurz auf und lächelte Sadie an. Es war nur ein kleiner Augenblick, aber in diesem Moment erkannte sie die tiefe Zuneigung, die er für seine Frau hegte.

»Und du bist dir sicher, dass ich dich nicht fahren soll?« Moira stand im Hauseingang und sah Sadie nach. »Nicht nötig, ein kurzer Spaziergang wird mir guttun«, rief sie ihr winkend zu und machte sich auf den Weg zu ihrem Treffen mit Bürgermeister McCoy.

Sie lief die Privatstraße entlang bis zu dem Punkt, an dem sie mit ihrem Auto das erste Mal angehalten hatte. Für einen Augenblick blieb sie auf der Anhöhe stehen und begutachtete das kleine Städtchen, welches zu ihren Füßen lag. »Und ausgerechnet hier sollen Wunder geschehen?«, fragte sie sich ungläubig, ehe sie dem verschneiten Bürgersteig ins Zentrum folgte.

Der ganze Ort schien auf den Beinen zu sein, um die Adventszeit einzuläuten. Lichtergirlanden, Schleifen und roter Samt, so weit das Auge reichte. Sie passierte die ersten Geschäfte, immer auf der Suche nach der Hausnummer des Bürgermeisters. Es gab einen kleinen Blumenladen, eine Bäckerei mit Café und hinter dem großen Dorfplatz mit dem weißen Pavillon eine Buchhandlung. Diese würde sie auf jeden Fall nachher in Augenschein nehmen, denn ihre Bücher standen allesamt in Justins Wohnung. Bei dem Gedanken an ihn zog sich ihr Magen wieder einmal schmerzhaft zusammen. Doch Sadie ignorierte es bestmöglich, denn sie hatte endlich die Hausnummer 32 erreicht. Das Büro des Bürgermeisters befand sich unmittelbar neben dem Buchladen in einem alten Gebäude mit auffälligen Stuckverzierungen an der Hauswand.

Sie klingelte einmal und wurde durch das mechanische Summen des Türöffners hineingebeten. Ein Hinweisschild deutete ihr den Weg in den ersten Stock und ehe sie sich versah, stand sie vor einer älteren Dame mit

Hornbrille und grauer Dauerwelle. Noch klischeehafter hätte die Sekretärin des Bürgermeisters nicht aussehen können. Sie verkniff sich ein Grinsen und sagte stattdessen: »Guten Tag. Mein Name ist Sadie Rivers. Mr. McCoy erwartet mich.«

Ohne sie auch nur eines Blickes zu würdigen, hob die schwer beschäftigte Dame den Zeigefinger und tippte mit der anderen Hand seelenruhig weiter auf ihrer Schreibmaschine.

Herzlich willkommen im letzten Jahrhundert, schoss es Sadie durch den Kopf und sie atmete genervt aus.

Nach einer gefühlten Ewigkeit hob ihr Gegenüber den Blick und sah sie skeptisch an. »Sie sind also diese Journalistin, die den Ruf unseres Dorfes in den Schmutz ziehen will.«

»Ehm ... Nun ... Also, ganz so ist es nicht«, stotterte Sadie verwirrt. Ihr war zwar bewusst, dass sie bestimmt nicht alle Einwohner mit offenen Armen empfangen würden, aber dass sie noch vor ihrem ersten Interview auf Ablehnung stoßen würde, hätte sie trotzdem nicht gedacht.

»Wie Sie meinen. Ich werde auf jeden Fall nicht mit Ihnen reden«, antwortete sie Dame schnippisch, ehe sie auf die geschlossene Tür links von sich deutete. »Mr. McCoy erwartet Sie bereits.«

Sadie nickte nur und ging sofort in die ihr angezeigte Richtung. Um alles in der Welt wollte sie diesem Drachen so schnell wie möglich entfliehen, ehe er noch Feuer spuckte und sie in sein Nest irgendwo in den Bergen entführte.

40

Nachdem sie kurz geklopft hatte, wurde sie sogleich von einer rauen Männerstimme hereingebeten. Sie huschte ins Zimmer und schloss die Tür hinter sich. Hoffentlich war sie hier in Sicherheit. Als sie sich jedoch zu ihrer Verabredung umdrehte, wusste sie nicht, ob sie laut lachen oder schnellstmöglich verschwinden sollte. Denn sie blickte in die kleinen, runden Augen des Monopolymannes. Auf jeden Fall sah er genauso aus wie die Comicfigur auf der Schachtel des gleichnamigen Gesellschaftsspiels.

»Sie müssen Ms. Rivers sein«, begrüßte er sie freundlich und trat auf sie zu. Sein Bauch wölbte sich voluminös nach vorne, als er ihr mit einem breiten Lächeln unter seinem Schnurrbart die Hand reichte.

»Genau, die bin ich. Es freut mich sehr, Mr. McCoy.«

»Ach was, nenn mich Teddy. Wir sind hier nicht so förmlich.« Er wuchtete seinen Körper in den in die Jahre gekommenen Bürostuhl und bedeutete ihr, auch Platz zu nehmen.

Sadie tat dies brav und setzte sich etwas nervös in den breiten Sessel gegenüber des Bürgermeisters. Sein Büro war zugestellt mit meterhohen Bücherregalen, und an den freien Stellen hingen entweder irgendwelche Geweihe oder Urkunden. Diese Einrichtung erinnerte sie irgendwie an den Arbeitsplatz ihres Vaters. Auch er hatte massenweise Bücher besessen. Sein Büro glich damals eher einer Bibliothek als dem Arbeitszimmer eines Vertriebschefs.

Als sie Teddys erwartungsvollen Blick bemerkte, richtete sie sich schnell auf und sagte in geschäftsmäßigem

41

Ton: »Ich danke dir, dass du mich empfängst und dich bereit erklärt hast, mich bei diesem Artikel zu unterstützen. Ich bin überzeugt, dass die Leute viel lieber mit mir reden werden, wenn sie wissen, dass du die Zusammenarbeit mit unserer Zeitung gutheißt.«

»Natürlich, das ist doch das Mindeste, was wir tun können, wenn sich eine so große Zeitung wie deine für unser hübsches Städtchen interessiert. Schließlich können wir kostenlose Werbung immer gebrauchen.« Er zwirbelte gut gelaunt an seinem Schnurrbart. »Da wäre allerdings noch eine Sache, die ich dir gestehen muss. Leider kann ich dich nicht persönlich herumführen. Die weihnachtlichen Pflichten lassen mir nur sehr wenig Freizeit übrig.«

Sadie zog irritiert die Augenbrauen hoch. »Ach so. Nun ja, mein Chef meinte ...«

»Ich weiß, ich weiß«, fiel Teddy ihr ins Wort. »Ich dachte eigentlich, dass ich es hinkriegen würde. Aber Josef wurde krank und somit muss ich kurzerhand einspringen.«

»Josef?«, fragte sie verwirrt.

»Genau. Also ich meine, Simon ist krank. Er spielt den Josef in unserem jährlichen Krippenspiel. Jetzt muss ich für ihn einspringen. Es ist einfach zu schade, er findet jedes Jahr besser in seine Rolle. Ich bin mir sicher, dass er dieses Jahr den ganzen Text hätte aufsagen können.« Er verzog enttäuscht das Gesicht, doch Sadie verstand nur Bahnhof.

»Und du spielst drei Wochen lang den Josef?«

»Nein, natürlich nicht. Wo denkst du auch hin, meine Liebe?« Er lachte laut heraus und sein Bauch wippte im

42

Takt. »Aber wie du vielleicht schon weißt, ist die Weihnachtszeit die liebste der Einwohner von Kenth. Da muss alles perfekt sein, und jede helfende Hand wird gebraucht. Auch die zwei linken des Bürgermeisters.« Er zwinkerte ihr fröhlich zu, ehe er sich langsam aus seinem Stuhl erhob. »Aber mach dir keine Sorgen, meine Liebe. Andrew wird sich bestens um dich kümmern. Er wird dich gleich morgen herumführen und dir alles zeigen. Und solltest du sonst noch etwas brauchen, wende dich einfach an Edna. Sie ist ein wahrer Schatz.«

»Und Edna ist …?«, fragte Sadie vorsichtshalber. Jedoch ahnte sie bereits Böses.

»Na, die herzensgute Dame im Vorzimmer«, erklärte Teddy mit einem liebevollen Gesichtsausdruck und schob Sadie sachte vor die Tür.

Nun ja, unter »herzensgut« verstand sie etwas anderes. Aber wenn sie Glück hatte, war dieser Andrew ein wenig besser auf sie zu sprechen. Sie drehte sich um und wollte sich gerade bedanken, als die Tür knallend ins Schloss fiel.

»Hat mich auch gefreut«, murmelte sie kopfschüttelnd und eilte schnell an Edna vorbei. Um die Frage, wo sie denn diesen Andrew finden konnte, würde sie sich später kümmern.

Erneut musterte sie das geschäftige Treiben auf der Main Street, ehe sie sich dem großen Schaufenster des Buchladens auf ihrer rechten Seite zuwandte. Darüber stand in goldenen Buchstaben ›Cathy's Bookstore‹. Sie betrachtete für einen Augenblick die aufwändig verzierte Fassade des Hauses, bevor sie sich abermals dem Schaufenster widmete.

Die Auslagen waren alle festlich geschmückt mit bunten Christbaumkugeln, Tannenästen und künstlichem Schnee.

Sie inspizierte die Auswahl der Buchtitel genau. Jedes Einzelne drehte sich um Weihnachten und Sadie verzog enttäuscht das Gesicht. Gab es denn für die Einwohner hier um diese Jahreszeit wirklich überhaupt kein anderes Thema? Nicht einmal für ihren Lesestoff?

In der Hoffnung, dass sich im Inneren des Geschäftes auch andere Genres fanden, stieß sie die schwere, hölzerne Tür auf und wurde von dem leisen Bimmeln des Eingangsglöckchens und einem grandiosen Duft nach frischgebackenen Plätzchen empfangen. Na, das war mal ein Laden nach ihrem Geschmack. Denn was gab es Besseres als Süßigkeiten und Bücher? Sie nahm ihre Wollmütze ab und zog gerade mit den Zähnen an einem Finger ihres Handschuhs, als sie plötzlich in ihrer Bewegung innehielt. Wie vom Blitz getroffen starrte sie den jungen Mann hinter der Kasse an. Ihr wurde kurz schwindelig und eine Welle der Übelkeit überrollte sie mit voller Wucht. Das konnte nicht sein, schrie ihr Verstand.

Sadie blinzelte angestrengt, doch das Szenario blieb dasselbe. Sie stand direkt vor ihrem Exfreund. Um genau zu sein, vor der etwa 25 Jahre jüngeren Ausgabe ihres Exfreundes, denn dieser müsste jetzt um die 40 sein, wenn sie ihre Erinnerung nicht allzu sehr im Stich ließ.

Der Junge sah sie etwas irritiert an, schenkte ihr jedoch nach einem kurzen Augenblick ein schüchternes Lächeln. »Kann ich Ihnen behilflich sein?«

»Ehm«, antwortete Sadie zögerlich, immer noch versuchend, eine Erklärung für diesen Anblick zu finden. Gerade als sie den Mund für eine Antwort öffnete, durchschnitt eine weitere Stimme die Stille.

»Cody, hast du die Plätzchen angerichtet? Ist alles fertig für ...« Der große Mann, welcher aus einem der hinteren Räume hervorgeschossen kam, hielt unmittelbar in seiner Bewegung inne und starrte Sadie an. Er musterte sie von Kopf bis Fuß, doch es bestand kein Zweifel, dass er haargenau wusste, wer sie war. Sein überraschter Blick veränderte sich einen Bruchteil später sofort und seine Gesichtszüge wurden steinhart. Trotzdem zögerte er einen Augenblick, bevor er in einem missbilligenden Ton fragte: »Was machst du denn hier?«

»Ich ... Ehm ...«

Scheiße, Sadie, reiß dich zusammen, fluchte es in ihrem Kopf. Doch ihr Verstand setzte komplett aus. Sie stand tatsächlich vor ihrer ersten großen Liebe. Sie hatte ihn zwar seit 17 Jahren nicht mehr gesehen, aber sie erkannte ihn sofort wieder. Und er sie auch.

»Ich bin hier wegen eines Artikels«, quetschte sie schließlich hervor.

»Du bist die Journalistin aus Vancouver?«, fragte er ungläubig und murmelte dann sofort ein »Scheiße«.

Sadie wusste auch, weshalb. Er hatte den Job abgefasst, sie herumzuführen. Er war dieser Andrew.

»Dad?«, schaltete sich Cody fragend ein und Andrew erwachte aus seiner Schockstarre.

»Cody, das ist Sadie. Wir sind zusammen in Whistler aufgewachsen. Sadie, das ist mein Sohn Cody.«

Sie zwang sich zu einem Lächeln, doch in ihrem Inneren schrie es nur: SEIN SOHN? Wann, bitte, war das denn passiert?

»Freut mich, Cody«, sagte sie rasch, ehe sich wieder ein unangenehmes Schweigen ausbreiten konnte.

»Ganz meinerseits, Ma'am.«

»Bitte, nenn mich Sadie«, sagte sie schnell. »Sonst fühle ich mich gleich 100 Jahre älter.«

Er lächelte verlegen und wandte sich wieder seinem Vater zu. »Es ist alles vorbereitet, Dad. Sarah hat sogar die doppelte Menge an Keksen geliefert, und die heiße Schokolade ist in den Thermoskannen von Mrs. Godwin. Jetzt musst du nur noch die Marshmallows rausrücken und wir sind gerüstet für die Rasselbande.«

Andrew zog eine Augenbraue in die Höhe. »Dir ist schon klar, dass du vor ein paar Jahren auch noch zu dieser Rasselbande, wie du sie nennst, gehört hast?«

»Ja, aber jetzt schon voll lange nicht mehr.« Cody rollte genervt mit den Augen, doch seine Wangen wurden sofort rot.

Andrew lächelte seinen Sohn liebevoll an, ehe in seinem Blick wieder die Eiszeit einzog, als er sich erneut Sadie zuwandte. Mit einem tiefen Seufzer sagte er: »Morgen um 08.00 Uhr. Bei dir.«

»Du musst das nicht tun, wenn du nicht willst. Ich kann Teddy fragen, ob jemand anderes Zeit für mich hat.«

»Es gibt aber niemanden«, fuhr er sie schroff an. »Sei pünktlich.«

Er bedachte sie mit einem letzten, abschätzigen Blick, ehe er wieder ins Hinterzimmer verschwand.

46

»Jupie«, rief Sadie leise und verzog das Gesicht zu einer Grimasse. Als Cody sofort losprustete, biss sie sich verlegen auf die Lippen. »Ich wünsche dir noch einen schönen Nachmittag«, rief sie ihm zu und verschwand, so schnell es ging, aus dem Buchladen.

»Und es ist dein Andrew?«, rief Thomas ungläubig am anderen Ende der Leitung, als Sadie ihm die Ereignisse des Tages berichtete.

»Es ist nicht mein Andrew«, korrigierte sie ihn. »Aber ja, wir kennen uns.«

»Die Welt ist echt klein.«

»Wem sagst du das.« Sadie ließ resigniert den Kopf auf die Tischplatte fallen. »Schlechter hätte ich es wirklich nicht treffen können.«

»Aber wieso denn? Es ist doch super, wenn du schon jemanden in der Stadt kennst.«

»Ja natürlich«, rief sie strotzend vor Ironie. »Kannst du dich auch nur im Entferntesten daran erinnern, wie unsere Beziehung ausgegangen ist?«

Für einen Moment herrschte Stille. »Stimmt«, antwortete Thomas langsam. »Da war etwas.«

»Und wie da was war. Du kannst dich schon mal darauf gefasst machen, dass ich am 24. ohne Story zurückkehren werde.« Sie atmete laut aus, erschöpft von den vergangenen Tagen.

»Du wirst das schon hinkriegen. Er hat dir bestimmt schon längst verziehen.«

»So sah das aber heute nicht aus.«

»Gib ihm ein wenig Zeit. Er war vielleicht einfach überrascht, dich zu sehen.«

47

»Überrascht, schockiert, total genervt. Such dir etwas aus.« Sie fuhr sich mit der freien Hand durch die Haare und stand fahrig vom Esstisch auf, um sich danach sofort wieder auf die Couch fallen zu lassen. »Feuerst du mich, wenn ich das hier vermassle?«

»Natürlich.«

Mit dieser Antwort hatte Sadie nicht gerechnet und sie schluckte hörbar.

»Kleines, mach dir keinen Kopf. Ich weiß, dass du mir einen tollen Artikel bescheren wirst. Glaub an dich. Und jetzt geh schlafen.«

Ein wenig beruhigter durch seinen liebevollen Tonfall wollte sie bereits auflegen, als sie ein böser Gedanke wie ein Blitz durchfuhr.

»Thomas, hat dich Justin angerufen?« Um ihre Brust wurde es augenblicklich eng und sie spürte den Herzschlag bis in ihre Schläfen.

»Nein, bis jetzt noch nicht. Du hast ihm doch hoffentlich nicht gesagt, wo du bist, oder?«

»Nein, auf keinen Fall. Aber wie du weißt, war er nicht gerade begeistert von meinen spontanen Reiseplänen. Es könnte gut sein, dass er dich kontaktiert.«

»Das soll er ruhig machen«, rief Thomas genervt. »Ich sage ihm gerne meine Meinung.«

»Bitte, pass auf dich auf. Er ist zu allem fähig.« Sadie presste ihre Zähne aufeinander. Sie würde es sich nie verzeihen, wenn Thomas oder Laura wegen Justin etwas zustieße.

»Mach dir keine Sorgen um mich, ich kann mich schon verteidigen. Und nun genieße deinen Aufenthalt. Entspann dich und geh Schneeschuhwandern oder was auch immer die Leute im Norden den lieben langen Tag tun.« Er lachte laut über seine eigene Bemerkung.

»Mach's gut, Thomas«, sagte Sadie betont laut und legte auf. Ein Schmunzeln konnte sie sich trotz allem aber nicht verkneifen.

Kapitel 5

Sadie drehte sich zum gefühlt hundertsten Mal von der einen auf die andere Bettseite, zupfte genervt an ihrem Kopfkissen, welches einfach nie die richtige Form beibehalten wollte, und starrte auf die Anzeige des Weckers. 03.12 Uhr, mitten in der Nacht, und sie hatte keine Stunde geschlafen. Seit sie gleich nach Mitternacht aus einem komischen Traum aufgeschreckt war, lauschte sie angestrengt auf jedes Knacken in ihrem Cottage. In ihrer Wohnung in Vancouver war es gewöhnlich totenstill. Die dicken Sandsteinmauern des alten Gebäudes hielten jeglichen Lärm von ihr fern. Nicht, dass dies besser gewesen wäre. Sie schlief auch dort nicht besonders gut. Aber sie wusste wenigstens meistens, wo sich Justin befand. Zurzeit hatte sie jedoch keine Ahnung und in ihrem Traum hatte er sie bereits gefunden und ließ sie für ihre Flucht büßen.

Kurzentschlossen schlug sie die Bettdecke zur Seite und schlurfte in die Küche. Im kleinen Kühlschrank fand sie eine Tüte Milch, ein paar Flaschen Wasser, Eier und ein wenig Gemüse. *Moira ist wirklich ein Schatz*, dachte Sadie und schnappte sich die Milch. Wenn sie jetzt hier noch Kakaopulver finden würde, wäre ihre Nacht gerettet. Denn wenn sie zu Hause nicht schlafen konnte, weil Justin wieder einmal in seinem Saufkoma lag und wie ein Bär schnarchte, machte sie sich immer eine heiße Schokolade. Dann füllte sie diese in einen Thermobecher, schlich sich heimlich aus der Wohnung und schlenderte durch die Straßen ihres Viertels. Draußen fürchtete sie sich nie. Ihr war es tausendmal lieber, an der Promenade

50

entlangzulaufen, als eingesperrt in ihrer Wohnung bleiben zu müssen. Auch wenn das 200 Quadratmeter große Loft von Justin nicht gerade Klaustrophobiker-Charakter hatte. Doch seit dem Tod ihrer Eltern mochte sie geschlossene Räume schlichtweg nicht mehr.

Nachdem sie alle Schränke in der Küche geöffnet hatte, fand sie tatsächlich ein Glas mit Kakao. Zufrieden erhitzte sie die Milch und füllte alles in eine große Tasse.

»Hätte ich bloß meinen Thermobecher mit hierher genommen«, murmelte sie genervt. Doch angesichts ihrer überstürzten Abreise wäre es ein Wunder gewesen, wenn sie ausgerechnet diesen noch eingepackt hätte.

Anstatt mit dem Heißgetränk wieder zurück ins Bett zu gehen, schnappte sie sich die wärmsten Kleider, die sie auf die Schnelle finden konnte, zog alles über ihren Pyjama an und trat mitsamt dem Kaffeebecher vor ihre Tür.

Die kalte Winternacht hüllte sie augenblicklich ein und sie nahm einen tiefen Atemzug. Schon viel besser, dachte sie sich und ging los. Das Gurren einer Eule durchschnitt die Stille und sie zuckte kurz zusammen. Ja, sie war definitiv am Arsch der Welt.

Sadie hatte zwar keinen blassen Schimmer, wo sie hinwollte, aber durch den vielen Schnee wirkte ihre Umgebung freundlich und so lief sie Moiras Privatstraße entlang in Richtung Dorfkern. Das Städtchen lag tief schlafend zu ihren Füßen. Kein Mensch war zu sehen und kein Auto zu hören. Ganz anders als in Vancouver. Da war nämlich immer jemand irgendwohin unterwegs.

Sie trat auf die Main Street und steuerte das erste Schaufenster an. Gestern war sie viel zu sehr damit beschäftigt gewesen, all die Erinnerungen an Andrew zu

51

verdrängen, die sofort nach ihrem Zusammentreffen in ihr aufgestiegen waren. Sie waren zwar nur drei Jahre zusammen gewesen, aber für Sadie war diese Zeit so viel mehr. Er war ihre erste große Liebe, der sie auch nach 17 Jahren irgendwie immer noch nachtrauerte. Dies war ihr auf jeden Fall wieder sehr deutlich bewusst geworden, als sie im Buchladen direkt vor ihm gestanden hatte. Deshalb war sie auch sofort zurück zu ihrem Cottage gelaufen, anstatt noch die hiesigen Geschäfte unter die Lupe zu nehmen.

Das Licht der Weihnachtsbeleuchtung fiel sanft auf den verschneiten Gehweg und gab der ganzen Umgebung eine märchenhafte Stimmung. Sadie machte einen kurzen Halt beim Blumenladen. Mit Hilfe von Schnee aus der Sprühdose war auf dem Schaufenster eine ganze Winterlandschaft gezaubert worden und sie erspähte Weihnachtssterne in allen Farben und Größen im hinteren Teil des Raumes.

Sie nahm einen Schluck Kakao aus ihrem Becher, ehe sie über den großen Dorfplatz schritt. Sie folgte dem vom Schnee freigeschaufelten Mörtelweg zum Pavillon, stieg die paar Stufen hoch und lehnte sich an die Brüstung. Es war wirklich wunderschön hier, dies musste sie sich selbst eingestehen. Auch wenn Kenth viel kleiner war als ihre Heimatstadt Whistler, spürte man vom ersten Augenblick an, dass die Bewohner ihr Städtchen liebten. Dies war eine tolle Eigenschaft, würde jedoch ihre Arbeit sehr wahrscheinlich um einiges erschweren. Denn wenn alle so verschlossen waren wie Edna, würde Sadie am 24. mit leeren Händen dastehen.

Energisch schüttelte sie den Kopf. Sie war gut in ihrem Job, das wusste sie, und sie würde Thomas nicht im Stich lassen. Koste es, was es wolle. Sie nahm den letzten Schluck des mittlerweile kalten Kakaos und schlenderte zurück zur Hauptstraße. Erneut trat sie vor das Schaufenster von ›Cathy's Bookstore‹. Zu den Weihnachtsbüchern hatte sich noch ein Haufen Zuckerstangen gesellt, und ein großer Plüschbär mit roter Zipfelmütze saß erwartungsvoll auf einem kleinen Holzstuhl. Es war ein Paradies für Kinder.

Ihr Herz zog sich bei diesem Gedanken zusammen. Sie hatte immer eigene Kinder gewollt. Doch langsam lief ihr die Zeit davon. Mit ihren 38 Jahren müsste sie sich langsam aber sicher mit der Familienplanung beeilen. Doch Justin war nun wirklich nicht der Richtige für diesen Job. Nie würde sie ihr Kind der Gefahr seiner Wutausbrüche aussetzen. Vielleicht war dies einfach ein weiterer Punkt auf der ›Liste ihrer Bestrafungen‹, wie sie sie immer nannte. Vielleicht war sie nicht dazu bestimmt, eine Mutter zu sein. Ein weiterer Stich durchfuhr ihren Körper und sie schloss für einen Moment die Augen. Wenn sie doch nur damals vor 17 Jahren anders gehandelt hätte. Dann hätte sie jetzt vielleicht ihre kleine Familie mit dem Mann ihrer Träume und sie wäre diejenige gewesen, die Kekse für die Märchenstunde im Buchladen buk.

Sie wischte sich mit der freien Hand eine heiße Träne von ihrer Wange und wandte dem Laden den Rücken zu.

Reiß dich zusammen, heulen ändert die Vergangenheit auch nicht, rügte sie ihr Verstand und sie wusste, dass er recht hatte.

53

Sadie spazierte auf der anderen Straßenseite wieder in Richtung der Cottages und legte einen kurzen Stopp bei der kleinen Bäckerei ein. Sie war wunderschön dekoriert, natürlich sehr weihnachtlich, aber alles in einem eigenen Stil. Der komplette Laden war ausschließlich in Weiß und Rosa gehalten. Es gab eine große, gläserne Theke und vier kleine Tischchen auf der anderen Seite des Raumes. Im Schaufenster standen dutzende Lebkuchenhäuschen. Keines glich dem anderen, aber jedes sah so aus, als wäre es mit viel Liebe hergestellt worden. Sadie fühlte sich sofort willkommen und beschloss, gleich morgen die Besitzerin kennenzulernen. Irgendetwas sagte ihr, dass diese sie am ehesten mit offenen Armen empfangen würde.

Wieder im Cottage angekommen, stellte sie mit klammen Fingern ihre Tasse auf das kleine Tischchen neben der Haustür und klopfte sich den Schnee von den Schuhen. Sie zog alle Kleider bis auf ihren Pyjama wieder aus und legte sich zitternd ins Bett. Ihr Wecker zeigte mittlerweile 04.36 Uhr an und ihr Körper war endlich müde. So fiel sie in einen tiefen Schlaf.

Heftiges Klopfen ließ sie im Bett aufschrecken. Kerzengerade setzte sie sich hin und lauschte angespannt. Es klopfte erneut und eine genervte Stimme rief ihren Namen.

»Scheiße«, entfuhr es ihr, als sie bemerkte, dass es bereits nach 08.00 Uhr morgens war. Sie sprang sofort aus dem Bett, blieb jedoch mit einem Fuß in der Bettdecke hängen und knallte mit dem ganzen Körper wie ein Sack Kartoffeln auf den Boden.

»Sadie? Ist alles klar bei dir?«, rief die Stimme vor ihrer Tür.

Sie stöhnte laut, als sie sich aufraffte und zu der Eingangstür humpelte. Als sie diese öffnete, stand ihr wahnsinnig gutaussehender Ex vor ihr und blickte sie mit hochgezogener Augenbraue an.

»Wir sind verabredet«, sagte er knapp und musterte sie von oben bis unten.

»Ich weiß, tut mir leid. Ich habe wohl meinen Wecker nicht gehört. Gibst du mir fünf Minuten? Dann bin ich gleich bei dir.«

Anstatt einer Antwort bekam sie ein genervtes Schnauben, woraufhin sie schnell die Tür wieder schloss.

Immer weiter fluchend hetzte sie kreuz und quer durch das Cottage, um nur halbwegs passable Kleider zu finden. Ein kurzer Blick in den Spiegel ließ sie jedoch abrupt erstarren. Ihre rotblonden Locken hatte sie am Abend zuvor zu einem hohen Knoten zusammengebunden. Dieser hatte sich beinahe komplett aufgelöst, weshalb ihr nun wirre Strähnen vom Kopf hingen.

»Shit«, rief sie, so leise sie konnte, und fuhr sich notdürftig mit den Fingern durch die langen Haare. Sie flocht einen schnellen Zopf und setzte zur Sicherheit ihre Wollmütze auf. So fiel hoffentlich niemandem ihr Bad-Hair-Day auf. Der rote Fleck auf ihrer Wange, welcher sich gleich nach Justins Ohrfeige gebildet hatte, war zum Glück ein wenig verblasst. Hätte sie noch genug Zeit gehabt, hätte sie ihn sorgfältig abgedeckt. Aber nun musste es ohne gehen. Bei dieser Arschkälte draußen würden ihre Wangen sowieso bald knallrot anlaufen. Dann sollte auch die Andeutung von Justins Handabdruck nicht mehr auszumachen sein.

In rekordverdächtiger Zeit stand sie neben Andrew auf dem Parkplatz. Sie lächelte ihn vorsichtig an, doch sein Gesichtsausdruck war wie eingefroren. Er sah sie kurz mit einer Mischung aus Ärger und Ignoranz an, so wie er es auch nach ihrem Beziehungsende getan hatte, ehe er seinen Blick wieder starr geradeaus richtete. Scheinbar heilte die Zeit doch nicht alle Wunden, dachte sie resigniert und biss sich bei der aufkeimenden Trauer sofort auf ihre Unterlippe.

»Wollen wir dann gehen?«, schlug sie vor, um das Schweigen und vielleicht auch ein wenig das Eis zwischen ihnen zu brechen.

Andrew nickte und lief los, ohne sie auch nur eines weiteren Blickes zu würdigen. Sie zog hinter ihm eine Grimasse, bemühte sich dann aber, mit seinen großen Schritten mitzuhalten.

Sie hatten bereits die Main Street erreicht, als er den ersten Satz über die Lippen brachte. »Hier ist Lydias Blumenladen. Sie hat ihn letztes Jahr von ihrer Mutter übernommen, welche aus gesundheitlichen Gründen nicht mehr länger jeden Tag im Laden stehen konnte. Lydia ist noch jung und hat noch nicht die gleiche Erfahrung, aber sie gibt ihr Bestes.«
Seine Gesichtszüge wurden für einen kurzen Moment weich, ehe sie wieder zu Eis erstarrten. »Auf der anderen Straßenseite findest du ›Sarah's Coffeeshop‹. Eigentlich ist es eine Bäckerei mit ein paar Tischen, aber Sarah fand den Namen hipper als Sarah's Backwaren. Oder so. Frag

56

mich nicht.« Er machte eine abwehrende Handbewegung und ging schnell weiter. »Meinen Laden kennst du ja schon. Wenn du dieser Straße dort folgst«, er deutete auf eine kleine Seitengasse hinter dem Büro des Bürgermeisters, »findest du einen kleinen Lebensmittelladen und unsere Poststelle. Eigentlich haben wir alles, was man zum Leben braucht. Für Extrawünsche musst du aber mindestens nach Lillooet oder noch besser, nach Whistler.«

Als Sadie nichts erwiderte, sagte er knapp: »Gut, die Führung ist beendet. Ich wünsche dir noch einen schönen Tag.« Er wandte sich gerade zum Gehen ab, als Sadie ihn am Arm festhielt.

»Das war alles? Ist das jetzt dein Ernst?« Fassungslos starrte sie ihn an. »Man hat mir versichert, dass ich einen Guide an meine Seite bekomme und nicht eine fünfminütige Zusammenfassung von dem, was ich auch mit eigenen Augen sehen kann.«

Andrew schnaubte verächtlich. »Wofür bitte brauchst du hier einen Guide? Sadie, wir sind zwar nicht am Arsch der Welt, wenn du aber genau hinsiehst, entdeckst du ihn bestimmt von hier aus. Ich kann dir eine Karte unseres Städtchens geben, falls du Angst haben solltest, dich in unserem überdimensionalen Straßennetz zu verlaufen. Aber mehr brauchst du wirklich nicht.«

Sadie rollte mit den Augen. Natürlich brauchte sie hier keinen Touristenführer, das war ihr mittlerweile auch klar. Aber sie hatte gehofft, dass jemand zumindest das Bindeglied zwischen ihr und den Bewohnern darstellen konnte. Dass diese Aufgabe jedoch nichts für Andrew war, war von Anfang an klar.

»Trinkst du wenigstens noch einen Kaffee mit mir?«, fragte sie schließlich und sah ihn bittend an. »Um der alte Zeiten Willen.«

Sie war sich zwar ziemlich sicher, dass er ablehnen würde, aber sie musste es einfach versuchen. Sie wollte um jeden Preis erfahren, wie es ihm in den letzten Jahren ergangen war. Sie hatten sich seit ihrer Trennung ganze zwei Mal gesehen. Er war nicht einmal zur Beerdigung ihrer Eltern gekommen, trotz dem, dass ihre Freundin ihm sogar persönlich von dem tragischen Unglück erzählt hatte. Sadie hätte es nie zugegeben, aber dies verletzte sie mehr als alles andere. Denn es zeigte nur zu deutlich, wie gleichgültig sie ihm geworden war.

Er blieb unschlüssig stehen und warf einen kurzen Blick zu seinem Laden. »Was versprichst du dir davon?«

»Nichts. Wir haben uns bestimmt 17 Jahre nicht gesehen und ich würde gerne wissen, wie es dir geht.«

»Na gut, wir können uns einen Kaffee bei Sarah holen. Danach muss ich aber wieder zurück. Cody soll nicht den ganzen Samstag im Laden stehen müssen.«

»Klar. Kein Problem.« Sie lächelte freudig und folgte ihm in die Bäckerei.

Als er für sie die Tür öffnete, stieg ihr sofort ein unglaublicher Duft nach Keksen und Kaffee in die Nase. Sadie atmete tief ein. »Wow, das riecht köstlich.«

»Ja, unsere Sarah ist stadtbekannt. Sogar aus den Nachbargemeinden kommen Leute her, extra um ihre berühmten Cranberry-Ahornsirup-Cupcakes zu kaufen.«

»So sagt man«, begrüßte sie eine fröhliche Frauenstimme und Sadie bemerkte die kleine, zierliche Brünette

58

hinter der großen Glasvitrine. »Verführst du wieder einmal Touristinnen, Andrew?« Sie lachte so laut auf, als hätte sie den besten Witz des Jahres gemacht und reichte Sadie die Hand. »Hi, ich bin Sarah. Lass dich bloß nicht abschrecken von Mr. Griesgram hier. Es sind nicht alle in Kenth so mürrisch wie er.«

»Puh, da bin ich aber froh. Ich hatte schon für kurze Zeit Angst, ich müsse sofort wieder abreisen.«

Die beiden Frauen schauten sich an und prusteten los. Von Andrew kam nur ein Schnauben, deshalb sagte Sadie schnell: »Ich hätte gerne einen Cappuccino zum Mitnehmen und was Mr. Griesgram hier will, weiß ich leider nicht.« Sie deutete auf ihren Ex und biss sich auf die Lippen, um nicht erneut in einen Lachanfall zu verfallen.

»Das gleiche wie immer«, schaltete sich Andrew ein. »Sarah, das ist Sadie Rivers. Sie arbeitet bei der Vancouver Sun und ist hier wegen der angeblichen Wunder.«

»Wow, du bist also eine echte Journalistin?«, fragte Sarah mit großen Augen.

»Ja, wenn man meinem Presseausweis Glauben schenken mag.« Sadie lächelte verlegen, denn mit der Bezeichnung Journalistin hatte sie sich immer noch nicht recht angefreundet. Sie fühlte sich stets wie eine Hochstaplerin, wenn jemand sie so bezeichnete. Schließlich war sie einfach irgendwie in diesen Beruf gerutscht, ohne auch nur annähernd irgendetwas in dieser Richtung studiert zu haben.

»So cool«, rief Sarah aus und klatschte in die Hände. »Ich bin noch nie einer richtigen Journalistin begegnet. Komm doch mal nach Ladenschluss hier vorbei und wir reden ein bisschen. Wäre das o.k. oder ist dein Terminka-

59

lender bereits voll?« Ihr Blick wanderte von Sadie zu Andrew und sie zog die Augenbrauen fragend hoch.

»Oh nein, nein, es ist nicht so wie du denkst. Andrew hat die großartige Aufgabe, mich hier in Kenth herumzuführen. Die Freude steht ihm regelrecht ins Gesicht geschrieben, wie du siehst.« Sie zog eine kurze Grimasse, ehe sie weitersprach: »Ich komme sehr gerne. Passt dir heute Abend?«

»Perfekt. Ich habe um 16.00 Uhr Schluss.« Sarah reichte den beiden ihre Kaffeebecher und verabschiedete sich fröhlich.

»Bis später«, rief ihr Sadie zu, als sie bereits von Andrew aus dem Laden geschoben wurde.

»Du hattest schon immer ein Talent dazu, Kontakte zu knüpfen«, bemerkte er, als sie zum Dorfplatz schlenderten.

»Na ja, vielleicht bin ich deshalb Journalistin geworden. So habe ich tagtäglich mit fremden Menschen zu tun.«

»Und wieso brauchst du dann hier einen Babysitter?« Er sprach die Worte mit so viel Spott aus, dass ein kleiner, neuer Riss in ihrem Herzen entstand.

»Weil ich unbedingt eine grandiose Story abliefern möchte.« Sie setzte sich auf die Parkbank in der Mitte des Platzes und bedeutete ihrem Gegenüber, auch Platz zu nehmen.

»Und wieso ist dir das so wichtig?« Andrew ließ sich etwas widerwillig neben ihr nieder.

»Weil mir die Zeitung am Herzen liegt und ich es meinem Chef versprochen habe. Er will mit dieser Serie einen Konkurs abwenden. Wir berichten von Ereignissen in ganz British Columbia und mein Artikel soll das abschließende Highlight werden.«

»Wie nett ... und ambitioniert.«

»Es ist nur selbstverständlich, dass ich mich da voll und ganz reinhänge. Er ist für mich wie ein Vater.« Sie senkte traurig den Blick und blinzelte schnell eine Träne weg, wie immer, wenn das Thema auf ihre Eltern fiel.

»Es tut mir leid, was mit Richard und Emily passiert ist.« Sein Ton wurde plötzlich eine Spur weicher. »Ich wollte eigentlich zur Beerdigung kommen, aber es war alles ein wenig viel mit Cody und der neuen Situation. Wir waren erst kurz vorher aus Whistler weg und völlig überfordert mit dem neuen Buchladen, einem kleinen Kind und einem für mich fremden Dorf.« Über sein Gesicht huschte der Ausdruck von Bedauern und sie erkannte für eine Sekunde lang den Andrew, den sie einmal von ganzem Herzen geliebt hatte.

»Das verstehe ich.« Sie hielt einen Moment inne und ließ ihren Blick über den Platz schweifen. »Cody scheint mir ein sehr netter Junge zu sein.«

»Ja, er ist großartig. Er hilft mir, wann immer es geht, im Laden und beschwert sich nie. Er versteht, dass unsere Situation nicht einfach ist.«

»Und wo ist seine Mutter?«

»Weg«, sagte er knapp.

Sofort erkannte sie, dass sich seine Gesichtszüge verhärteten, während er sich von der Parkbank erhob. Sadie wusste, dass sie mit dieser Frage eine unsichtbare Grenze überschritten hatte, aber es war sowieso bereits zu spät. Ihr Moment war vorbei.

61

»Ich muss jetzt los. Morgen Nachmittag werde ich aber bei Mrs. Godwin vorbeischauen. Wenn du möchtest, kannst du mich begleiten. Vielleicht kann sie dir einige Antworten auf deine Fragen geben. Sie ist sowas wie unsere Dorfälteste und weiß über alles und jeden Bescheid. Sie hat bereits von dir gehört und ist ganz versessen darauf, dich kennenzulernen. Außerdem kann ich so gleich meiner aufgezwungenen Aufgabe als Presseverantwortlicher gerecht werden.«

Seine Andeutung von Humor brachte Sadie kurz aus dem Konzept, dann nickte sie jedoch dankbar. »Das wäre großartig.«

»Gut, dann komm um 14.00 Uhr in meinen Laden. Und sei dieses Mal bitte pünktlich.« Andrew hob zum Abschied kurz die Hand und überquerte dann mit schnellen Schritten den Platz.

Es war ein Anfang, dachte sie sich und nahm nochmals einen großen Schluck des köstlichen Kaffees.

Um Punkt 16.00 Uhr stand sie in der kleinen Bäckerei und verabschiedete gemeinsam mit Sarah die letzten Gäste.

»Möchtest du nochmals einen Cappuccino?«

»Sehr gerne. Der war echt lecker heute Morgen.«

»Ist mit viel Liebe gemacht«, antwortete sie mit einem ernsten Gesicht, ehe sie Sadie zuzwinkerte.

»Ich hätte auch nichts anderes erwartet.« Sie setzte sich an einen der kleinen rosa Tischchen und schaute aus dem Schaufenster auf die geschäftige Straße. Ihr Blick wanderte automatisch zu dem Laden mit dem riesigen Teddy auf dem Stuhl in der Auslage und blieb dort hängen.

»Hast du eine Schwäche für griesgrämige Männer?«, riss sie die Stimme von Sarah aus den Gedanken und sie wandte sich sofort zu ihrer neuen Bekanntschaft um.

»Nun ja, er war nicht immer so.« Sie blickte noch ein letztes Mal auf die andere Straßenseite, ehe sie sich demonstrativ mit dem Rücken zum Fenster setzte. Das konnte so nicht weitergehen. Sie würde kein einziges Wort von Sarah mitkriegen, wenn der Buchladen immer in ihrem Sichtfeld war.

»Wie meinst du das?«

»Andrew und ich kennen uns von früher.«

Sarah hielt sofort in ihrer Bewegung inne und riss die Augen auf. »Ihr kennt euch?«

»Ja, wir waren sogar mal ein Paar. Ist aber schon ewig her.«

»Das glaub ich ja nicht.« Ihr Gegenüber schüttelte langsam den Kopf. »Und wieso habt ihr euch getrennt?«

»Ach, das ist eine lange Geschichte. Wir waren fast noch Kinder, als wir zusammengekommen sind. Es ist vermutlich besser so.« Sadie winkte ab und trank schnell einen Schluck aus ihrer großen Tasse. »Aber wo ist denn eigentlich seine Frau?«, fügte sie rasch hinzu, um das Thema wenigstens ein wenig von Andrew und ihr abzulenken.

»Puh, das war eine ganz traurige Sache. Sie ist vor ein paar Jahren gestorben. Sie hatte einen Schlaganfall. Es war sogar kurz vor Weihnachten. Cody war damals erst acht Jahre alt. Für ihn und Andrew brach eine Welt zusammen.«

Sadie starrte sie schockiert an und stammelte: »Sie ist tot?«

»Ja. Hat er dir das nicht erzählt?«

63

Langsam schüttelte sie den Kopf.»Er meinte nur, dass sie weg sei. Ich dachte, sie hätten sich einfach getrennt.«

»Ich glaube, die Zwei hätten sich nie getrennt«, platzte es aus Sarah heraus, ehe sie sich sofort auf die Lippen biss.»Tut mir leid, das war nicht so gemeint.«

»Schon gut. Wie gesagt, wir sind schon lange kein Paar mehr.« Doch tief in ihrem Inneren traf sie diese Bemerkung wie ein Schlag ins Gesicht. Die beiden hätten sich nie getrennt, hallte es in ihrem Kopf nach. *Ja, Sadie, hättest du dich mal mehr angestrengt, hätte er dich vielleicht auch nie verlassen*, fluchte ihr Verstand und sie zog unweigerlich eine Grimasse.

Als sie sich erneut von rechts nach links wälzte, fiel ihr Blick auf ihren Wecker. 00.17 Uhr stand in leuchtenden Ziffern auf dem Display und ihr entfuhr ein resigniertes Stöhnen. Seit sie von Sarah nach Hause gegangen war, gingen ihr ihre Worte nicht mehr aus dem Kopf. Sie konnte einfach nicht vergessen, dass er eine andere Frau so sehr geliebt hatte, dass er sich nicht hatte vorstellen können, jemals wieder mit jemand anderem zusammen zu sein. Es verletzte sie wahnsinnig, auch wenn es überhaupt keinen Grund dafür gab. Was hatte sie erwartet? Dass sie ihn eines Tages wieder traf und er sie mit offenen Armen empfing? Dass er ihr sofort seine Liebe gestand und ihr beichtete, dass er die ganzen Jahre über nur auf sie gewartet hatte und nie jemand anderen so sehr geliebt hatte wie sie?

»Das war die lächerlichste Hoffnung, die du je gehabt hast«, fluchte sie leise und stand vom Bett auf.

64

Der restliche Abend bei Sarah war toll gewesen. Sie war eine sehr nette Frau, auch wenn Sadie nur noch die Hälfte von dem mitbekommen hatte, was sie ihr erzählte. Aber sie war froh, eine neue Bekanntschaft in diesem Städtchen gemacht zu haben. Es würde ihren Aufenthalt um einiges angenehmer gestalten, wenn sie ab und zu jemanden zum Quatschen hatte.

Sie tapste in die Küche, stellte eine Pfanne voller Milch auf den Herd und angelte sich die Dose mit dem Kakaopulver vom Schrank. Nachdem sie alles in einen Kaffeebecher gefüllt hatte, zog sie erneut die warmen Kleider über ihren Pyjama und trat in die kalte Nacht hinaus.

Sadie schlenderte auf die Main Street hinunter und wollte gerade nach dem Blumenladen zum Pavillon abbiegen, als sie Andrew und Cody über den Dorfplatz laufen sah. Sie blieb so abrupt stehen, dass ein wenig heiße Schokolade in den Schnee zu ihren Füßen tropfte. »Was zum Geier«, murmelte sie verwirrt, als sie den großen Werkzeugkoffer in Andrews Hand bemerkte. Sie starrte den beiden nach, bis sie im Buchladen verschwunden waren. Irritiert blickte sie auf ihre Armbanduhr. Es war bereits beinahe 1:00 Uhr nachts. Wieso war Cody noch wach? Zugegeben, morgen war Sonntag. Das bedeutete, er hatte keine Schule. Aber sollte ein Teenager nicht um diese Uhrzeit im Bett sein? Angestrengt versuchte sie sich an die Zeit zu erinnern, in der sie in diesem Alter gewesen war. Als ihr dann bewusst wurde, was sie mit 15 schon alles angestellt hatte, zuckte sie mit den Schultern und ging weiter zum Pavillon. Sie nahm gerade

65

einen weiteren Schluck ihres Kakaos, als im Stockwerk über dem Buchladen das Licht anging. Sie sah, wie Andrew an einem der Fenster vorbeihuschte, sich seines Shirts entledigte und dann mit nacktem Oberkörper die Vorhänge schloss.

Sadie durchfuhr augenblicklich ein angenehm prickelnder Schauer. Er sah immer noch genauso gut aus wie früher, schoss es ihr durch den Kopf.

»Vergiss ihn«, zischte sie laut in die Stille der Nacht. »Dieser Mann ist nicht mehr für dich bestimmt.«

Kapitel 6

Bereits um 13.30 Uhr stand Sadie vor ›Cathy's Bookstore‹. Sie wollte sich nicht erneut die Blöße geben und zu spät zu einem Treffen mit Andrew erscheinen.

Das Glöckchen bimmelte laut, als sie die Eingangstür öffnete, und Cody blickte ihr mit einem breiten Grinsen entgegen.

»Hi Sadie«, rief er, als wären die beiden bereits seit Jahren befreundet.

»Hallo Cody.« Sie winkte ihm kurz zu und widmete sich schmunzelnd dem Tisch mit den neu eingetroffenen Büchern. Als sie das Logo des Verlages entdeckte, welcher ihr Manuskript abgelehnt hatte, zog sich ihr Magen unsanft zusammen. »Da könnte jetzt dein Buch liegen, wenn du dich ein wenig mehr angestrengt hättest«, murmelte sie ärgerlich.

»Was sagst du?«, fragte eine Stimme direkt hinter ihr und Sadie wirbelte erschrocken herum. Andrew stand dicht vor ihr und begutachtete sie misstrauisch.

»Nichts, nichts. Alles o.k. Mir ist nur etwas eingefallen, was ich nachher noch unbedingt erledigen muss.« Sie lächelte verkrampft, doch Andrew war bereits wieder auf dem Weg nach hinten in sein Büro.

»Du bist zu früh«, bemerkte er kurz angebunden und schloss ohne ein weiteres Wort die Tür seines Arbeitszimmers.

Sadie verkniff sich dieses Mal eine Grimasse und widmete sich erneut den Büchern.

Andrew ließ sie eine volle halbe Stunde warten, ehe er um Punkt 14.00 Uhr aus seinem Büro trat und ihr ein knappes »Kommst du?«, an den Kopf warf. Sie stellte hastig ein Buch zurück ins Regal und winkte Cody zum Abschied. »Ich komme später nochmals vorbei. Sonst gehe ich wieder ohne ein Buch nach Hause«, rief sie ihm zu, bevor die Eingangstür hinter ihr laut ins Schloss fiel.

Sie verließen die Main Street in Richtung Norden und standen wenige Minuten später vor einem kleinen Häuschen mit liebevoll geschmücktem Vorgarten und einer großen Scheune. Sobald man den älteren Dorfkern, welcher sich an der Main Street entlang schlängelte, verließ, fanden sich nur noch vereinzelt Häuser im Tal.

Sadie verliebte sich sofort in diese Umgebung. Es war wahnsinnig ruhig, man hatte viel Platz und seine Privatsphäre. Trotzdem war man schon nach einem kurzen Spaziergang bei den Geschäften rund um den Dorfplatz. So hatte sie sich ihr Leben immer vorgestellt: Irgendwo abgelegen ein kleines Haus zu besitzen, welches sie mit ihren Kindern und einem liebevollen Ehemann bewohnte. Weit ab vom Trubel und der Beengtheit der Großstadt. Außerhalb von Whistler gab es ein paar dieser Wohnhäuser und sie träumte früher immer heimlich davon, so eines zu besitzen. So wäre sie ganz in der Nähe ihrer Eltern gewesen, hätte aber trotzdem den nötigen Freiraum gehabt. Dieser Traum zerplatzte jedoch am 20. Juni vor 13 Jahren, als ihre Eltern bei einem Flugzeugabsturz ums Leben kamen.

»Alles klar bei dir?«, wollte Andrew wissen und sah sie misstrauisch an. Sie standen bereits vor der Eingangstür von Mrs. Godwin, als Sadie aus ihrem Tagtraum erwachte.

»Klar«, sagte sie schnell und versuchte sich angestrengt die Fragen für ihre Interviewpartnerin ins Gedächtnis zu rufen.

Sein Blick ruhte ein wenig länger als sonst auf ihr, ehe er klopfte. Es dauerte keine fünf Sekunden, bis eine kleine, rundliche Frau mit langen, grauen Haaren die Tür öffnete. Sie lächelte fröhlich, als sie die beiden begrüßte. »Schnell, kommt rein.« Sie machte eine einladende Handbewegung und trat ein Stück beiseite. »Draußen ist es eine Arschkälte. Ihr müsst ja halb erfroren sein.«

Als Andrew Mrs. Godwin mit einem prüfenden Blick ansah, erwiderte sie schnell: »Ach, nun sei mal nicht die Schimpfwortpolizei. Cody ist nicht da und Miss Vancouver hier wird wohl einiges aushalten können.« Mit diesen Worten drehte sie sich zu Sadie und reichte ihr die Hand. »Hi. Ich bin Karen. Herzlich willkommen bei uns in Kenth.«

»Sadie. Und, vielen Dank.«

»Karen, wo ist denn der defekte Wasserhahn?«, schaltete sich Andrew ein, ehe eine der beiden Frauen etwas sagen konnte.

»Im oberen Bad. Ich weiß auch nicht, was mit diesem Mistding los ist, aber es hält mich die ganze Nacht wach mit seinem Getropfe. Ich kann dieses Geräusch nicht ausstehen.« Sie verzog angewidert das Gesicht.

»Kein Problem. Ich sehe es mir an. Sadie, du hast genauso lange Zeit für dein Interview, wie ich für die tropfende Armatur brauche. Danach lassen wir Mrs. Godwin wieder in Ruhe.«

69

»Ach Andrew, sei mal nicht so unfreundlich«, schaltete sich Karen ein, doch er beachtete sie nicht weiter, sondern warf Sadie einen warnenden Blick zu, bevor er die Treppe in den ersten Stock hinaufstieg.

»Komm mit Kindchen, ich machen dir einen Tee und dann erzähl ich dir alles, was du wissen möchtest. Lass dich bloß nicht von Mr. Griesgram verunsichern.« Sadie konnte sich ein Kichern nicht verkneifen. »Ist Mr. Griesgram so was wie sein Spitzname? Sarah von der Bäckerei hat ihn gestern schon so betitelt.«

»Ja, aber er wird nur von uns jüngeren Frauen so genannt.« Sie zwinkerte ihr vielsagend zu. »Denn eigentlich sind wir alle unsterblich in ihn verliebt.«

»Aha.«

»Du willst ihn uns doch nicht etwa streitig machen, oder?« Karen zog fragend die perfekt geschminkten Augenbrauen hoch.

»Nein, nein, keine Angst, ich bin nur hier für meinen Artikel. Spätestens an Heiligabend seid ihr mich wieder los. Und Mr. Griesgram lasse ich euch all zu gerne hier.«

Mrs. Godwin schien mit ihrer Antwort zufrieden zu sein, denn sie lächelte versonnen vor sich hin, als sie zwei Tassen mit Tee füllte. Zwar musste sie bestimmt schon über 60 Jahre alt sein, aber scheinbar rechnete sie sich immer noch reelle Chancen bei Andrew aus.

»Andrew sagte, dass du einen Artikel über unser wunderschönes Städtchen schreiben möchtest. Worum genau soll es denn da gehen?« Karen setzte sich neben sie auf die Couch und nippte vorsichtig an ihrem Heißgetränk.

»Nun, es gibt das Gerücht, dass bei euch in der Weihnachtszeit jedes Jahr Wunder passieren ...«

70

»Oh, Liebes, das ist kein Gerücht. Es ist die reinste Wahrheit«, fiel ihre Karen ins Wort und Sadie sah sie verwirrt an. Dass es so einfach werden würde, hätte sie nicht gedacht.

»Es stimmt also?«

»Natürlich. Ich habe es selbst erlebt.«

»Du hast ein solches Wunder erlebt?«

»Ganz genau. Und gestern hat es wieder angefangen.«

»Gestern gab es hier ein Wunder?«

Karen lehnte sich verschwörerisch zu ihr hinüber und sagte leise: »Ja, es passiert wieder. Das Auto meiner Nichte Lilly hat den Geist aufgegeben. Sie braucht es, um die Abendschule in Whistler zu besuchen. Aber die eisigen Temperaturen setzen der Schrottkarre ganz schön zu.« Sie rollte mit den Augen. »Leider fehlt uns das Geld, um das Auto zu Pete in die Werkstatt zu bringen. Per Zufall hatte sie es heute Morgen nochmal versucht zu starten und es ist gleich beim ersten Mal angesprungen.«

Karen klatschte voller Begeisterung in die Hände, als hätte sie ihr gerade mitgeteilt, ein Heilmittel gegen Krebs gefunden zu haben.

Sadie, die die ganze Zeit über völlig still und angespannt zugehört hatte, sackte ein kleines bisschen in sich zusammen. Das war wirklich alles? Diese Wunder würden Thomas nie vor dem Konkurs retten.

»O.k.«, sagte sie langsam und wählte ihre Worte mit Bedacht. »Und es ist nicht möglich, dass das Auto einfach von alleine wieder angesprungen ist? Vielleicht war es die letzten Tage einfach wärmer und ...«

»Ausgeschlossen.« Karen schüttelte vehement den Kopf.

71

»Na gut, belassen wir es mal so. Was für ein Wunder hast du denn selbst erlebt?«

Karens Miene hellte sich sofort wieder auf. »Ja, das war ganz was Tolles. Letztes Jahr habe ich meine Schwester in Hope besucht. Ich war nur fünf Tage weg und als ich wieder nach Hause kam, war mein ganzer Schuppen repariert.« Sie strahlte über das ganze Gesicht. »Du hättest ihn vorher sehen sollen. Mir wäre beinahe das Dach auf den Kopf gefallen und jetzt sieht er wieder wie neu aus.«

»Und niemand hat sich zu dieser Arbeit bekannt? Auch deine Nachbarn haben nichts Außergewöhnliches bemerkt als du weg warst?« Sadie war sich sicher, dass es eine logische Erklärung für das alles geben musste. Schließlich reparieren sich solche Schuppen nicht einfach von selbst.

»Nein, niemand hat etwas gehört. Nun ja, meine Nachbarn sind auch nicht gerade hier um die Ecke. Aber sie hätten mich sicher angerufen, wenn ihnen etwas aufgefallen wäre.«

»O.k., vielen Dank.« Sadie notierte sich kurz etwas in ihrem Heft.

»Aber es gab noch mehr. Ich bin nicht die Einzige die ...«

»Du solltest nun wieder schlafen können«, unterbrach Andrew sie, als er die Treppe hinunter stampfte.

»Oh, du bist ein Schatz. Was schulde ich dir?« Sie wollte schon aufstehen und ihren Geldbeutel holen, als Andrew ihr bedeutete, sitzen zu bleiben.

»Du weißt genau, dass ich kein Geld von dir annehme. Lilly braucht bestimmt bald wieder neues Schulmaterial.

72

Aber vielleicht kannst du dafür zwischendurch mal auf Cody aufpassen?«

»Natürlich. Du weißt, dass du ihn mir jederzeit bringen kannst.«

Er nickte knapp und drückte kurz ihre Schulter. »Sadie, verabschiede dich von Karen, wir gehen.«

Sadie stand mit einem Augenrollen auf und gab Mrs. Godwin die Hand. »Vielen Dank, dass du dir Zeit für mich genommen hast.«

»Jederzeit, Liebes. Ich habe gerne Besuch. Komm einfach vorbei.« Sie lächelte sie herzlich an und ein warmes Gefühl breitete sich in Sadies Innerem aus.

»Das werde ich, vielen Dank.«

Sie verließ hinter Andrew das kleine Häuschen und musste beinahe rennen, um nicht den Anschluss an ihn zu verlieren.

»Was denkst du, ist wirklich mit Lillys Auto passiert?«

Er zuckte nur mit den Schultern. »Du hast doch Karen gehört. Es war ein Wunder.« Er zog das Wort Wunder jedoch so in die Länge, dass sie ihm keine Sekunde abkaufte, dass er auch daran glaubte. Da er aber immer noch nicht milder auf sie zu sprechen war, beschloss sie, es vorerst dabei zu belassen.

Als sie hinter ihm den Buchladen betrat, warf er ihr einen irritierten Blick über die Schulter zu, sagte jedoch nichts, sondern ging auf direktem Weg zu Cody an die Kasse.

»Ist alles gut gegangen?«

»Ja, Dad, du musst mich das nicht jedes Mal fragen,

73

ich habe den Laden im Griff. Und sonntags kommen sowieso nur Mr. Sanchez und Mrs. Morgan für ein Schwätzchen vorbei. Ich verstehe immer noch nicht, wieso wir an diesem Tag nicht einfach schließen.«

»Das lass mal meine Sorge sein«, entgegnete ihm Andrew in einem strengen Ton. »Es ist Adventszeit. Da weiß man nie, wann die Touristen hier aufschlagen. Der Dezember ist immer unser umsatzstärkster Monat.«

Cody zuckte mit den Schultern, nickte jedoch und senkte den Kopf, um wieder etwas in ein Heft zu kritzeln.

Andrew warf einen letzten Blick auf seine Verfolgerin, bevor er in seinem Büro verschwand und schlug dann so laut die Tür hinter sich zu, dass Sadie kurz zusammenzuckte. Eigentlich hatte sie gehofft, sich irgendwann mit ihm aussprechen und vielleicht sogar versöhnen zu können, aber danach sah es im Moment so gar nicht aus. Augenblicklich durchfuhr sie derselbe alte Schmerz, der sich seit ihrer Trennung immer wieder in ihr Herz schlich. Sie hasste es, dass es so viel Unausgesprochenes zwischen ihnen gab. Aber dieses Problem musste warten, schließlich war sie nicht hier, um alte Wunden wieder aufzureißen. Sie hatte eine Mission. Nur der Artikel zählte. Sonst nichts.

Nach 30 Minuten kam sie mit sechs Büchern zu Cody an die Kasse. Er legte sofort den Stift weg, als er sie bemerkte, und nahm die Bücher zum Einscannen entgegen. »Sind die alle für dich oder kann ich dir welche als Geschenk verpacken?«

Oh Gott, wie sie diese Frage hasste. Jedes Mal, wenn sie an der Kasse ihre Bücher bezahlen wollte, wurde sie damit konfrontiert. Sie hatte schon überlegt, sich ein Schild um den Hals zu hängen mit der Aufschrift: ›Ja, die sind alle für mich. Denn ich bin geizig und teile nicht gerne. In Geschenkpapier einpacken wäre also reinste Verschwendung.‹

»Nö, ich gebe nichts ab«, antwortete sie schließlich mit einem verlegenen Lächeln.

»Gute Wahl«, sagte er anerkennend, als er die Titel begutachtete. »Falls dir dieses hier gefällt, solltest du unbedingt ›Wie das Leben so spielt‹ lesen. Das ist echt gut.«

Sadie zog überrascht die Augenbrauen hoch. »Du hast ›Wie das Leben so spielt‹ gelesen?«

»Jep.« Er zuckte unbeeindruckt mit den Schultern. »Es ist Fluch und Segen zugleich, wenn der Vater einen Buchladen besitzt. Es ist großartig, immer unbeschränkten Zugang zum neuesten Lesestoff zu haben. Aber in der Schule wird man schnell als Nerd abgestempelt, wenn man zwischendurch lieber ein Buch liest, als ›Fortnite‹ zu spielen.« Er lächelte vorsichtig. »Hast du es auch gelesen?«

»Nein, noch nicht. Aber es steht ganz oben auf meiner Wunschliste. Habt ihr es hier? Ich hab es nirgends gefunden.«

»Es ist leider ausverkauft. Aber morgen sollte eine neue Lieferung kommen. Ich kann dir ein Exemplar reservieren, wenn du möchtest.«

»Das wäre großartig. Bis dahin habe ich ja jetzt genug Lesestoff.« Sie deutete auf ihren Bücherstapel und reichte ihm ihre Kreditkarte.

»Bücher kann man nie genug haben.«

75

»Meine Rede, Cody. Wir sehen uns morgen.«

Sie verließ den Laden mit einer großen Tüte und schlug den Weg zu ihrem Cottage ein. Unterdessen hatte es angefangen zu schneien und sie drehte sich noch einmal zum Dorfkern von Kenth um, bevor sie in die Privatstraße einbog. Es war wirklich schön hier. So friedlich und still. Das war genau das, was sie brauchte, dachte sie sich schmunzelnd und nahm einen tiefen Atemzug.

Im Cottage setzte sie sich an den Esstisch direkt vor dem großen Fenster. Sie sah den tanzenden Schneeflocken eine Weile lang zu, ehe sie ihren Laptop aufklappte. Sie öffnete ein neues Dokument und tippte ihre Notizen vom Gespräch mit Mrs. Godwin ab. Sie klickte gerade auf ›Speichern‹, als das Handy neben ihr aufleuchtete.

17.21 Uhr:
Ich werde dich finden, Sadie. Das schwöre ich dir.

Nachdem sie die Nachricht von Justin gelesen hatte, wurde ihr kurz schwindlig. Sie hätte ihn schon längst zurückrufen sollen. Doch mittlerweile war sie bereits den dritten Tag weg und sie hatte das Gefühl, dass sich ihr Zeitfenster für eine einigermaßen friedliche Versöhnung mit ihrem Freund geschlossen hatte. Nun würde er sie bestimmt nicht ungeschoren davonkommen lassen. Sie würde büßen für ihr Verhalten, da war sie sich ganz sicher.

»In diesem verschlafenen Kaff wird er dich schon nicht finden«, murmelte sie leise. So ganz konnte sie sich jedoch selbst nicht glauben. Deshalb erhob sie sich kurzentschlossen von ihrem Tisch.

Du musst dich gegen ihn wehren können. Du musst stärker werden, ermahnte sie ihr Verstand. Also ließ sie sich auf die Knie fallen und machte zehn Liegestütze und zwanzig Situps. Diese würden sie zwar nicht zu Superwoman machen, aber Sadie fühlte sich danach deutlich besser als vorher.

Mit einem triumphierenden Gefühl setzte sie sich zurück an ihren Laptop und öffnete erneut eine leere Seite. Seitdem ihr Buch abgelehnt worden war, hatte sie das erste Mal wieder eine neue Idee für eine Geschichte und ihre Finger flogen nur so über die Tastatur.

Sie war komplett in ihre Story eingetaucht, als es plötzlich an der Tür klopfte. Sadie fiel beinahe vor Schreck vom Stuhl. Ein wenig wacklig auf den Beinen durchquerte sie das Wohnzimmer, um nachzusehen, wer der Störenfried war.

Sie blickte verblüfft in das freundliche Gesicht von Bernhard, Moiras Mann. Er rieb sich verlegen den Nacken, ehe er sagte: »Moira lässt fragen, ob du zum Abendessen kommen möchtest. Es gibt Forelle an Weißweinsauce.«

Sie linste kurz auf ihre Armbanduhr und stellte erschrocken fest, dass es bereits nach 19.00 Uhr war. »Tut mir leid für meine Verspätung. Ich habe ganz vergessen, dass ich Moira fürs Essen zugesagt habe. Gib mir fünf Minuten, dann komme ich sofort.«

Er nickte rasch und ging dann den Weg zum Haupthaus zurück. Sadie rannte zum Tisch, warf einen zufriedenen Blick auf die vielen neuen Zeilen in ihrem Word-Dokument und schnappte sich ihren Pullover von der Stuhllehne.

Gleich nach Mitternacht stand Sadie wieder dick eingepackt vor ihrer Haustür, mit einer dampfenden Tasse Kakao beladen. Die Chance, dass sie Andrew nochmals mitten in der Nacht im Dorf antreffen würde, war verschwindend gering, aber sie musste es wenigstens versuchen. Das Bild von ihm und Cody mit dem Werkzeugkoffer ging ihr einfach nicht mehr aus dem Kopf.

Sie schritt schnell die unbeleuchtete Privatstraße entlang, passierte ein Stück der Main Street und setzte sich in eine dunkle Ecke im Pavillon. Sie hatte zwar nichts zu verbergen, jedoch wollte sie auch nicht sofort von jemandem entdeckt werden. Welcher normale Mensch würde bei Minusgraden, nach Mitternacht und völlig alleine auf einem Dorfplatz sitzen, dazu noch mit einer stinknormalen Kaffeetasse bewaffnet?

Als ihr nach zwanzig Minuten langsam die Finger abfroren, der Kakao ausgetrunken und immer noch weit und breit nichts von Andrew oder Cody zu sehen war, gestand sie sich widerstrebend ein, dass es wirklich irre war, was sie da tat. Es gab bestimmt eine plausible Erklärung für gestern Nacht. Sie durchquerte gerade den Pavillon, als ein dumpfer Knall die Stille durchschnitt. Sie blieb wie angewurzelt stehen und drei Sekunden später sah sie ihn. Er hatte in jeder Hand eine große Einkaufstüte und schritt eilig über den Dorfplatz. Sadie versteckte sich hinter einem Pfeiler und linste vorsichtig auf den dunklen Platz.

Andrew blickte sich mehrmals um, ehe er in einer kleinen Gasse auf der gegenüberliegenden Seite seines Ladens verschwand.

»Was zum Geier soll das?«, murmelte sie leise vor sich hin, als sie die Treppenstufen hinuntereilte und den gleichen Weg einschlug wie er. Sie folgte der Gasse und stand am Ende der Häuserwand vor einem großen, fetten ... Nichts. Es war weit und breit keine Menschenseele zu sehen. Die nächsten Häuser kamen erst unzählige Meter weiter hinten. Wo war er bloß hin? Vergeblich versuchte sie im spärlichen Licht der vereinzelten Laternen etwas zu erkennen. »Shit«, fluchte sie, als sie den gleichen Weg wieder zurückging. Irgendwie hatte sie gehofft, dass Andrew sie zu etwas Wichtigem führen würde, etwas, das ihrem Artikel für die Vancouver Sun den nötigen Kick verliehen könnte. Stattdessen stand sie frierend und mutterseelenalleine im Nirgendwo.

Enttäuscht ging sie zurück zu ihrem Cottage und legte sich zitternd und mitsamt den Kleidern in ihr Bett.

»Das war ja vielleicht mal ein Reinfall.«

Kapitel 7

Nachdem sie den ganzen Morgen an ihrer Geschichte geschrieben hatte, gönnte sie sich eine kurze Pause und holte das bestellte Buch bei ›Cathy's Bookstore‹ ab. Das Bimmeln des Glöckchens empfing sie und zu ihrer Überraschung saß Cody hinter der Kasse.

»Hi Sadie«, rief er fröhlich und sprang sofort von seinem Stuhl auf. »Dein Buch ist bereits hier.« Er suchte kurz das Regal hinter sich ab, bevor er mit einer gebundenen Ausgabe von ›Wie das Leben so spielt‹ über seinem Kopf herumwedelte.

»Oh perfekt. Vielen Dank.« Sie trat zu ihm an die Kasse und blickte ihn etwas besorgt an. »Hast du keine Schule heute?«

»Doch, natürlich. Aber nur am Vormittag.« Er grinste sie breit an.

»Und jetzt sitzt du an deinen Hausaufgaben?« Sie deutete auf das aufgeschlagene Heft neben ihm.

»Oh nein, das ist nur für mich. Ich schreibe manchmal.«

»Das ist toll. Was schreibst du denn?«

Die Röte stieg ihm sofort ins Gesicht und er antwortete verlegen: »Nur ein paar Kurzgeschichten. Nichts Wichtiges.«

»Das ist großartig. Du machst das bestimmt ganz toll.« Sie beugte sich ein wenig näher zu ihm hin. »Ich schreibe auch und wir Autoren müssen schließlich zusammenhalten.« Sie zwinkerte ihm zu und Cody lächelte voller Stolz.

»Hast du denn schon mal ein Buch veröffentlicht? Das wäre ja mein Traum, aber ich weiß nicht, ob ich gut genug bin.«

»Schreib einfach weiter. Dann wird dein Wunsch bestimmt eines Tages in Erfüllung gehen. Mein Manuskript hat die Prüfung beim Verlag leider nicht bestanden. Aber ich habe gestern eine neue Geschichte angefangen.« Sie hielt die Finger hoch und überkreuzte sie. »Vielleicht wird es ja dieses Mal was.«

»Erzählst du mir, worum es darin geht?« Ohne auf eine Antwort von ihr zu warten, setzte er sich auf den Stuhl und schaute sie erwartungsvoll an.

»Klar, ein bisschen kann ich dir davon erzählen.« Sie überlegte kurz und senkte dann verschwörerisch ihre Stimme. »Es war einmal eine schöne Prinzessin. Sie lebte in einem großen Schloss zusammen mit ihrer kleinen Schwester. Ihnen fehlte es an nichts. Sie hatten genug zu essen, schöne Kleider und Bedienstete, die alles für sie taten. Aber glücklich war sie nicht. Ihr Mann, der Prinz, war ein jähzorniger Mann. Er wurde oft böse und schlug sie. Er war …«

»Cody, die Regale füllen sich nicht von selbst auf«, unterbrach Andrew sie in einem scharfen Ton. »Bis heute Abend will ich keine dieser Kisten mehr sehen.« Er funkelte Sadie böse an, ehe er durch den Laden ging und sich angestrengt Notizen machte.

»Ja, Dad«, antwortete Cody betont langsam und rollte mit den Augen.

Sadie formte ein lautloses »Tut mir leid« mit ihren Lippen. Doch Cody winkte ab.

81

»Er ist immer so griesgrämig. Besonders vor Weihnach...«

»Cody!« Sein Vater bedachte ihn mit einem strafenden Blick und Sadie bezahlte schnell ihr Buch. Andrew konnte echt ein Arsch sein, schoss es ihr durch den Kopf, als sie Cody zum Abschied winkte und in den verschneiten Nachmittag hinaustrat. Dabei hatte er so einen lieben Jungen. Sie schüttelte den Kopf und rannte schnell über die Straße zu Sarahs Bäckerei.

»Hey Liebes, wie geht es dir heute?«, begrüßte ihre neue Freundin sie hinter der Theke.

»Hey Sarah. Das ist ja ein schreckliches Wetter da draußen. Hat es heute überhaupt irgendwann mal nicht geschneit?«

»So sind die Winter hier.« Sarah zuckte unbekümmert mit den Schultern. »Letztes Jahr waren wir für eine ganze Woche von der Außenwelt abgeschnitten, da die Zufahrtsstraße unter einer Lawine begraben lag.«

Sadie starrte sie mit großen Augen an. »Na hoffentlich meint es Petrus dieses Jahr besser mit uns.«

»Sonst bleibst du einfach noch eine Weile bei uns. Ich würde mich auf jeden Fall freuen.« Sarah grinste frech.

»Da wäre wohl mindestens eine Person nicht erfreut darüber.« Sie verzog traurig das Gesicht.

»Wen meinst du? Andrew? Ach was, er lässt sich nie in die Karten blicken. Es würde mich nicht wundern, wenn er sich tief im Inneren über deinen Besuch freuen würde.«

»Diese Freude muss aber wahnsinnig tief versteckt sein«, murmelte Sadie und ihr Gegenüber krümmte sich sofort vor Lachen.

82

»Machst du mir einen Cappuccino to go, bitte? Ich muss wieder zurück ins Cottage. Ich habe gerade ein schreibtechnisches Hoch.«

»So?«, fragte Sarah überrascht. »Kommst du in diesem Fall gut mit deinem Artikel voran?«

Beim Gedanken an ihre Arbeit atmete Sadie hörbar aus. »Nein, da bin ich leider noch nicht viel weiter gekommen. Aber ich habe eine neue Idee für einen Roman.«

»Das klingt toll. Du musst mir unbedingt mehr darüber erzählen.« Sarah reichte ihr einen Pappbecher. »Ich höre mich auch mal für dich um. Vielleicht ist ja bereits das nächste Wunder passiert.« Sie lächelte ihrer Freundin aufmunternd zu. »Kommst du heute nach Ladenschluss wieder auf einen Kaffee vorbei? Vielleicht hab ich dann schon Neuigkeiten für dich.«

»Das wäre toll. Du bist die Beste. Wir sehen uns später.« Sadie verließ mit neuem Mut die Bäckerei. Vielleicht würde doch noch etwas aus ihrem Artikel werden, dachte sie, während sie sich durch den dichter werdenden Schneefall kämpfte.

Sie streckte ihre verkrampften Gliedmaßen aus, als ihre Augen zu schmerzen begannen. Sie war so sehr in ihr Manuskript vertieft gewesen, dass sie seit geschlagenen drei Stunden keine einzige Pause mehr gemacht hatte. Gähnend stand sie vom Stuhl auf, während sie sich ihre Schläfen rieb. »Du musst noch deine Liegestütze machen«, ermahnte sie sich streng und absolvierte sogleich ihre kurze Sporteinheit. Falls Justin aber wirklich hier auftauchen würde, reichte das noch lange nicht. Sie starrte resigniert auf ihre rundlichen Oberschenkel. »Du hast auch schon einmal besser ausgesehen.« Sadie hatte nicht direkt etwas an ihrem Körper auszusetzen. Sie war auch trotz der Extrapfunde ganz zufrieden mit ihrem Äußeren. Aber dass sie nicht mehr in ihre alten Jeans passte, schmerzte sie trotzdem irgendwie. »Dann gehen wir das heute doch gleich mal an«, sagte sie laut und huschte schnell in ihr Schlafzimmer. Zwar hatte sie ihre Sportsachen zuhause liegen gelassen, jedoch würden es die Trainerhosen und ihre Lieblingsturnschuhe auch tun. Falls sie hier wirklich zu einer Sportskanone mutieren sollte, würde sie einfach mal einen Ausflug nach Lillooet machen und sich dort neue Sachen kaufen.

Sadie nahm ihr Handy vom Esstisch und tippte eine kurze Nachricht an Sarah.

16.52 Uhr
Hi Sarah. Ich gehe noch eine Runde Joggen, komme aber auf jeden Fall nachher in die Bäckerei. Vielleicht aber mit fünf oder zehn Minuten Verspätung. Je nachdem, wie lange meine Beine durchhalten. ;-) Bis später. Ich freue mich.
Sadie.

Sie legte das Handy wieder zurück auf den Tisch und schnappte sich ihre Wollmütze. Voller Enthusiasmus trat sie vor ihre Haustür, um dann aber sofort wieder stehenzubleiben. »Scheiße, schneit das heftig«, entfuhr es ihr, während sie einen vorsichtigen Schritt in den etwa zwanzig Zentimeter hohen Neuschnee vor ihrem Cottage machte. Schwere, graue Wolken hingen am

Himmel und die dicken Schneeflocken trübten ihre Sicht. Da ihr Kopf es aber nicht zuließ, dass sie jetzt kniff und es sich wieder im warmen Wohnzimmer gemütlich machte, lief sie wild entschlossen los. Sie joggte die schmale Privatstraße entlang. Doch anstatt wie immer ins Städtchen hinunterzulaufen, folgte sie der Straße hinauf auf den Berg. Sie wollte nicht, dass sich nach ihrer ersten Joggingrunde halb Kenth über sie das Maul zerriss. Sie wusste auch so, dass ihr Laufstil wahrscheinlich wie Sterben mit Anlauf aussah.

Als die Dämmerung langsam hereinbrach und der Schneefall nochmals um einiges zunahm, beschloss sie, den Nachhauseweg einzuschlagen. Da sie mittlerweile kaum noch etwas erkennen konnte, das nicht unmittelbar vor ihrer Nase lag, machte sie mitten auf dem Waldweg kehrt und rannte die gleiche Strecke zurück. Trotz der vielen Bäume war der Weg so stark verschneit, dass sie nur noch erahnen konnte, wo er langging. Sie orientierte sich an ihren Spuren im Schnee. Doch für einen Moment passte sie nicht auf, trat auf etwas Unebenes unter der pulvrigen Schneedecke und geriet ins Straucheln. Ihr Fuß rutschte weg, knickte um und sie fiel mit dem ganzen Gewicht auf ihr rechtes Knie.

»Aua!«, schrie sie laut, als sie sich seitlich auf ihren Hintern plumpsen ließ. Ein stechender Schmerz fuhr blitzschnell von ihrem Bein zu ihrem Kopf und da wusste sie, dass etwas ganz und gar nicht in Ordnung war. Sie rieb sich die Außenseite ihres Knies, ehe sie langsam probierte aufzustehen. Doch schon beim ersten Versuch, das Bein zu belasten, knickte es unter ihrem Gewicht weg und eine Welle der Übelkeit überrollte sie.

»Scheiße, scheiße, scheiße«, fluchte sie laut und begann, ihre Umgebung abzusuchen. Wie weit war sie wohl noch von der Straße, welche in die Main Street mündete, entfernt? Alles, was sie sah, waren schneebedeckte Bäume und dicke, weiße Flocken.

»Bitte nicht«, murmelte sie leise, als sie bemerkte, wie die Panik langsam in ihre Gliedmaßen kroch. Instinktiv fasste sie sich an die Tasche ihrer Trainerhose. Doch als sie nur dünnen Stoff zu fassen bekam, an der Stelle, an der eigentlich ihr Smartphone hätte sein sollen, wusste sie, dass sie mitten in ihrer Euphorie einen riesigen Fehler begangen hatte. Denn ihr Handy lag immer noch im Cottage auf dem Esstisch.

Der eisige Wind blies unerbittlich und ihr verschwitzter Körper kühlte immer mehr aus. Sie spürte, wie auch der kleinste Luftzug direkt durch ihre Kleidung hindurch drang und erbarmungslos auf ihre Haut traf. Sie rieb sich mit beiden Händen die Oberarme, um sich wenigstens ein bisschen warmzuhalten.

»Du musst einfach versuchen weiterzulaufen«, ermahnte sie sich streng. »Wenn du hier liegen bleibst, wirst du im Nu zu einem Eis am Stiel.« Doch als der Schmerz sie beim zweiten Versuch, einen Schritt zu machen, erneut in die Knie zwang, wusste sie, dass es aussichtslos war. Sie würde nie die restliche Strecke bis nach Hause schaffen.

Die Nacht brach herein und Dunkelheit legte sich über die weiße Schneedecke. Kraftlos ließ sie sich auf den Boden sinken. Ihr Blick fiel zurück zu der Stelle, an der sie hingefallen war. Sie hatte sich vielleicht fünfzig Meter den Weg entlang gerobbt, aber nun konnte sie ein-

86

fach nicht mehr. Ihre Handschuhe waren bereits so sehr durchnässt, dass sie ihre Finger darin nicht mehr spürte. Sie zitterte am ganzen Körper und jeder einzelne Muskel war erschöpft. Sie wollte nur noch schlafen.

»Wars das jetzt?«, schrie sie mit letzter Kraft und aus vollem Hals dem Himmel entgegen und breitete demonstrativ die Arme aus. »Werde ich so sterben?« Als erwartungsgemäß keine Antwort kam, umschloss sie ihr angezogenes Bein fest mit den Armen, während das verletzte halb ausgestreckt vor ihr lag. Heiße Tränen liefen ihr über die vor Kälte schmerzenden Wangen. Sie wischte sie mit dem Handrücken weg, doch es kamen immer mehr dazu, bis ihr Körper von heftigen Schluchzern durchgeschüttelt wurde.

Andrews Gesicht erschien plötzlich in ihrem Geiste und ihr Herz zog sich schmerzhaft zusammen. Nun würde er also nie die Wahrheit erfahren. Er würde im Glauben weiterleben, dass sie ihn betrogen hatte. Dass sie dafür verantwortlich war, dass ihre Beziehung in die Brüche ging. Natürlich war sie nicht unschuldig. Aber sie hatte ihn nicht hintergangen.

Ihr Atem beschleunigte sich, als die Erinnerungsfetzen dieser verhängnisvollen Nacht sie überrollten. Wieder spürte sie die Berührungen des falschen Mannes auf ihrer Haut und wieder würgte sie erstickt.

Posttraumatische Belastungsstörung nannte dies ihr Therapeut, welchen sie nach dem Tod ihrer Eltern aufsuchte. Es gab für alle ihre Ängste und Alpträume eine logische Erklärung und er hatte ihr sogar versichert, dass man etwas dagegen tun konnte. Sie konnte für ihren Seelenfrieden kämpfen und musste nicht so leben. Aber jedes Mal, wenn sie es anpacken wollte, wenn sie sich selbst vergeben wollte, tauchte das enttäuschte Gesicht von Andrew vor ihrem inneren Auge auf.

Mit welch einem Schmerz er sie ansah, als er herausfand, was passiert war. Oder besser gesagt, als Jeff ihm seine Version der Geschehnisse brühwarm erzählt hatte. Und sie sah sich selbst, wie sie regungslos auf der Couch saß, alle Beschuldigungen hinunterschluckte und nicht fähig war, auch nur einen Ton von sich zu geben. Sie sah Andrew so deutlich vor sich, wie er die Wohnung verließ und die Tür hinter ihm ins Schloss knallte, als wäre es gerade erst gestern gewesen.

Und jedes Mal, nachdem sie diesen schmerzhaften und alles verändernden Abend in ihren Gedanken durchgespielt hatte, beschloss sie, dass sie keine Vergebung verdient hatte. Nicht von ihr selbst und auch nicht von jemand anderem. Es war ihre Schuld. Wahrscheinlich war sie deshalb noch mit Justin zusammen. Denn er würde sie nie verlassen und sie müsste nie mehr jemanden so lieben, wie sie Andrew geliebt hatte. Es war eine sichere Sache, wenn man mal von seinen Wutausbrüchen absah. Denn welcher normale Mensch wollte eine »beschädigte Ware«, wie sie eine war, in seinem Leben? Sie kannte die Antwort schon: Niemand. Und vielleicht war es auch besser so. Trotzdem ließ der Schmerz in ihrem Herzen nie nach.

Schläfrig bettete sie den Kopf auf ihre Arme. *Ich muss mich kurz ausruhen. Nur für einen Augenblick*, dachte sie sich und ihre Lider fielen langsam zu.

»Sadie?«

»SADIE!«

Eine vertraute Stimme drang dumpf an ihr Ohr. Irgendjemand rief ihren Namen. War sie bereits im Himmel? Sie versuchte angestrengt, ihre Augen zu öffnen, doch ihre Lieder waren bleischwer.

»Sadie!«

Da! Da war es wieder. Wo kam das nur her? Als sie endlich ihren Kopf hob, hatte sich bereits eine dünne Schneeschicht auf ihren Armen gebildet. Sie wollte sich bemerkbar machen, wollte nach der bekannten Stimme rufen, doch ihr Mund war völlig ausgetrocknet.

»SADIE!«

Es war Andrew. Das letzte bisschen an klarem Verstand, welches sie noch besaß, erkannte seine Stimme. Er war hier, ohne Zweifel. Sie rappelte sich auf und schluckte ein paar Mal leer.

»Andrew«, rief sie, doch aus ihrer Kehle kam nur ein Flüstern. »Andrew«, versuchte sie es erneut, jedoch wusste sie genau, dass er sie so nie hören würde. Sie schloss die Augen, mobilisierte die letzte verbliebene Kraft in ihrem Körper und schrie erneut aus vollem Halse seinen Namen. Es klang zwar mehr wie ein leises Rufen, aber es schien seinen Zweck erfüllt zu haben, denn Andrews Stimme kam nun näher und bald darauf sah sie eine dunkle, schemenhafte Gestalt auf sich zukommen.

»Mein Gott, Sadie, was machst du hier draußen? Geht es dir gut?«

Sie nickte nur, zu mehr war sie nicht im Stande.

»Komm schnell, wir müssen dich nach Hause bringen.« Er zog sie vom Boden hoch und musterte sie von Kopf bis Fuß. »Kannst du laufen?«

Kraftlos schüttelte sie den Kopf.

Ohne eine Sekunde zu zögern, nahm er behutsam ihren Arm und legte ihn um seine Schulter. Doch er erkannte schnell, dass sie so niemals das Cottage erreichen würden. Um nicht noch mehr Zeit zu verlieren, hob er sie hoch.

Während er sich mit ihr durch den dichten Neuschnee kämpfte, betrachtete sie seine besorgten Gesichtszüge in der Dunkelheit der Nacht und verspürte eine unglaubliche Dankbarkeit.

»Hast du irgendwo Tee?«, fragte Andrew, während er bereits wahllos sämtliche Schubladen durchwühlte.

»Oben rechts im Hängeschrank müsste welcher sein«, antwortete sie heiser und zog die Wolldecke noch ein Stück enger um sich.

Andrew hatte sie bis zu ihrem Cottage getragen. Er machte Feuer im Kamin, während sie an den Wänden entlang humpelte und eine heiße Dusche nahm. Danach zog sie sich schnell trockene Sachen an und platzierte ihr verletztes Bein vorsichtig auf der Couch.

Sie zitterte immer noch am ganzen Leib, aber Andrews Anblick in ihrer Küche, während er für sie beide Tee kochte, war die beste Wärmflasche, die sie sich vorstellen konnte.

Es dauerte keine fünf Minuten, ehe er ihr eine dampfende Tasse Früchtetee reichte und ihr gegenüber mit einer eigenen Platz nahm. Sadie wusste nicht, was sie mehr verwunderte: Dass er sich so liebevoll um sie kümmerte oder dass er sogar freiwillig bei ihr blieb.

90

»Wie hast du mich überhaupt gefunden?«, fragte sie mit zitternder Stimme, nachdem sie einen ersten Schluck getrunken hatte.

»Sarah hat sich Sorgen um dich gemacht, als du nicht zu eurer Verabredung erschienen bist. Sie hat alle im Dorf nach dir gefragt und kam schlussendlich in unseren Laden. Was hast du dir überhaupt dabei gedacht? Was machst du mitten in einem Schneesturm da draußen?«

Sie biss sich verlegen auf die Lippen. Natürlich war es nicht die beste Idee ihres Lebens gewesen, bei starkem Schneefall eine Runde joggen zu gehen. Aber sie wollte unbedingt fitter werden und sich gegen Justin verteidigen können, falls es ihm tatsächlich gelang, sie aufzuspüren. Aber das alles konnte sie Andrew nicht sagen.

»Es ist einfach dumm gelaufen. Konnte ja schließlich niemand ahnen, dass ich ausgerechnet auf den einzigen Stein, der auf dieser verfluchten Straße liegt, treten musste«, erwiderte sie stattdessen und ärgerte sich sofort für diese patzige Antwort.

Andrew schüttelte nur den Kopf und trank weiter seinen Tee.

»Aber woher wusstest du, wo du nach mir suchen musstest?« Sadie bemühte sich um einen versöhnlicheren Tonfall, doch er verzog keine Miene.

»Ich hab mich zuerst überall in der Stadt nach dir umgeschaut. Ich dachte, du wärst vielleicht ein kleines bisschen vernünftig und joggst in der Zivilisation, wenn du schon bei diesem Sauwetter die Füße nicht stillhalten kannst.« Er schnaubte verächtlich, bevor er fortfuhr: »Als ich dich aber nirgends finden konnte, folgte ich der

91

Main Street, an deinem Cottage vorbei, den Berg hinauf. Eigentlich war es reines Glück. Du hättest sonst wo sein können.«

Sadie schwieg einen Augenblick, denn er hatte vollkommen recht. Sie hätte auch noch viel tiefer im Wald stecken können und da hätte er sie bestimmt nicht gefunden.

»Es ist wahnsinnig lieb von dir, dass du dir Sorgen um mich gemacht und mich gesucht hast.«

In seinem Blick veränderte sich schlagartig etwas und Sadie war sich nicht sicher, ob sie mit dieser Bekundung zu weit gegangen war.

»Hast du dir nicht überlegt, dass ich es vielleicht für Sarah getan habe? Dass ich in diesem Scheißwetter raus bin, weil sie mich darum gebeten hat?«

»Ehm.« Nein, daran hatte sie wirklich nicht gedacht.

»Und vielleicht habe ich es auch für die armen Leute getan, die deine tiefgefrorene Leiche irgendwann entdeckt hätten. Diesen Anblick wollte ich jedem ersparen.« Er hielt kurz inne und sie glaubte trotz allem etwas wie Erleichterung in seinen Zügen zu erkennen. »Aber ich bin froh, dass dir nichts passiert ist.« Ein kurzes Lächeln umspielte seine Lippen und Sadies Herzschlag setzte für einen Augenblick aus.

»Ich bin dir auf jeden Fall sehr dankbar.« Sie erwiderte sein Lächeln, doch ihr Moment war so schnell, wie er gekommen war, bereits wieder vorbei, denn er stand hastig auf.

»Ich sollte jetzt gehen«, murmelte er und stellte seinen Becher in die Küche. Er hatte schon die Türklinke in der

Hand, als er sich noch einmal zu ihr umdrehte. »Und du kommst auch wirklich zurecht mit deinem Bein?«

Sadie bejahte seine Frage.

»Brauchst du noch etwas?«

»Nein, nein, du hast heute schon genug getan. Geh zu Cody. Er wartet bestimmt schon auf dich.«

Andrew nickte kurz und trat in die verschneite Nacht hinaus.

Mit zusammengebissenen Zähnen blieb Sadie auf dem Sofa zurück. Natürlich hätte sie seine Hilfe nur zu gerne angenommen. Aber er hatte sie nicht um ihretwillen gerettet, sondern wegen Sarah. Diese Tatsache brachte sie nicht mehr aus ihrem Kopf. Der fiese Schmerz in ihrem Bauch keimte erneut auf und sie rollte sich unbeholfen auf ihrer Couch zusammen. »Ja, Sadie, dafür bist du selbst verantwortlich. Schließlich gab es mal eine Zeit, in der er dich um deinetwillen gesucht hätte.«

Kapitel 8

Als Sadies Knie am nächsten Morgen noch immer nicht besser war, fuhr Moira sie zu Dr. Upton. Er war der Hausarzt in Kenth und außerdem der einzige Mediziner in der Stadt. Glücklicherweise war an diesem Tag nicht viel los und er konnte Sadies Termin dazwischenquetschen.

Sie zupfte gerade zum etwa zehnten Mal eine Ecke aus der weißen Papierabdeckung auf ihrer Liege, als die Sprechzimmertür aufflog und Dr. Upton mit ihren Röntgenbildern zurückkam. Er hängte sie an eine hell hinterleuchtete Wand und begutachtete sie einen Moment schweigend.

»Gut, Ms. Rivers, so wie es aussieht, ist nichts gebrochen.«

Sadie atmete hörbar aus. Sie hätte es überhaupt nicht gebrauchen können, wenn sie sich ab jetzt mit Krücken zu ihren Interviews hätte schleppen müssen.

»Ich kann Ihnen eine Stütze für das Knie und Schmerzmittel mitgeben. Wenn es in ein paar Tagen nicht besser wird, muss ich Sie jedoch für ein MRT ins Krankenhaus überweisen.«

»Oh, ich hoffe doch nicht«, entfuhr es Sadie und sie verzog ängstlich das Gesicht.

Dr. Upton drehte sich mit einem warmherzigen Lächeln zu ihr um. »Lassen Sie uns mal die nächsten Tage abwarten. Es wird schon gutgehen.« Er reichte ihr die Hand zum Abschied. »Erica wird Ihnen die Stützen anpassen und Ihnen die Medikamente geben. Ich wünsche Ihnen gute Besserung.«

94

Mit diesen Worten verließ er das Zimmer und Sadie machte sich humpelnd auf die Suche nach der Arzthelferin.

»Oh mein Gott, ich bin so froh, dass du lebst.« Sarah kam sofort hinter der Theke hervorgeschossen, als Sadie hinkend die Bäckerei betrat und umarmte sie fest. »Ich habe mir solche Sorgen gemacht. Wie geht es deinem Bein? Was hat Dr. Upton gesagt?«

»Es ist nichts gebrochen. Ich denke, es ist nicht so schlimm, wie es sich im Moment noch anfühlt.« Sie hoffte auf jeden Fall inständig, dass dies so war, denn auf einen Besuch im Krankenhaus hatte sie so gar keine Lust. »Es tut mir wirklich leid, dass ich dir einen solchen Schreck eingejagt habe. Ich bin selbst schuld. Ich hätte bei diesem Wetter nicht joggen gehen dürfen.« Sie verzog ärgerlich das Gesicht, bevor sie sich vorsichtig an den Tisch setzte, auf welchen Sarah wortlos zeigte. Die Stütze half tatsächlich ein bisschen, und dank der Schmerzmittel konnte sich Sadie wenigstens wieder einigermaßen selbstständig fortbewegen. Wenn auch nur im Schneckentempo.

»Wieso warst du überhaupt joggen?«, rief sie entsetzt. »Ich verstehe nicht, wie normale Menschen sich so eine Tortur antun können?«

Sadie schmunzelte leicht über die Entrüstung ihrer neuen Freundin angesichts ihrer läuferischen Ambitionen. »Nun ja, weil ich sportlicher werden wollte?«

»War das jetzt eine Frage an mich oder willst du das wirklich?«

95

»Ich will es«, antwortete sie mit festerer Stimme. »Ich muss endlich stärker werden. Schließlich weiß eine Frau nie, wann sie sich verteidigen muss.«

Sarah zog die Augenbrauen so weit hoch, dass Sadie nur schon vom Zusehen Kopfschmerzen bekam. »Also ich weiß genau, wann ich mich selbst verteidigen muss. Nämlich, wenn es Samstagmorgen ist und sich zwei Kunden um das letzte Brot streiten. Sonst ist es hier in Kenth nicht nötig.«

»Dann hast du großes Glück«, murmelte Sadie, bereute ihre Worte jedoch sofort.

»Liebes«, sagte Sarah und legte ihr vorsichtig die Hand auf den Arm. »Brauchst du Hilfe?«

»Nein, nein, es ist alles gut.« Sie winkte gespielt fröhlich ab.

»Du würdest es mir doch sagen, wenn dir etwas auf der Seele brennt, oder?«

»Klar.« Sadie nickte, spürte aber sofort, wie ihr die Tränen in die Augen traten.

»He, was ist denn?« Sarah legte schützend ihren Arm um sie und zog sie fest an sich.

Sadie hätte ihr so gerne die Wahrheit gesagt, ihr von Justin erzählt und dass sie, je länger sie hier war, am liebsten gar nicht mehr nach Hause gehen wollte. Stattdessen antwortete sie: »Ich habe nur ein schlechtes Händchen mit Männern. Das ist alles. Aber es ist nichts, was ich nicht alleine lösen könnte.« Sie lächelte tapfer und blinzelte die letzten Tränen weg.

Nach einem prüfenden Blick nickte Sarah langsam. »Wenn du reden möchtest oder ich dir helfen kann, ich bin da. O.k.?«

96

»Danke dir, das weiß ich zu schätzen.«

»Und falls du dich wirklich besser verteidigen können willst, kann ich dir die Tutorials von Peter Malloy empfehlen. Er macht immer mal wieder Überlebenstrainings hier in den Bergen. Vor ein paar Jahren gab er sogar extra einen Selbstverteidigungskurs für Frauen in unserer Sporthalle. Du kannst dir denken, wie begeistert Karen und ihre Freundinnen waren, als sie sich bei den Übungen an einen so gutaussehenden und muskulösen jungen Mann schmiegen durften.« Sarah schüttelte mit einem breiten Grinsen den Kopf. »Du hättest sie sehen sollen. Peter hat mir richtig leid getan.«

»Das kann ich mir lebhaft vorstellen. Karen scheint eine Vorliebe für junge Männer zu haben.«

»Und Andrew ist ihr Liebster.«

»Glaub mir, dies hatte sie mir schon fünf Minuten nach unserem Kennenlernen äußerst deutlich gesagt.«

»So ist unsere Karen. Aber vielleicht solltest du dir die Kurse von Peter wirklich mal ansehen. Dann kannst du dich wenigstens gegen sie verteidigen, sobald sie erfährt, dass zwischen dir und Andrew etwas läuft.« Sarah presste die Lippen fest aufeinander, um nicht sofort laut loszulachen, und sah ihre Freundin vielsagend an.

»Da läuft nichts zwischen ...«

»Und was haben du und Andrew in deinem Cottage denn so angestellt, nachdem er dich gerettet hat? War es so wie in den Filmen? Stand er plötzlich vor dir, die Hände in die Hüften gestemmt und mit geschwellter Brust?«

»Nun ja ...«

»Und dann trug er dich beschützend bis zu deinem Cottage? Oder brachte er dich gleich ins Bett?«

»Sarah!«

»Schon gut, schon gut.« Sarah hob beschwichtigend ihre Hände, ihr breites Grinsen konnte sie jedoch nicht so schnell abstellen. »Aber es scheint fast so, als wäre er heute nicht ganz so griesgrämig wie sonst.«

Sadie musste über den Gesichtsausdruck ihrer Freundin lachen. Was bitte hätte in dieser kurzen Zeit ihrer Meinung nach passieren sollen? »Nichts ist passiert. Er hat mich nach Hause gebracht und Tee gekocht. Er kam nicht plötzlich wie Superman, in einem roten Cape und mit Muskeln aus Stahl, angeflogen. Aber ich gebe nur ungern zu, dass er mich tatsächlich tragen musste.«

»Oh, er kann kochen.«

Echt jetzt? Das war alles, was bei ihr hängen geblieben war? Schwärmte eigentlich jede hier in dieser Stadt für Andrew? »Na ja, heißes Wasser aufzusetzen würde ich jetzt nicht kochen nennen, aber ja, er hat sich wirklich Mühe gegeben.« Der Gedanke an Andrew, wie er auf ihrer Couch saß, ließ ihr Herz ein kleines bisschen schneller schlagen, als es eigentlich dürfte.

»Immerhin hat er dich versorgt. Ich dachte zuerst, dass er dich einfach deinem Schicksal überlassen würde.« Sie grinste neckisch, doch Sadie fand diese Überlegung gar nicht mal so abwegig. Wenn sie daran dachte, was er glaubte zu wissen, hätte sie sich an seiner Stelle wohl auch nicht gerettet.

»Ja, er war gnädig zu mir. Ich dachte, ich bedanke mich nochmals bei ihm und kaufe für ihn bei Lydia ein paar Blumen oder einen Weihnachtsstern oder so.«

»Oh, das ist eine großartige Idee. Aber kauf ihm lieber keine Pflanze, die überlebt nicht lange. Aber ich habe noch einige von seinen Lieblingsmacarons. Bring ihm doch ein paar davon mit. Die ziehen immer.«

Bevor Sadie ging, kaufte sie Sarah eine Schachtel Schoko-Passionsfrucht-Macarons ab, in der Hoffnung, dass diese ihr schlechtes Gewissen ein wenig mildern würden. Im selben Moment, als sie sich von Sarah abwandte und die Bäckerei verlassen wollte, wurde die Ladentür geöffnet und ein rundes, bekanntes Gesicht sah ihr strahlend entgegen.

»Sadie, wie schön, dass ich dich hier im Dorf mal treffe.« Der Bürgermeister breitete einladend die Arme aus und drückte sie fest an sich, als wäre sie seine Lieblingsenkeltochter. Sadie tätschelte ihm etwas unbeholfen den Rücken, denn seine Umarmung war so stark, dass sie sich kaum mehr rühren konnte, und sein voluminöser Bauch presste ihr beinahe das letzte bisschen Luft aus ihren Lungen.

»Hallo Teddy. Ich freue mich auch, dich zu sehen«, antwortete sie mit erstickter Stimme.

Nach einer gefühlten Ewigkeit lockerte er seinen Griff und hielt sie ein Stück weit von sich weg. Er kniff seine kleinen Augen fest zusammen und musterte sie von oben bis unten. »Geht es dir auch wirklich gut? Ich habe von dem schrecklichen Vorfall gestern Abend gehört.«

Sadie unterdrückte ein Augenrollen und lächelte stattdessen tapfer. »Ja, bis auf mein Knie ist es noch einmal gut gegangen.«

99

»Dank ihres sexy Retters«, schrie Sarah hinter der Theke hervor und Sadie strafte sie mit einem bösen Blick, ehe sie sich wieder zum Bürgermeister wandte.

»Oh ja, ich habe gehört, dass Andrew dich gefunden hat. Ein Glück.« Er zwirbelte nachdenklich an seinem Schnurrbart, ließ sie jedoch keine Sekunde aus den Augen. »Ist er denn auch gut zu dir?«

»Wer? Andrew?« Sadies Puls schoss sofort in die Höhe. Was hatten denn alle nur mit ihr und Andrew? War es so offensichtlich, dass sie ihm auch nach all den Jahren noch heimlich nachtrauerte?

»Ja, natürlich Andrew. Er sollte sich doch um dich kümmern. Du weißt schon, für deinen Artikel.«

»Ach so«, entfuhr es ihr und sie merkte augenblicklich, wie ihr die Röte ins Gesicht stieg. *Nur schon der Gedanke an Andrew vernebelt dir vollkommen den Verstand*, hallte es tadelnd in ihrem Kopf. »Er gibt sein Bestes«, antwortete sie dann schnell und schob sich gekonnt am Monopolymann vorbei, um größere Peinlichkeiten zu vermeiden. »Ich sollte dann mal los ... Ich hab noch ... Ich muss ... Egal. Tschüss ihr Zwei.« Sie winkte schnell und humpelte aus der Tür, ehe einer von beiden sein Veto einlegen konnte.

Noch in Gedanken bei Teddy und seinen Fragen wollte Sadie gerade den Buchladen betreten, als sie Andrew durch das Schaufenster hindurch erblickte. Er stand mitten im Raum, komplett umringt von kleinen Kindern im Schneidersitz, und trug einen schwarzen Umhang sowie einen Zylinder. Natürlich besaß dieser Mann auch

100

ein Cape. Es war zwar nicht rot wie das von Superman, aber es verlieh ihm etwas Mysteriöses.

Fasziniert blieb sie stehen und begutachtete das Schauspiel, welches sich im Inneren abspielte.

»Er kann so gut mit Kindern, nicht wahr?«

Sadie zuckte zusammen, als sie eine Stimme dicht neben ihrem Ohr hörte. Sie stolperte vor Schreck unbeholfenen zur Seite und blickte in das lachende Gesicht von Moira.

»Tut mir leid, Liebes, ich wollte dich nicht erschrecken.«

»Kein Problem«, stammelte sie und versuchte, nicht ganz so sehr vor Scham darüber zu erröten, dass sie beim Starren erwischt worden war.

»Er macht das jeden Dienstag für die Kinder unseres Städtchens. Mal schlüpft er in die Rolle eines Zauberers, mal inszeniert er ein Puppentheater oder liest ihnen aus einem Märchenbuch vor. Letztes Jahr zu Weihnachten stand ein Rentier mitten in seinem Laden.«

Sadie riss die Augen auf. »Ein Rentier?«

»Ja, er hatte ihnen eine Geschichte von Rudolph, dem Rentier vom Weihnachtsmann erzählt und fand es authentischer, wenn sie Rudi gleich streicheln konnten.« Moira lachte verschmitzt.

»Sehr ambitioniert, unser Mr. Griesgram.«

»Für Kinder würde er alles tun.« Moira warf einen letzten liebevollen Blick zu Andrew durchs Schaufenster, ehe sie die Hand auf Sadies Schulter legte. »So ich muss los. Bernhard wartet auf sein Mittagessen. Kommst du später noch für einen Tee herüber. Ich habe noch Neuigkeiten für dich.«

101

»Gerne.« Sadie winkte ihr zum Abschied und betrat dann schnell den Buchladen. Sie wollte Andrew nicht noch länger so auf offener Straße anschmachten, denn die Bewohner hier sahen scheinbar alles.

Das vertraute Glöckchen bimmelte, als sie die Tür öffnete. Andrew blickte kurz von seinem Zaubertrick hoch. Sadie schenkte ihm ein schüchternes Lächeln und auch seine Mundwinkel zuckten kurz nach oben, ehe er sich wieder den Kindern widmete.

Sie fand Cody wie immer hinter der Kasse am Schreiben.

»Hi Cody. Wie geht es dir heute?«

»Oh, hallo, ich hab dich gar nicht gehört.« Er klappte verlegen sein Heft zu.

»Ach, ich kenne diesen Zustand.«

»Welchen Zustand?« Er blickte sie verwirrt an.

»Na diesen, in den man eintaucht, wenn man völlig mit seiner Geschichte verschmolzen ist.«

Cody strich sich eine Haarsträhne aus der Stirn und zuckte mit den Schultern. »Das ist bei mir immer so. Wenn ich schreibe, dann sehe und höre ich nichts mehr. Ich lebe dann so quasi in meiner Geschichte. Dad nervt das ganz schön.« Er rollte mit den Augen.

»Das ist etwas Tolles, glaub mir. Mir geht es genau wie dir. Dann schreibe ich am besten.«

»Wirklich?«

»Ja, wirklich. Aber das verstehen vielleicht nur Schriftsteller.« Ihr Blick fiel auf Andrew, bevor sie mit den Schultern zuckte. »Mach dir nichts draus. Er wird deine Geschichten lieben, da bin ich mir sicher.«

102

»Na ja …« Er beobachtete seinen Vater eine Weile, ehe er fragte:»Erzählst du mir mehr von deiner Story?« Seine Augen leuchteten und sie sah plötzlich nicht mehr den zu erwachsenen Teenager vor sich, sondern einen aufgeregten kleinen Jungen, der seine Eltern um eine weitere Gute-Nacht-Geschichte bat.

Sie lächelte und nickte, ehe sie noch einen letzten Blick auf seinen Vater warf. Sie wollte auf keinen Fall, dass Cody wieder einen Rüffel bekam, weil er zu lange mit ihr redete.»Gut, also, wo waren wir stehengeblieben?« Sie tippte sich nachdenklich mit dem Finger an ihr Kinn, bis sie sich erinnerte, an welcher Stelle sie ihre Erzählungen unterbrochen hatte.»Genau, die Prinzessin ertrug die Schläge ihres Mannes. Sie war sich sicher, dass sie es nicht anders verdient hatte.«

»Warum denn das?«, fiel ihr Cody ins Wort und schien entsetzt über diese Aussage.

»Sie fühlte sich schuldig, weil sie in diesem großen Schloss leben durfte, während die Leute in ihrem Dorf ums Überleben kämpften. Sie hatte ihren Eltern hoch und heilig versprochen, immer dankbar zu sein, dass der Prinz sogar ihre Schwester bei sich mit aufgenommen hatte und deshalb alles zu tun, was er von ihr verlangte. Darum wollte sie sich nicht beklagen. Trotzdem half sie den Bewohnern so gut sie konnte. Sie schmuggelte Lebensmittel aus dem Schloss und sammelte sämtliche Stoffreste ihrer Schneiderei zusammen. Die Winter waren sehr kalt und mit den zusätzlichen Textilien konnten sie wenigstens ein paar neue Kleider nähen. Jedoch reichte es leider nie. Und jedes Mal, wenn der Prinz bemerkte, dass sie wieder etwas getan hatte, was er nicht duldete, bestrafte er sie dafür.«

Cody nickte nachdenklich und Sadie erzählte weiter. »Eines Tages schlug der Prinz jedoch auch ihre kleine Schwester. Sie hatte ihr dabei geholfen, einen Teil der frisch eingetroffenen Felle im Dorf zu verteilen. Die Prinzessin war sich sicher, dass das Königshaus niemals so viele davon brauchen und der Prinz es bestimmt nicht bemerken würde. Aber sie hatte sich geirrt und nun musste ihre Schwester dafür bezahlen. Da reichte es der Prinzessin und sie beschloss, dass die beiden von ihrem Mann fliehen mussten.«

»Oh, shit, pssst«, zischte Cody plötzlich und Sadie spürte sofort Andrews Anwesenheit hinter sich. Sie kniff ertappt die Augen zusammen und wartete auf die erhobene und tadelnde Stimme ihres Ex. Doch es blieb still. Sie öffnete vorsichtig ein Auge und bemerkte, dass Andrew sie ein wenig irritiert von der Seite ansah.

»Hat sie gerade einen Schlaganfall?«, wollte er von Cody wissen, worauf dieser in schallendes Gelächter verfiel.

Sofort stellte sie sich aufrecht hin und murmelte ein »Mir geht es gut.«

»Na, das freut mich aber. Sonst hätte ich dich ja gestern ganz umsonst gerettet.« Er schenkte ihr ein breites Grinsen und Sadie traute ihren Augen nicht. Lächelte er sie tatsächlich gerade an? Nur um ganz sicherzugehen, warf sie einen kurzen Blick über ihre Schulter, aber da war niemand sonst hinter ihr. Sie erwiderte sein Lächeln vorsichtig, als ihr der Grund ihres Besuchs wieder in den Sinn kam. Sie hob den rosafarbenen Karton von ›Sarah's Coffeeshop‹ hoch und sagte verlegen: »Für dich.«

»Für mich?«, fragte Andrew zögerlich und hob eine Augenbraue.

»Ein kleines Dankeschön dafür, dass du mich gestern vor dem Erfrierungstod gerettet hast.«

»Das wäre doch ... Ich hätte das auch ... Dankeschön.« Er nahm die Schachtel entgegen und spähte sofort hinein. »Oh, die liebe ich.«

»Ich weiß. Sarah hat sie mir empfohlen, als ich ihr erzählte, ich wolle dir einen Weihnachtsstern bei Lydia besorgen.«

»Nun ja, das war bestimmt die bessere Wahl. Ich hab's nicht so mit Pflanzen.«

Cody, der sich gerade von seinem ersten Lachanfall erholt hatte, prustete sofort wieder los. »Das ist die Untertreibung des Jahres, Dad. Du solltest mal unsere Wohnung sehen, Sadie. Du wirst keine einzige lebende Pflanze finden.« Er wischte sich mit seinem Ärmel die Tränen weg.

Sadie biss sich auf die Lippen, um nicht in Codys ansteckendes Lachen mit einzustimmen, doch Andrew musste ihr angesehen haben, dass sie sich gerade extrem zusammenriss, denn er schüttelte nur den Kopf.

»Kannst du mir heute nach Ladenschluss bei der Inventur helfen?«, fragte Andrew nun an seinen Sohn gerichtet.

»Aber Dad, heute habe ich doch Hockeytraining. Der Coach hat gesagt, dass ich am Samstag gegen die Eagles spielen darf, wenn ich heute wieder so gut mitmache.« Codys Lachen war verstummt und er sah seinen Vater

105

ängstlich an. »Ich hab mich doch schon so darauf ge-freut.«

Andrew fasste sich müde an die Nasenwurzel, nachdem er Umhang und Zylinder in einer Box verstaut hatte.

»Ich weiß Cody und es tut mir sehr leid, aber wir sind jetzt schon wahnsinnig spät dran. Ich weiß nicht ...«

»Lass mich dir helfen«, platze es aus Sadie heraus, ehe sie sich überhaupt der Tragweite dieses Angebots klar war.

Cody klatschte freudig in die Hände, doch Andrew sah sie nur skeptisch an. »Du musst das nicht tun. Du hast schließlich einen eigenen Job, den du erledigen solltest. Außerdem bin ich mir nicht sicher, ob das wirklich gut für dein Knie wäre.«

»Ich mache es gerne. Wirklich. Mein Bein wird das schon aushalten und Schreiben kann ich auch morgen wieder. Außerdem bräuchte ich erst noch ein paar mehr Infos über eure Wunder, sonst wird das der kürzeste Ar-tikel meiner Karriere. Und der Letzte«, fügte sie mit einem traurigen Unterton hinzu.

»Oh bitte, Dad, sag ja. Ich besorge dir auch Karten für unser Spiel am Samstag.« Cody sah seinen Vater flehend an.

»Du weißt schon, dass der Eintritt frei ist und ich so-wieso gekommen wäre?«, antwortete Andrew, doch seine Gesichtszüge wurden sofort weicher. »Na gut, wenn es dir wirklich nichts ausmacht?«

»Nein, wirklich nicht«, versicherte ihm Sadie schnell.

Cody sprang sofort von seinem Stuhl auf, umarmte zu-erst seinen Vater, ehe er auf Sadie zustürmte und auch sie fest drückte. »Vielen Dank«, rief er begeistert und

106

rannte los in den oberen Stock. »Ich muss noch ein wenig üben, Dad«, schrie er knapp, bevor die Eingangstür zu ihrer Wohnung ins Schloss knallte.

»Er liebt Hockey«, fügte Andrew verlegen hinzu. »Aber er trifft keinen einzigen Puck.«

Dieses Mal schaffte es Sadie nicht, ein Schmunzeln zu unterdrücken. »Ich finde es toll, wie sehr er sich freut. Und ich helfe gerne.«

»Kannst du so gegen 18.00 Uhr hier sein?«

»Klar. Wir sehen uns.«

Sie verließ den Laden und trat in die helle Nachmittagssonne. Für einen kurzen Moment blieb sie stehen und genoss die Sonnenstrahlen auf ihrem Gesicht. Irgendetwas hatte sich in Andrews Verhalten geändert, dachte sie, und ihr Herz machte einen Sprung. Vielleicht gab es doch noch Hoffnung auf eine Freundschaft.

Der Neuschnee glitzerte in einem strahlenden Weiß, als sie sich die kleine Straße zu Moiras Cottages hochkämpfte. Das beklemmende Gefühl in ihrer Brust stellte sich wieder ein, als sie über die Weite der Hügel blickte. Sie schluckte. Auch wenn sie allen immer wieder versicherte, dass es ihr gut ginge, war der gestrige Abend nicht spurlos an ihr vorbeigegangen. Sie musste nun jedes Mal tief durchatmen, bevor sie den Schutz der Häuser verließ. Normalerweise fühlte sie sich in geschlossenen Räumen nicht wohl. Aber da nun weiße Schneemassen neuerdings Platz Eins ihrer Panikauslöser eingenommen hatten, war das beklemmende Gefühl in einem Zimmer plötzlich auszuhalten.

Am besten rufst du bald Dr. Zimmerman an, um im neuen Jahr einen Termin bei ihm zu vereinbaren, schoss es ihr durch den Kopf. Denn noch ein weiteres Trauma würde sie nicht alleine bewältigen können. Es war schon schlimm genug, dass sie das ganze Thema mit Justin ohne Hilfe durchstehen musste.

Beim Gedanken an ihren Therapeuten durchfuhr sie eine Welle der Reue. Sechs Jahre lang war sie jede Woche bei ihm gewesen und dann hatte sie von heute auf morgen alle ihre Termine storniert. Sie hatte auf keinen seiner Anrufe mehr reagiert und ihm nie erklärt, wieso sie nicht mehr in seine Praxis kam. Dies war feige, das wusste sie genau. Doch sie sah keinen anderen Ausweg. Und das alles nur, weil Justin es so wollte.

Bevor sie bei Moira klopfte, schüttelte sie energisch den Kopf, um möglichst alle schlechten Gedanken loszuwerden. Es war nochmals gut gegangen, rief sie sich in Erinnerung, ehe sie die Hand zu einer Faust ballte und zweimal gegen die hölzerne Tür schlug.

Ihre Vermieterin öffnete ihr in einer weißen Kochschürze mit Rüschen und strahlte sie an. »Schnell, komm herein. Du musst unbedingt meine neuen Plätzchen probieren. Ich versuche mich gerade an einer neuen Kreation für das Dorffest nächste Woche.« Sie schob Sadie sanft an den Esstisch, wo Bernhard mit einer Zeitung saß und ihr zur Begrüßung zunickte.

»Es gibt ein Dorffest?«

»Ja, am Samstag in einer Woche. Habe ich dir das nicht erzählt? Es ist mein liebstes Fest in Kenth und jedes Jahr ein Highlight. Dieses Jahr könnte es aber ein wenig trauriger werden. Normalerweise wird eine riesige Tanne auf dem Dorfplatz eingeweiht. Mit bunten Lichtern und Weihnachtsschmuck, den die Kinder in der Schule basteln durften. Doch dieses Jahr wurde der Baum und die dazugehörige Dekoration vom Bürgermeister gestrichen. Es sei kein Geld vorhanden für das ganze Bastelmaterial. Ich wollte schon in den Nachbargemeinden nach Materialspenden herumfragen, aber mir fehlt gerade die Zeit.«

»Das ist ja schade. Ein Weihnachtsbaum gehört doch einfach auf jeden Dorfplatz oder nicht?«

»Genau meine Rede, Liebes. Aber es wird auch so irgendwie gehen.«

Moira starrte traurig auf ihr Gebäck, deshalb sagte Sadie schnell: »Aber das Fest klingt toll. Und du verkaufst dort Plätzchen?«

»Sie verkauft dort alles«, warf Bernhard mit einem Schmunzeln ein. »Du solltest unsere Vorratskammer sehen. Sie steht seit Wochen in der Küche, um Konfitüren, kandierte Äpfel, Zuckerstangen und was weiß ich noch alles zu machen. Unser Haus gleicht jedes Jahr einer Weihnachtsbäckerei.«

»Wow, das klingt toll, Moira.«

»Ach was, es macht mir eben Spaß.« Sie zuckte mit den Schultern, als hätte sie lediglich ein paar Gläser Marmelade gekocht und hielt ihr stattdessen ein Plätzchen vor die Nase. »Probier das hier.«

Sadie nahm einen Bissen und rief begeistert: »Das schmeckt echt lecker. Was ist das?«

»Das sind Spitzbuben mit Bratapfelfüllung und einer Zimtglasur. Mehr Weihnachten kann wohl kaum mehr in einem Plätzchen stecken.« Sie kicherte und schob ein neues Blech in den Backofen.

»Aber genug von mir. Wie läuft es mit deinem Artikel, Liebes?«

Beim Gedanken an ihre Arbeit verzog Sadie das Gesicht. Dies wurde mittlerweile zu ihrer Standardreaktion, sobald das Thema auf den eigentlichen Grund ihres Aufenthaltes in Kenth fiel. »Na ja, ich habe definitiv schon besser gearbeitet. Im Moment komme ich mir ziemlich nutzlos vor.«

»Ach, das wird schon.« Moira wischte sich die Hände an ihrer Schürze ab, ehe sie zwei Tassen Tee zum Tisch brachte und sich gegenüber von Sadie hinsetzte. »Da fällt mir ein, hast du das von den Andersons gehört?«

»Nein, wer sind denn die Andersons?«

»Das ist eine ganz liebe Familie, die es in den letzten Monaten sehr schwer hatte. Der Vater ist letztes Jahr gestorben und seither versucht Margret, ihre beiden Kinder alleine zu versorgen. Sie kriegen eine kleine Hinterbliebenenrente, aber die reicht vorne und hinten nicht.«

»Oh, wie traurig.«

»Du sagst es. Alle im Dorf helfen so gut es geht, aber es ist nicht leicht. Am Montagmorgen fand sie zwei riesige Tüten vor ihrer Tür, vollgepackt mit Lebensmitteln und je einem Weihnachtsgeschenk für die Kinder. Sie meinte, die Vorräte würden fast bis Januar reichen, wenn sie sie gut einteilen würde. Wenn das mal kein Wunder ist.« Moira strahlte sie über das ganze Gesicht an.

»Das freut mich für die Familie.« Sadie lächelte, doch es war nicht annähernd das, was sie erwartet hatte. Wahrscheinlich hatte ein Einwohner Mitleid mit der Familie und kaufte für sie ein. Doch unter einem Wunder verstand sie etwas anderes.

»Lass mich raten, du hast jetzt Kobolde und Elfen erwartet anstelle von zwei gefüllten Taschen mit Lebensmitteln?«

»Irgendwie schon.« Sie zuckte mit den Schultern. Sie wollte nicht, dass Moira sie für herzlos hielt, denn es war wirklich großzügig, dass sich jemand um die ärmeren Einwohner von Kenth kümmerte. Aber hollywoodtauglich war das Ganze trotzdem nicht.

»Ich verstehe, hmmm, dann geh doch mal zu Lydia in den Blumenladen, ich glaube, ihre Schwester wurde vor drei Jahren vom Krebs geheilt.«

»Was? Bist du dir sicher?« Sadie sah sie misstrauisch an. Wenn dies jedoch tatsächlich stimmen sollte, dann hätte sie den Jackpot geknackt. Wunderheilungen zogen immer.

»Ja, ich glaube es zumindest. Ich habe es von Karen Godwin gehört, und die hat es, glaube ich, von Mr. Sanchez. Woher er es hat, weiß ich leider nicht mehr. Es ist schon zu lange her.« Moira lächelte entschuldigend und nahm einen Schluck aus ihrer Tasse.

»Gut, dann gehe ich gleich morgen zu Lydia«, sagte Sadie zufrieden nach einem Blick auf ihre Uhr.

»Oh, du kannst auch jetzt gleich gehen. Sie bleibt nach Ladenschluss immer noch lange im Geschäft und fertigt Kundenbestellungen an.«

»Nun ja, ich muss um 18.00 Uhr bei Andrew sein.«

Moira legte erstaunt ihre Stirn in Falten. »Soso, und was machst du Schönes in einem geschlossenen Buchladen mit dem begehrtesten Junggesellen der Stadt?«

»Ich helfe ihm bei der Inventur«, sagte Sadie schnell, ehe ihre Vermieterin noch falsche Schlüsse zog.

»Aha.« Ein breites Grinsen legte sich auf Moiras Gesicht. »Dann wünsche ich euch viel Spaß dabei.« Sie zwinkerte ihr zu und Sadie erhob sich schnell von ihrem Stuhl.

»Vielen Dank für den Tee und die Hilfe bei meinem Artikel.«

»Kein Problem. Jeder Zeit wieder, Liebes.«

Sie spürte Moiras Blick auf ihr ruhen, als sie die Küche verließ. Ihre Wangen brannten und sie wusste genau, dass sie von ihr ertappt worden war. »Reiß dich zusammen«, zischte sie, als ihr vor dem Haus die kalte Winterluft entgegenschlug. »Du verhältst dich wie ein Teenager.«

»Also, was kann ich tun«, fragte Sadie schnell, um ein peinliches Schweigen zwischen Andrew und ihr zu vermeiden. Und auch, um ihre Nervosität so gut es ging zu verbergen. Es war ihr erst aufgefallen, als sie den Buchladen betrat, aber sie war seit ihrer Trennung nie mehr mit ihm alleine in einem Raum gewesen – von dem Abend nach ihrem Joggingunfall mal abgesehen. Es war nicht so, dass dies irgendetwas an ihrer Situation geändert hätte, aber ein warmer Schauer durchfuhr ihren Körper bei diesem Gedanken.

»Ich habe dir eine Liste mit all unseren Titeln ausgedruckt. Sie sind nach Autor und Genre geordnet. Damit du nicht im ganzen Laden herumirren musst, steht die Regalnummer und das betreffende Fach immer mit dabei. Geh sie durch, und hake alles ab, was du findest. Wenn mehrere Exemplare vorhanden sind, dann notiere mir bitte hinter dem Titel die Anzahl.« Er überreichte ihr einen Berg Papiere und widmete sich selbst den neu eingetroffenen Kisten. Sadie starrte einen Augenblick auf den Stapel in ihrer Hand, ehe sie die Überschrift auf dem obersten Blatt begutachtete. ›Romance‹ stand in Großbuchstaben darüber und sie schluckte einmal leer. Natürlich kamen als Erstes die Liebesgeschichten dran, das war ja so logisch.

»Ist alles klar?«

Als Sadie den Blick hob, stand Andrew dichter als erwartet vor ihr. Viel dichter. Augenblicklich bildete sich auf ihren Unterarmen eine Gänsehaut und der gesamte Raum schien elektrisch aufgeladen zu sein. Denn anders konnte sie das Prickeln auf ihrem ganzen Körper nicht erklären. Sie nickte rasch und eilte dann möglichst schnell in den nächstbesten Gang, denn ihre Wangen fühlten sich schon wieder so an, als würden sie in Flammen stehen.

Sie arbeiteten eine Stunde lang schweigend vor sich hin, ehe Sadie die bedrückende Stille nicht mehr aushielt.

»Wusstest du, dass es dieses Jahr keinen Weihnachtsbaum auf dem Dorfplatz geben soll?«, platzte es schließlich aus ihr heraus.

Andrew blickte irritiert von seiner Liste hoch. »Ja, ich weiß das schon. Aber wieso weißt du das?«

»Moira hat es mir vorhin erzählt«, antwortete sie schnell. »Das ist echt traurig.«

»Nun ja, so ist es nun mal. Wir haben ein hartes Jahr hinter uns. Die Touristen kamen nicht mehr ganz so häufig, da das Wetter oftmals zu schlecht für die berühmten

113

Bergtouren unserer Region war. Somit fehlen uns tausende Dollar Umsatz. Jedes einzelne Geschäft hier bangt um seine Existenz.«

»Deines auch?« Sadie hielt in ihrer Bewegung inne und blickte Andrew schockiert an.

»Ja, natürlich. In der Zeit des Onlineshoppings haben es die kleinen Läden schwer. Da stellen wir keine Ausnahme dar. Eigentlich ist es ein Wunder, dass nicht noch mehr Geschäfte Konkurs anmelden mussten. Schreib doch das in deinem Artikel. Das wäre wirklich mal etwas Übernatürliches.« Er schnaubte, doch seine Stimme war um einiges sanfter als bei ihrer ersten Begegnung. Er war nicht mehr ganz so der Mr. Griesgram wie am Tag ihrer Ankunft.

»Da muss man doch etwas tun können«, murmelte sie gedankenverloren vor sich hin.

»Willst du etwa Amazon die Stirn bieten?« Er lachte laut auf. »Das will ich sehen.«

Sadie rollte mit den Augen. »Nein, ich meinte den Weihnachtsbaum, nicht Onlineshopping. Gibt es nicht irgendwelche Lieferanten von dir, die buntes Papier oder ähnliches für die Kinder spenden könnten?«

»Ich habs mir auch schon überlegt, aber mir ist niemand eingefallen. Unten in Lillooet gibt es einen Bastelladen. Ich kenne den Besitzer, aber er ist nicht sonderlich gut auf mich zu sprechen.«

»Lass mich raten, dort arbeitet keine alleinstehende Frau?« Sadie biss sich sofort auf die Lippen, konnte aber ein Grinsen nicht unterdrücken.

»Wie kommst du da drauf?« Er zog eine Augenbraue in die Höhe und sofort setzte das Prickeln auf ihrer Haut

114

wieder ein. Er sah einfach in jeder erdenklichen Situation gut aus. Wie war so etwas überhaupt möglich?

»Na ja, sonst hätte sie dir bestimmt sofort alles Nötige zur Verfügung gestellt. So wie es alle Single-Frauen hier in Kenth tun würden, wenn du sie um etwas bittest.«

»Du unterhältst dich definitiv zu oft mit Karen. Oder Sarah. Oder Moira. Aber nein, der Besitzer ist ein Mann im mittleren Alter, der es nur zu gerne sehen würde, wenn ich den Laden schließen müsste. Er wartet schon lange darauf, dass er expandieren und Bücher in sein Sortiment aufnehmen kann.« Er schüttelte gedankenverloren den Kopf, ehe er in die Hocke ging und die nächste Schachtel aufriss. Sein Shirt spannte sich bei jeder Bewegung über seinen breiten Rücken und in Sadies Bauch explodierte eine ungeahnte Wärme.

Oh Gott, reiß dich bloß zusammen, ermahnte sie ihr Verstand. *Du bist hier, um ihm zu helfen und nicht, um dir vorzustellen, wie es wohl wäre, wenn ihr in deinem Schlafzimmer wärt anstatt in seinem Buchladen. Das ist nun wirklich unprofessionell.*

Mit einem leisen Seufzen widmete sie sich erneut den Büchern. Es musste doch eine Lösung für dieses Weihnachtsbaumproblem geben. Sie kaute nervös auf ihrer Unterlippe herum, als ihr die Idee kam. Plötzlich war ihr klar, was sie tun konnte. Wenn Andrews Charme nicht beim Besitzer zog, dann vielleicht ihrer. Sie nickte entschlossen, während sie sich gedanklich bereits auf einen Ausflug nach Lillooet vorbereitete.

»Weißt du noch, als wir die ganze Dekoration des alten Humphries aus dem Garten gestohlen haben?«

115

Sadie brauchte einen Moment, bis sie verstand, was er da sagte. »Oh Gott, das hatte ich bereits verdrängt.« Sie schlug ihren Papierstapel vors Gesicht. »Es ist ein Wunder, dass wir nicht mehr Ärger bekommen haben.«

»Du sagst es. Er drohte immer wieder damit, die Polizei zu rufen. Steve hat irgendwann so Schiss gekriegt, dass er sie eines Nachts zurückgebracht hat. Ich glaube, er war gerade fertig geworden, als Mr. Humphrie aufstand. Auf jeden Fall hämmerte er um sechs Uhr morgens wie ein Irrer an meine Fensterscheibe. Er dachte, dass er verfolgt wurde und wollte sich bei mir verstecken.«

Sadie lachte nun aus vollem Hals. »Ja, das weiß ich noch genau. Er hat einen solchen Lärm gemacht, dass deine Eltern wach wurden und ich mich im Schrank verstecken musste, weil ich eigentlich nicht bei dir übernachten durfte.«

»Oh, stimmt. Steve haben sie danach nach Hause geschickt und ich kam zu dir in den Schrank.« Er grinste und Sadie spürte sofort, wie eintausend Schmetterlinge wie wild in ihrem Bauch herumtanzten.

»Ja, daran kann ich mich noch gut erinnern. Zum Glück war es Winter. Sonst hätte ich echt Mühe gehabt, meinen ersten Knutschfleck vor meinen Eltern zu verheimlichen.«

»So, das war also dein erster Knutschfleck?«

»Natürlich. Was dachtest du denn? Du warst schließlich meine erste große Liebe.« Sie sprach es aus, als wäre es das Normalste auf der Welt. Als sie jedoch merkte, was sie gerade gesagt hatte, drehte sie sich eilig um und suchte wie wild den nächsten Titel auf ihrer Liste. Sie spürte sofort, wie ihre Wangen so rot wie eine überreife

Tomate wurden. Wieso konnte sie nicht einmal ihre große Klappe halten?

Andrew schwieg einen Moment, ehe er sagte: »Du warst auch meine erste große Liebe.«

Seine Worte durchfuhren ihren Körper wie ein Blitz. Ihr wurde schwindelig von all den Gefühlen, die er wieder in ihr weckte. Nie hätte sie gedacht, dass sie diesen Satz nochmals aus seinem Mund hören würde. Sie schloss für einen Moment die Augen, um wieder Herr über ihre Empfindungen zu werden. Sie traute sich nicht, sich zu ihm umzudrehen, deshalb arbeitete sie still und in Gedanken versunken weiter.

»Soll ich dich nach Hause bringen?«, fragte Andrew zögerlich, als sie ihren Mantel anzog. Sie hatten vier Stunden ohne Pause gearbeitet und Sadie schwirrte der Kopf. Ihr Knie tat bereits nach einer Stunde weh, aber sie biss die Zähne zusammen. Schließlich machte sie das für Cody. Und auch ein bisschen für sich selbst. Denn so konnte sie immerhin den ganzen Abend in Andrews Nähe verbringen. Dies war beinahe so wirksam wie ein Schmerzmittel.

»Nein, nein, ich finde den Weg schon. Aber danke.«

»Ach weißt du, ein bisschen frische Luft wird mir gut tun. Und ich will danach in Ruhe schlafen können und mich nicht die ganze Zeit fragen, ob du bereits zu einem Eis am Stiel wurdest.« Er grinste breit, als er seine Mütze von der Garderobe angelte.

Sadie nickte nur, denn sie hatte überhaupt keinen Plan, was sie darauf erwidern sollte.

117

Sie liefen schweigend die Main Street hinauf, wobei Andrew ein sichtlich langsameres Tempo anschlug als bei ihren letzten gemeinsamen Spaziergängen. Er ahnte wohl, dass er sonst etwa eine Stunde früher bei den Cottages ankäme als Sadie, denn mit ihrem humpelnden Gang glich ihre Geschwindigkeit der einer Schildkröte.

Sie bogen in Moiras Privatstraße ein und ließen die Lichter des Städtchens komplett hinter sich. Der Himmel war klar und eine Million kleiner, leuchtender Sterne zeigte sich in ihrer vollen Pracht.

»Es ist wahnsinnig, wie viele Sterne man hier draußen sehen kann.«

»Das stimmt. Das ist einer der Gründe, weshalb ich so gerne hier lebe.«

»Das glaube ich dir. Und die Einwohner sind auch wirklich sehr nett. Die meisten auf jeden Fall.«

»Das stimmt.«

Sie liefen ein paar Meter weiter, als Andrew sie plötzlich am Arm festhielt und zum Himmel deutete. »Kannst du das dort hinten sehen?«

Sadie kniff fest die Augen zusammen. »Du meinst den Nebel da?« Sie blickte ihn verwirrt an.

»Das ist kein Nebel. Das sind die Polarlichter.«

»Was?« Sie riss ungläubig die Augen auf und starrte auf die hellen Flecken oberhalb der Berggipfel.

»Gib ihnen noch ein wenig Zeit. Bald wirst du sehen, was ich meine.«

Sie blieben dicht nebeneinander stehen und Andrew hielt noch immer ihren Arm fest. Sadie versuchte, sich angestrengt auf die sich ausbreitenden Lichter zu konzentrieren, aber seine Berührung vernebelte ihr vollständig das Hirn. Sie spürte seine Hand trotz des dicken Stoffs ihres Mantels so intensiv, dass es ihr heiß den Rücken hinunterlief.

»Glaubst du mir jetzt?«, fragte er aufgeregt, als sich der Himmel beinahe komplett in grünliches Licht getaucht hatte.

»Es ist wunderschön«, stammelte sie, nicht fähig, etwas anderes zu sagen oder zu denken. Sie blickte ihn verstohlen von der Seite her an und sah den ausgelassenen Andrew vor sich, den sie aus ihrer gemeinsamen Zeit kannte. Ein Lächeln stahl sich auf ihre Lippen und ihr Herz wurde warm. Seit Ewigkeiten war sie nicht mehr so glücklich gewesen wie in diesem Moment.

Kapitel 9

»Hi Sadie«, begrüßte Cody sie, wie immer, wenn sie den Laden betrat. »Wo warst du denn gestern? Wir haben dich vermisst.«

»So?«, fragte sie überrascht, konnte sich aber ein Lächeln nicht verkneifen.

»Natürlich, ich möchte doch unbedingt wissen, wie deine Geschichte ausgeht.«

»Was für eine Geschichte?« Andrew trat aus seinem Arbeitszimmer und blickte mit großen Augen auf die riesige Schachtel in Sadies Händen.

»Ach, es ist nichts weiter«, winkte Sadie gespielt lässig ab. Jedoch war sie für einen Moment unachtsam, blieb mit einem Fuß am Tischbein hängen und kam gefährlich ins Schwanken. Andrew eilte mit großen Schritten auf sie zu und fing sie im letzten Augenblick samt der Kiste auf.

»Danke«, sagte sie verlegen und wich seinem Blick aus. Die hellgrünen Augen mit dem dunklen Rand hatten immer noch die gleiche unglaubliche Anziehungskraft auf sie wie früher.

»Was ist das alles?« Er nahm ihr die Schachtel ab und stellte sie neben die Kasse.

»Das ist mein Geschenk an euch«, antwortete sie schmunzelnd und zog mit den Zähnen an einem Finger ihres Handschuhs. »Ich habe gestern deinen Freund vom Bastelladen in Lillooet besucht. Er war so nett und hat mir diese Kiste voll mit Bastelutensilien überlassen. Ich hoffe, es ist etwas Brauchbares dabei, womit die Kinder den Schmuck für den Weihnachtsbaum herstellen können.«

Andrew starrte sie mit großen Augen an. »Ist das dein Ernst? Er hat dir das einfach so überlassen?«

»Nun ja, ein wenig Überzeugungsarbeit war schon nötig. Aber ich glaube, es hat nicht geschadet, dass ich eine Frau bin. Denn nachdem er alles in meinen Wagen geladen hatte, bat er mich um ein Date.«

»Und, gehst du hin?« Es sollte wahrscheinlich nur eine beiläufige Bemerkung sein, doch Sadie entging der veränderte Tonfall in seiner Stimme nicht.

»Nein. Ich habe dankend abgelehnt.« Sie strahlte über das ganze Gesicht. So langsam verstand sie, was all die Leute an Weihnachten fanden. Es war wirklich ein großartiges Gefühl, etwas für andere Menschen zu tun.

»Das ist echt toll, Sadie. Vielen Dank. Ich bin mir sicher, dass Nolan eine seiner Tannen entbehren kann und wir haben bestimmt noch ein paar Lichterketten auf dem Dachboden.«

»Das klingt doch super. So, und nun muss ich wieder los. Moira hat mir erzählt, dass Lydias Schwester vom Krebs geheilt wurde. Dem geh ich jetzt mal nach.« Sie winkte zum Abschied und war bereits bei der Tür, als Andrew nach ihr rief. Sie drehte sich verwundert um und sah den verlegenen Gesichtsausdruck, den sie schon von früher her kannte.

»Da du so toll mitgeholfen hast bei der Inventur, wollte ich dich fragen, ob du Lust hast, mich zum Hockeyspiel von Cody zu begleiten? Schließlich bist du der Grund dafür, dass er aufgestellt wird, und der Food Truck dort

121

macht die leckersten Hot Dogs der Stadt.« Er trat nervös von einem Fuß auf den anderen und sah sie erwartungsvoll an.

»Na, wenn es Hot Dogs gibt, muss ich ja kommen.«

»Super. Dann sehen wir uns da? Das Essen geht auf mich.«

Sadie nickte und huschte schnell durch die Tür.

Wir haben immer noch dieselbe verkorkste Vergangenheit, ermahnte sie ihr Verstand, doch sie konnte die aufkeimende Vorfreude nicht unterdrücken.

Sie lief zügig über den Dorfplatz und betrat zum ersten Mal Lydias Blumenladen. Bisher hatte sie nur von außen hineingelinst. Aber sie war schon sehr gespannt, was für eine Frau hinter der jungen Floristin stecken mochte. Der Duft von Rosen schlug ihr augenblicklich entgegen und sie fühlte sich sofort geborgen.

Ihre Mutter hatte Blumen geliebt und so gingen sie jeden Samstag auf den Markt oder in den Blumenladen in der Stadt, um einen frischen Strauß zu holen. Sadie durfte ihn jedes Mal aussuchen und präsentierte ihn danach immer voller Stolz ihrem Vater. Richard lobte stets überschwänglich ihren guten Geschmack und platzierte die Blumen mitten auf dem Esstisch. So, wie es Justin mit den dutzend weißen Rosen zu tun pflegte, wenn er sie wieder einmal verprügelt hatte.

Sofort erschien seine letzte Nachricht vor ihrem geistigen Auge.

Bitte, Sadie, komm zu mir zurück. Du weißt, dass ich nicht ohne dich leben kann.

Ja, so war das immer. Erst war er wütend und beschimpfte sie. Dann bereute er es, dass er so fies zu ihr gewesen war und irgendwann, wenn sie nicht sofort spurte, kam die Wut in einem noch größeren Ausmaß zurück. Sie kannte dieses Spiel blind. Doch nun hatte sie ausnahmsweise die Regeln geändert. Denn er hatte keine Ahnung, wo sie sich befand. Dies hoffte sie zumindest von ganzem Herzen.

»Kann ich Ihnen weiterhelfen?«

Sadie blickte abrupt auf und sah in das freundliche Gesicht einer jungen Frau. Sie hatte ihre blonden Haare zu einem hohen Dutt zusammengebunden und trug eine grüne Schürze über ihrem fliederfarbenen Wollkleid.

»Hi. Mein Name ist Sadie Rivers. Ich bin die Journalistin aus Vancouver. Ich nehme an, Sie haben schon von mir gehört? Dieses Städtchen scheint mir nämlich besser als jedes Klatschmagazin zu sein.«

Ihr Gegenüber begann über beide Ohren zu grinsen. »Ah, ja genau, ich habe mich schon gefragt, wann Sie bei mir auftauchen, Ms. Rivers.«

»Oh, bitte, nennen Sie mich Sadie.«

»Freut mich. Ich bin Lydia.« Sie wischte kurz ihre nasse Hand an der Schürze ab und reichte sie ihr dann. »Ich nehme an, du bist wegen Alyssa hier?«

»Ist das deine Schwester?«

Lydia nickte und nahm einen Strauß roter Rosen aus der Vase, um sie auf ihren Tisch neben der Kasse zu legen. »Ich wusste, dass sich irgendwer früher oder später an die Geschichte meiner Schwester erinnern würde. Aber eigentlich hat es länger gedauert, als ich dachte.« Sie schmunzelte versonnen vor sich hin, als sie die Blu-

123

men neu arrangierte und ein wenig Schleierkraut dazugab.

»Nun ja, irgendwie läuft nicht alles nach Plan, seit ich hier bin.«

»Stimmt, dich mussten sie ja aus dem Schneesturm bergen. Wenigstens war dein Retter ganz ansehnlich.« Lydia blickte kurz auf und Sadie lächelte angespannt. Nun war es amtlich, jede alleinstehende Frau war hinter Andrew her.

»Nun ja, in diesem Augenblick war mir das Aussehen eigentlich ziemlich egal. Es hätte mich auch ein Bernhardiner mit Schnapsfässchen um den Hals finden können. Ich hätte mich genauso gefreut.«

Lydia lachte laut auf. Es war mindestens eine Oktave höher als bei anderen Menschen, aber dies machte sie irgendwie noch sympathischer. »Also, ich ziehe Andrew einem Bernhardiner definitiv vor. Ich glaube, er sabbert um einiges weniger.«

»Der Bernhardiner?«, fragte Sadie und musste selbst sofort loslachen.

»Wenigstens hast du deinen Humor im Sturm nicht verloren. Das gefällt mir.« Lydia wickelte die Rosen in durchsichtige Folie und versah sie mit grünen und roten Bändern und einer kleinen Zuckerstange. »Ich muss die kurz ausliefern. Möchtest du mich begleiten? Dann kann ich dir alles über Alyssa erzählen.«

»Klar, sehr gerne.«

Lydia zog ihre Schürze aus und schnappte sich stattdessen ihren Mantel von der Garderobe. Sie hängte ein Schild mit der Aufschrift ›Wenn ich nicht in 10 Minuten zurück bin, ruft die Polizei. Achtet aber bitte darauf, dass nur sexy Cops zu meiner Rettung eilen‹ an ihre Eingangstür und trat gemeinsam mit Sadie in den lauen Wintermorgen.

»Lebt deine Schwester auch hier?«

Sie verließen den Dorfkern und spazierten Richtung Süden zu einem der spärlich bewohnten Außengebiete von Kenth.

»Nein, sie ist letztes Jahr mit ihrem Mann an den Harrison Lake gezogen. Sie pflegte unsere Mutter so lange, bis es ihr besser ging. Mom hatte einen Herzinfarkt. Alyssa hat sich um sie gekümmert und ich mich um den Blumenladen. So konnten wir alle anfallenden Arbeiten abdecken. Aber die Zeit für einen Neuanfang war längst gekommen. Meine Schwester war froh, als sie keine Rund-um-die-Uhr-Krankenschwester mehr sein musste.«

»Aber deine Mutter ist wieder gesund?«

»Ja, ihr geht es gut. Sie kann nur nicht mehr so lange im Laden stehen. Sie muss sich jetzt öfter ausruhen und sollte, wann immer es geht, Stress vermeiden. Deshalb habe ich das Geschäft übernommen.«

»Und Alyssa ist auch wieder geheilt, habe ich gehört?«

»Geheilt?« Lydia quietschte laut auf. »Sie hat immer noch dieselben Flausen im Kopf, aber sonst ist sie topfit. Wenn du das meinst.«

»Ich meinte den Krebs«, fuhr Sadie zögerlich fort.

»Oh, jetzt ist es also schon Krebs?« Sie schüttelte belustigt den Kopf. Doch Sadie verstand nichts mehr.

»Nun ja, Moira hat mir erzählt, dass sie auf wundersame Weise von Krebs geheilt wurde. Stimmt das etwa nicht?« Sie spürte, wie sich die Enttäuschung langsam in

125

ihrem Körper ausbreitete. Der Reaktion der Floristin nach zu urteilen, war auch das wieder falscher Alarm.

»Tut mir leid, ganz so dramatisch war es nicht. Alyssa hatte eine starke Lungenentzündung. Dr. Upton war mit seinem Latein am Ende und er wollten sie schon ins nächste Krankenhaus bringen, als sie eines Morgens ein kleines Fläschchen vor ihrer Tür fand. Mit dabei war ein handgeschriebener Beipackzettel. Sie nahm das Mittel drei Tage lang wie beschrieben ein und plötzlich ging es ihr viel besser. Wir wissen bis heute nicht, was es genau war.«

»Und sie hat es einfach so genommen? Ohne zu wissen, was drin war?« Sadie riss ungläubig die Augen auf.

»Wir sind hier in Kenth«, antwortete Lydia mit einer unbekümmerten Miene. »Hier fragst du nicht nach, wenn dir jemand etwas vor die Tür stellt, sondern dankst Gott und probierst es gefälligst aus. Es haben noch alle überlebt. Außer die, die gestorben sind.« Lydia warf einen kurzen Seitenblick auf Sadie, ehe sie in den höchsten Tönen loslachte. »Ich mache nur Spaß, Rivers.«

Sadie traute ihren Ohren nicht. Wenn sie das in Vancouver gemacht hätte, dann wäre sie wahrscheinlich zwanzig Minuten später tot gewesen. Oder auf Drogen.

An ihrem vermeintlichen Zielort angekommen, stiegen die beiden Frauen die Treppe zu einem kleinen Holzhäuschen empor und Lydia klopfte heftig an die Tür.

»Hier wohnt Mr. Russel. Er hört nicht mehr so gut«, erklärte sie, ehe die Tür aufschwang und ein kleiner, gebückter Mann zum Vorschein kam, welcher sie aus dicken Brillengläsern heraus anstarrte. Er brauchte einen Moment, bis er Lydia erkannte, und strahlte dann sofort über beide Ohren.

»So schön, dich zu sehen.«

»Hallo Mr. Russel. Ich habe heute eine Speziallieferung für Sie.« Lydia überreichte ihm die Blumen.

»Vielen Dank, Liebes. Pünktlich wie immer«, sagte er gerührt, als er versonnen auf die roten Rosen starrte. »Ich freue mich jedes Jahr auf diesen Tag.« Er lächelte traurig und eine Träne kullerte ihm über die faltige Wange.

»Das weiß ich doch. Deshalb habe ich mich auch extra beeilt. Ich wünsche Ihnen einen schönen Tag und grüßen Sie Anna von mir.«

»Das mache ich, danke dir.« Er schloss langsam die Tür und Lydia drehte sich um.

»Ist Anna seine Frau?«, wollte Sadie wissen, als sie den gleichen Weg zurückgingen.

»Seine tote Frau«, berichtigte Lydia sie und lächelte liebevoll.

»Wie kann er sie dann von dir grüßen?«

»Heute ist Annas Todestag. Und jedes Jahr bekommt er eine Lieferung mit roten Rosen von mir, welche er dann auf ihr Grab legt.«

»Das ist ja lieb von dir.«

»Oh, dieses Kompliment gebührt nicht mir. Eines Tages bekamen wir einen Brief mit 50 Dollar und der Bitte, Mr. Russel jedes Jahr Blumen zu bringen. Es war bekannt, dass er sich diese nicht leisten konnte, und man sah ihn oft weinend am Grab seiner Frau. Von diesem

Zeitpunkt an bekam ich immer einen Tag vorher einen Briefumschlag mit Geld. Ein Absender wurde nie genannt.«

»Das ist ja toll«, brachte Sadie hervor und war wahnsinnig gerührt von dieser Geste. Sie wusste selbst, dass es schnell ins Geld gehen konnte, wenn man ein Grab ordentlich instandhalten wollte.

»Ich freue mich selbst das ganze Jahr auf diesen Tag. Es gibt mir so viel, wenn ich die Freude in Mr. Russels Gesicht sehen darf. Nur schade, dass der anonyme Spender nichts davon weiß.«

Sadie nickte und so gingen sie schweigend bis zu dem Blumenladen zurück. Ihr Herz wurde schwer beim Gedanken daran, wie viele Einwohner hier mit so wenig über die Runden kommen mussten, während sie zu Hause in ihrem überteuerten Loft festsaß und todunglücklich war.

»So, ich muss wieder rein«, sagte Lydia, als sie vor ihrem Laden ankamen. »Es tut mir leid, dass ich dir nicht die große Story liefern konnte, aber es hat mich sehr gefreut, dich kennenzulernen.«

»Mich auch. Wir sehen uns bestimmt wieder. Hab einen schönen Tag.«

Sadie verließ die Main Street und schlug den Weg in die Privatstraße ein. Es war Zeit, dass sie Thomas informierte. Hier war so gut wie nichts zu holen und je früher sie ihn darüber in Kenntnis setzte, desto schneller konnten sie sich einen Plan B für die Sonderausgabe überlegen. Auch wenn sich ihr Herz schmerzhaft zusammenzog bei dem Gedanken, diesen Ort wieder verlassen zu müssen.

»Ach das wird schon. Vertrau deinem Instinkt. Du wirst wie immer einen großartigen Artikel für uns zaubern.« Thomas' Stimme zu hören war wie Balsam für ihre Seele. Sie vermisste nicht viel an Vancouver, aber er und seine Frau fehlten ihr definitiv.

»Ich weiß nicht, ich glaube, dieses Mal ist es anders.« Sie starrte auf den blinkenden Cursor in ihrem halb leeren Dokument. Sie hoffte inständig, dass plötzlich mehr Text auftauchen würde, wenn sie ihn nur lange genug hypnotisierte. Denn das wäre dann wirklich ein Wunder gewesen.

»Ich kenn dich. Du machst das super. Aber erzähl mal, wie läuft es so mit Andrew.«

Sie konnte seinen neugierigen Gesichtsausdruck sofort vor ihrem geistigen Auge sehen und musste schmunzeln.

»Da läuft nichts mit Andrew«, erwiderte sie wie aus der Pistole geschossen und wusste sofort, dass dies ein Fehler war. Die Antwort kam einen Tick zu schnell dafür, dass ihr Andrew eigentlich gleichgültig hätte sein sollen.

»Soso«, er zog die beiden Silben betont in die Länge. »Und was genau läuft da NICHT?«

Da sie nur zu gut wusste, dass er nicht Ruhe geben würde, bis er nicht jede kleinste Information aus ihr herausgepresst hatte, rückte sie gleich mit der Wahrheit heraus. »Nun ja, du weißt ja, dass er mich in dieser Nacht vor dem Erfrieren gerettet hat.«

»Ja, zum Glück«, schoss Thomas sofort hervor.

»Seither hat sich irgendwie etwas zwischen uns verändert. Es herrscht nicht mehr ganz so tiefe Eiszeit wie zu Beginn. Ich habe ihm ein wenig im Laden geholfen und

129

am Samstag gehen wir zum Eishockeyspiel seines Sohnes.«

»Das klingt großartig. Dann hören wir uns Samstag wieder.«

»Ehm, wieso?«

»Na, damit du mir alles von deinem Date erzählen kannst.« Er lachte laut heraus, doch in seiner Stimme lag so viel Liebe, dass es Sadie für einen kurzen Moment die Luft abschnürte.

»Wir werden sehen, Thomas. Ich leg dann jetzt auf. Bis bald.«

»Pass auf dich auf, Kleines.«

Sie ließ das Handy in ihrer Hand sinken und starrte traurig in den blassroten Abendhimmel, der sich in voller Pracht vor ihrer Veranda erstreckte.

»Ein Date ... Tsss ...«, murmelte sie lächelnd vor sich hin und rollte mit den Augen. »Das wäre zu schön, um wahr zu sein.«

Kapitel 10

Den ganzen Freitag über ließ sie sich nicht im Dorf blicken. Sie arbeitete stundenlang an ihrer Geschichte oder brütete über dem Artikel. Sie verließ das Cottage nur, um auf ihrer Terrasse einen Kaffee zu trinken. Sie lagerte ihr Bein die meiste Zeit brav hoch und merkte bald, wie der Schmerz nachließ und die Schwellung zurückging.

Wie jeden Tag in dieser Woche absolvierte sie brav die Kraftübungen, welche sie trotz ihres verletzten Knies machen konnte, und sah sich gespannt die YouTube-Videos dieses Peter Malloy an, den ihr Sarah empfohlen hatte. Er war wirklich ein gutaussehender junger Mann, da konnte sie sehr gut verstehen, dass Karen sofort von ihm hingerissen war. Aber nicht nur sein Äußeres war interessant, sondern auch die Tipps, die er seinen Zuschauern vermittelte. Sadie versuchte, sich so viel wie möglich zu merken. Seine Situationsbeispiele kamen ihr leider nur allzu bekannt vor. Doch mittlerweile gesellte sich noch ein weiteres Gefühl zu der Angst, wenn sie an Justin dachte, und das war ein großer Fortschritt. Sie verspürte Wut und diese gab ihr Hoffnung.

14.18 Uhr
Du weißt genau, dass du irgendwann zu mir zurückgekrochen kommst. Du brauchst mich. Und ich werde auf dich warten, da kannst du dich darauf verlassen.

Sadie schluckte leer, als sie die neueste Nachricht von Justin las und ihr Hochgefühl kam leicht ins Wanken. Würde sie wirklich wieder zu ihm zurückgehen? Ihre

Antworten auf diese Frage konnten nicht weiter auseinanderliegen. Je nach psychischer Verfassung schwankte sie zwischen »nie im Leben« und »wahrscheinlich hat er recht«. Sie warf ihr Handy zurück auf das Sofa und hielt einen Moment inne. »Auch wenn ich wieder zu dir zurückkehren sollte, werde ich nicht mehr alles kampflos ertragen«, flüsterte sie in die Stille ihres Cottages hinein und drückte sofort auf ›Play‹, um das nächste Video von Peter abzuspielen.

Am Samstag machte Sadie einen kurzen Abstecher zu Sarah in die Bäckerei, ehe sie zum Eishockeyfeld hinausging. Sie brauchte dringend ein wenig moralische Unterstützung und hoffte, diese von ihrer Freundin zu bekommen. Sarah begrüßte sie wie immer freudig und riss dann sofort die Augen weit auf, als Sadie ihren Mantel auszog.

»Ja, ja, von wegen kein Date«, rief sie so laut, dass zwei Kunden an einem der Tische sich zu ihnen umdrehten.

»Psst,« zischte Sadie und hielt sich einen Finger vor die spitzen Lippen. »Nicht so laut. Auch wenn du noch so sehr rumbrüllst, wird trotzdem keine Verabredung daraus.«

Sarah musterte sie von Kopf bis Fuß und pfiff dann ein wenig leiser durch ihre zusammengebissenen Zähne. »Und für ein Nicht-Date wirft man sich neuerdings so in Schale? Man, man, man, ich sollte echt wieder einmal ausgehen.«

Sadie schüttelte nur den Kopf, war aber froh, dass ihr Outfit ihrer Freundin zu gefallen schien. Sie hatte tatsächlich eines ihrer hübschesten Kleider angezogen. Sie trug ein rosafarbenes Wollkleid, welches ihr bis kurz über die Knie reichte, darunter dicke schwarze Leggins, braune Stiefel und einen farblich passenden Mantel. Natürlich war da noch die hässliche weiße Stütze um ihr Knie, aber mittlerweile konnte sie ihr Bein wieder so gut belasten, dass sie diese bald in Rente schicken konnte.

»Darf ich mich trotzdem kurz hier bei dir aufwärmen, auch wenn ich zu chic für ein Nicht-Date aussehe?«

»Aber klar doch. Setz dich, ich komme, sobald ich kann. Kaffee?«

»Gerne.«

Sadie setzte sich an ihren Lieblingsplatz direkt am großen Fenster mit perfekter Sicht auf den Buchladen. Im darüberliegenden Stockwerk brannte Licht und sie malte sich aus, wie sich Andrew und Cody für das Spiel fertig machten. Ein wildgewordener Schwarm Schmetterlinge begann augenblicklich in ihrem Bauch zu tanzen.

»Und, was habt ihr zwei Turteltauben denn nach dem Spiel noch so vor?«, fragte Sarah mit einem breiten Grinsen im Gesicht, als sie zwei Tassen Cappuccino auf das Tischchen stellte und gegenüber von Sadie Platz nahm.

»Wir essen danach noch was und gehen dann nach Hause.«

»Zu ihm oder zu dir?«

»Sarah!« Mittlerweile bereute sie, nicht direkt zum Eisfeld gegangen zu sein, denn die zwei Kunden vom Nachbartisch linsten erneut neugierig zu ihnen herüber.

»Schon gut, schon gut.« Ihre Freundin hob beschwichtigend die Hände. »Ich hör schon auf. Aber freust du dich wenigstens? Es scheint ja so, als hättet ihr einen wahnsinnigen Fortschritt gemacht, seit ihr euch das erste Mal wieder begegnet seid.«

133

»Ich glaube schon. Er ist zwar immer noch sehr reserviert und gar nicht so, wie ich ihn in Erinnerung habe, aber zwischendurch erkenne ich den alten Andrew wieder.« Sie schmunzelte versonnen, als ihr Blick erneut Richtung Buchladen wanderte.

»Apropos alt, hast du das Wunder von Mr. Russel schon gehört?«

»Die alljährlichen Blumen für seine verstorbene Frau?«

Sarah verzog enttäuscht das Gesicht. »Du weißt es schon?«

»Ja, ich war am Donnerstag sogar selbst mit dabei. Ich habe Lydia besucht, um sie nach ihrer Schwester zu fragen. Da sie aber die Blumen zu Mr. Russel bringen musste, habe ich sie begleitet.«

»Er ist so süß. Ich sehe ihn oft am Grab seiner Frau stehen, wenn ich spazieren gehen.«

»Das ist er wirklich. Nur leider ist dies kein richtiges Wunder für mich.«

»Mir ist noch etwas eingefallen. Vielleicht hilft dir das.« Sarah lehnte sich, soweit sie konnte, über den Tisch und flüsterte leise: »Letztes Jahr hat jemand meine Bäckerei gerettet.«

»Gerettet?« Sadie wurde sofort hellhörig, und Sarah nickte wie wild.

»Ich hatte eine riesige Bestellung für eine Hochzeit in Pemberton. Es wäre das Event des Jahres gewesen, da bin ich mir sicher. Sie haben eine fünfstöckige Torte und zahlreiche Plätzchen und Cupcakes bestellt, mit aufwendigen Verzierungen. Ich musste sogar temporär jemanden einstellen, um alles zu schaffen.«

»O.k.«

»Im letzten Augenblick haben sie den Auftrag storniert und sich geweigert, meine entstandenen Kosten zu decken. Ich war völlig fertig. Es hätte mich ruiniert, wenn nicht plötzlich ein Unbekannter in meiner Bäckerei aufgetaucht wäre und mir alles zum vollen Preis abgekauft hätte.« Sie ließ sich zufrieden in den Stuhl zurückfallen.

»Und du hast keine Ahnung, wer der Kerl war?« Sadie wusste es sehr zu schätzen, dass ihre Freundin sich so viel Mühe gab, aber wahrscheinlich war auch an dieser Story nicht wirklich etwas dran.

»Nein, ich hab ihn vorher noch nie gesehen. Er erzählte mir, dass ein Freund ihm von meiner Bäckerei vorgeschwärmt hatte. Es wäre ein richtiges Wunder, dass ich genau das am Lager hatte, was er bräuchte. Aber weißt du, was das Eigenartigste daran ist? Karen hat mir Wochen später erzählt, dass Andrew diesen Typen noch von seiner Zeit in Whistler kannte.«

Jetzt wurde Sadies Aufmerksamkeit doch noch geweckt. »Und was hat Andrew dazu gesagt?«

»Das ist es eben, er hat es eiskalt abgestritten. Er behauptete steif und fest, dass er keine Ahnung hatte, wer dieser Typ war und dass Karen wahrscheinlich wieder einmal zu viel Eierlikör getrunken hätte.« Sie zuckte mit den Schultern. »Ich weiß echt nicht mehr, was stimmt und was nicht. Aber ich freue mich, dass ich meinen Laden behalten durfte.«

In diesem Augenblick ging die Eingangstür auf und zwei ältere Damen traten gemächlich vor die gläserne Vitrine. »Tut mir leid, ich muss los. Aber erzähl mir unbedingt wie das Spiel war, o.k.?«

»Klar, mach ich.« Sadie trank noch den letzten Schluck aus ihrer Tasse, ehe sie sich erhob und in die kühle Dezembernacht hinaustrat. Irgendetwas ließ sie an der Geschichte von Sarah nicht mehr los. Sie konnte aber beim besten Willen nicht sagen, was es war.

Zehn Minuten später erreichte sie den hell erleuchteten Platz am Rande des Städtchens. Es hatten sich bereits einige Zuschauer auf der Tribüne eingefunden und Sadie blickte sich suchend nach Andrew um. Sie fand ihn etwas abseits, wo er mit Cody, der schon in voller Ausrüstung auf dem Eis stand, etwas besprach. Sein Sohn nickte hochkonzentriert und flitzte dann auf die andere Seite der Eisfläche zu seinen Teamkameraden.

Sadie blieb für einen Moment stehen und begutachtete im Schutze der kleinen Tribüne Andrew, der lässig an der Bande lehnte. Er hatte sein dunkelblondes Haar zurückgegelt, so dass man seine Locken nur noch erahnen konnte. Er trug dunkle Jeans, hellbraune Boots und eine graue, dick gefütterte Jacke. Mit seiner Körpergröße von 1.95m sah er riesig aus neben all den anderen Zuschauern.

Sadie erinnerte sich an ihr erstes Treffen. Sie hatte ihn von weitem angehimmelt. Als er sie dann tatsächlich ansprach, musste sie den Kopf so weit in den Nacken legen, dass einer ihrer Wirbel bedrohlich knackte. Schließlich überragte er sie um gute 30 Zentimeter. Seine Statur fand sie damals schon sehr anziehend. Es hatte etwas Geborgenes, wenn man mit einem so großen Mann zusammen war. Mit ihm an ihrer Seite hatte sie sich nie gefürchtet. Sie hatten einfach perfekt zusammengepasst. Bis zu dem einen Abend vor 17 Jahren. Als die Trauer erneut in ihr

136

aufsteigen wollte, schloss sie für kurze Zeit die Augen und als sie sie wieder öffnete, sah Andrew sie direkt an. *Scheiße*, schrie es in ihrem Kopf, doch sie zwang sich zu einem Lächeln. Steifbeinig trat sie auf ihn zu. Für den Bruchteil einer Sekunde sah es so aus, als wolle er sie zur Begrüßung umarmen. Doch er besann sich eines Besseren und hob stattdessen kurz die Hand. »Schön, dass du hergefunden hast.«

»Und ich hab mich nicht einmal verlaufen.« Sie lächelte vorsichtig und als er es erwiderte, fiel ein großer Teil ihrer Nervosität von ihr ab.

»Es ist auch sternenklar«, bemerkte er knapp, ließ seinen Blick aber auf dem Spielfeld und den beiden Mannschaften ruhen, welche sich um den Puck herum aufstellten.

Andrew hatte nicht untertrieben. Cody war wirklich nicht unbedingt ein Eishockey-Wunderkind. Aber dafür sah man ihm schon kilometerweit an, dass es ihm wahnsinnig viel Spaß machte. Er traf sogar das eine oder andere Mal. Nicht das Tor, aber den Hockeypuck, und schaute danach jedes Mal mit einem immensen Stolz zu seinem Vater hinüber. Er war wirklich ein toller Junge, dachte sich Sadie und ihr Herz ging auf. Andrew erklärte ihr immer mal wieder, wieso der Schiedsrichter diese oder jene Situation abpfiff, da er schnell zu merken schien, dass sie null Ahnung von Eishockey hatte. Sie nickte immer pflichtbewusst, auch wenn sie nur die Hälfte von dem verstand, was er ihr erzählte. Sadie genoss es, einfach neben ihm stehen zu können und seiner warmen und herzlichen Stimme zu lauschen.

»Er hat früher auf dem kleinen See, etwa zehn Minuten entfernt von unserem Haus, mit Cathy geübt. Im Winter ist der immer komplett zugefroren und die beiden verbrachten Stunden dort draußen.« Andrew starrte weiter auf das Eisfeld, doch Sadie hörte sofort die Trauer in seiner Stimme.

»Cathy hat Hockey gespielt?«

»Ja, und sie war richtig gut. Sie hatte als Kind auch bei Coach Truman angefangen.« Er zeigte auf den rundlichen Trainer von Codys Mannschaft. »Ich glaube, das ist einer der Gründe, wieso Cody immer mal wieder aufgestellt wird. Der Coach mochte Cathy sehr. Er hatte ihr immer eine große Karriere prophezeit. Doch als ihre Eltern dann später mit ihr nach Squamish gezogen sind, wollte sie nicht mehr spielen. Sie sagte stets, dass es nicht mehr das Gleiche war ohne ihren Coach.«

»Ich finde es schön, dass Cody nicht aufgibt und immer weiter trainiert. Das zeugt von Charakterstärke.«

»Oder von Sturheit.« Andrew lachte liebevoll. »Die kann er jedoch nur von seiner Mutter haben.«

Sadie prustete sofort los. »Natürlich. Von wem denn sonst?«

Er hob gespielt unschuldig die Hände und grinste sie mit einem breiten Lächeln an. »Also von mir hat er das sicher nicht.«

Genau dieses unbeschwerte Necken hatte sie zwischen ihnen so sehr vermisst, dass sie nur lachend den Kopf schütteln konnte. Dieser Andrew hatte ihr so sehr gefehlt, dachte sie unweigerlich und biss sich auf die Lippen.

138

Der Schlusspfiff fiel und trotz dem, dass die Mannschaft von Cody haushoch verloren hatte, kam er mit einem breiten Grinsen auf sie zugefahren.

»Du hast dich wirklich verbessert«, sagte Andrew mit einem liebevollen Lächeln, während er seinem Sohn auf die Schulterpolster klopfte.

»Danke Dad. Hat es dir auch gefallen, Sadie?«

»Es war toll. Vielen Dank, dass ich kommen durfte«, antwortete sie und sah sofort den Stolz in seinen Augen aufblitzen.

»Ich geh mich kurz umziehen. Treffen wir uns beim Hot Dog Truck?«

»Klar, ich bestelle schon mal«, rief er ihm nach, doch Cody war bereits davongeflitzt und bei seiner Mannschaft angekommen, bevor Andrew auch nur den Satz beenden konnte.

Er führte Sadie an einen der Picknicktische und reichte ihr eine Karte. »Das Special ist wirklich sehr gut. Ist mit Jalapeños, Zwiebeln, scharfer Salami, ganz viel Käse und einer Spezialsauce.«

Sadie schluckte leer bei seiner Aufzählung. »Und das ist lecker?«

»Natürlich. Solange man es scharf mag.« Er lachte verschmitzt und sie konnte einen Moment lang nichts anderes tun, als sich in seinen grünen Augen zu verlieren. Ohne länger darüber nachzudenken, sagte sie: »Gut, dann nehme ich so einen. Und eine Cola bitte.«

Andrew sprang sofort auf und stellte sich in die Schlange vor dem Truck.

Sadie, die weiterhin wie in Trance war, blieb mit ihrem

139

Blick an ihm kleben. Ihre Augen wanderten von seinem Gesicht zu den breiten Schultern, welche in dieser Jacke noch maskuliner wirkten. Sie blieb eine Sekunde bei seinen Armen hängen und erinnerte sich sofort wieder an den durchtrainierten Bizeps, welcher ihr schon bei ihrem ersten Treffen in Kenth aufgefallen war. *Dieser sah auf jeden Fall vor 17 Jahren noch nicht so aus*, dachte sie anerkennend und ihr Blick setzte seine Reise fort. Als sie bei seinem Hintern angekommen war, breitete sich sofort ein warmer Schauer in ihrem Körper aus. Sie konnte sich noch gut an ihre gemeinsame Zeit erinnern und wie sexy sie ihn damals gefunden hatte. Da war er aber fast noch ein Kind. Heute war er ein Mann und die Zeit konnte ihm nichts anhaben. Sie fand ihn sogar noch attraktiver als früher. Falls das überhaupt möglich war. Sie fragte sich, wann dieser Kerl eigentlich Zeit fürs Fitnessstudio hatte, denn seine muskulösen Oberschenkel zeichneten sich überaus gut unter den engen Jeans ab.

»Hat es dir wirklich gefallen?«

Sadie zuckte so fest zusammen, dass sie schwören konnte, ihr Herz sei für einen Moment stehengeblieben. Sie fasste sich erschrocken mit einer Hand an die Brust und atmete laut aus.

»Oh mein Gott, du hast mich so erschreckt«, rief sie und kicherte verlegen. *Ertappt*, schrie ihr Verstand und sie verzog ganz kurz das Gesicht.

»Tut mir leid. Ich habe mich nur extra beeilt, um noch mehr von deiner Geschichte zu hören, ehe Dad mit dem Essen wieder da ist.« Cody lehnte sich gespannt über

140

den Tisch und Sadie war gerührt von seinem großen Interesse an ihrer Story.

»Gut. Lass mich überlegen …. Ah ja, eines Nachts, als der Prinz bereits tief und fest schlief, schlich die Prinzessin aus dem Schlafzimmer und weckte ihre Schwester. Beide zogen sich hastig um, schnappten sich lediglich ihre Mäntel und flohen aus dem Palast. Sie überquerten schnell die Felder und machten erst eine kurze Pause, als sie das Dickicht des Waldes erreicht hatten. Bald merkten sie, dass ihre Flucht nicht sonderlich gut geplant war, denn sie hatten weder Wasser, zu essen, noch wärmere Kleider dabei. Damit sie nicht froren, trieb die Prinzessin ihre Schwester immer weiter an. Sie durchquerten einen Fluss, wateten durch neblige Moore und passierten einen schneebedeckten Hügel. Am Fuße des Berges trafen sie auf ein kleines Dorf. Der Morgen dämmerte bereits und die Prinzessin entschied, dass sie hier für eine Weile unterkommen sollten. Da sie die ganze Nacht unterwegs gewesen waren, würde der Prinz sie bestimmt nicht so schnell finden, zumal sie diesen Ort noch nie auf einer ihrer Karten verzeichnet gesehen hatte.«

»Was erzählst du wieder für Schauermärchen? Am Ende kann Cody nachts nicht mehr schlafen«, rief Andrew in einem vergnügten Ton und sein Sohn stemmte sofort beide Hände in die Seiten.

»Du weißt ganz genau, dass ich keine Angst im Dunkeln habe. Ich hab sogar schon mal einen Film geschaut, der erst ab 18 ist.«

»So?« Andrew zog die Augenbrauen hoch und Cody biss sich sofort auf die Lippen. So viel wollte er wahr-

141

scheinlich nicht preisgeben, aber Sadie konnte sich ein Lachen nicht verkneifen. Die beiden waren einfach zu süß.

»Auf jeden Fall erzählt mir Sadie von ihrer Geschichte, die sie geschrieben hat.«

»Und die ist komplett jugendfrei«, fügte sie schnell hinzu.

Andrew schaute beide prüfend an, ehe er die Hot Dogs verteilte. »Ich schicke ihn dann zu dir, wenn er mitten in der Nacht wegen Alpträumen nicht mehr schlafen kann.«

»Kein Problem. Wir machen dann bei mir eine Pyjama-Party.« Sadie zwinkerte Cody zu und biss genüsslich in ihren Hot Dog.

»Darf ich noch zu Nick gehen? Er hat dieses neue Game, welches wir testen wollten«, fragte der Junge, kaum dass er aufgegessen hatte.

»Sind seine Eltern auch zu Hause?« Andrews Stimme hatte wieder die eines besorgten Vaters angenommen, nachdem er das ganze Essen über rumgealbert hatte.

»Klar.«

»Gut. Aber um 22.00 Uhr bist du wieder zu Hause, spätestens. O.k.?«

»Danke, Dad. Bye, Sadie.« Cody erhob sich schnell, ehe sein Vater es sich nochmal überlegen konnte, und rannte zu seinen Freunden, welche an einem der anderen Tische saßen.

Plötzlich fand sich Sadie ganz alleine mit ihrem Ex wieder, worauf sie so gar nicht vorbereitet gewesen war.

Sie hatte fest mit der Anwesenheit seines Sohnes gerechnet. So hätten sie wenigstens einen kleinen Puffer zwischen sich gehabt.

»Es war wirklich köstlich. Vielen Dank«, sagte sie nach einem Moment, um die unbehagliche Stille zu durchbrechen.

»Das freut mich. Schließlich bin ich dafür verantwortlich, dass du Kenth kennenlernst. Da gehört natürlich ein typisches Essen dazu.«

»Hot Dogs sind typisch für eure Stadt?«

»Sicher. Aber nur, wenn Marco sie macht.« Er hob ermahnend einen Finger und Sadie nickte übertrieben anerkennend.

»Du schreibst also auch in deiner Freizeit?«, wollte er wissen und faltete umständlich den Pappkarton, mit dem er die Hot Dogs transportiert hatte.

»Genau. Das heißt, ich versuche es. Nach dem Tod meiner Eltern habe ich damit angefangen. Es war eine Empfehlung meines Therapeuten. Es nennt sich therapeutisches Schreiben oder so. Auf jeden Fall hat es mir damals sehr geholfen, gewisse Dinge zu verarbeiten und seither habe ich einfach nicht mehr damit aufgehört.«

»Das heißt, du schreibst, wenn es dir nicht gut geht?« Sein Blick sah sie durchdringend an und sie merkte, wie sie sofort völlig aus dem Konzept kam. Es fühlte sich schon immer so an, als könne er direkt in ihre Seele blicken.

»So könnte man es sagen, ja.«

»Und dir geht es jetzt nicht gut?«

Sie biss sich auf die Lippe. Dieses Gespräch ging in eine völlig falsche Richtung.

143

»Ist es wegen deines Jobs?«, fragte er weiter. »Sorgst du dich um die Zeitung?«

»Ja, das auch. Ach, weißt du, es sind gerade so viele Dinge, die nicht nach Plan laufen. Aber es ist nicht wichtig.« Sie winkte ab, doch sie spürte, dass sie das erste Mal jemandem von Justin erzählen wollte. Sie wollte ihn nicht mehr verteidigen und ihre Beziehung schönreden, nicht immer eine Stunde zusätzlich für ihr Make-Up am Morgen brauchen, wenn er wieder mal einen seiner Ausraster gehabt hatte. Aber Andrew war nicht der Richtige dafür. Sie musste wegen ihm Buße tun. Dann konnte sie jetzt nicht ihren ganzen seelischen Ballast bei ihm abladen.

»Bist du sicher?«

»Klar. Es wird alles gut werden.« Sie zwang sich zu einem Lächeln. »Sag mal, hast du eigentlich noch Kontakt zu Leuten aus Whistler?«

Er blickte sie für einen Moment irritiert an, ehe er langsam mit dem Kopf schüttelte. »Nein, seit ich von dort weg bin eigentlich nicht mehr.«

»Und Steve oder Mike haben dich hier nie besucht?«

»Nicht, dass ich wüsste. Wieso fragst du?«

»Nun, Sarah hat mir von ihrem Wunder erzählt. Du weißt schon, dass damals jemand ihre ganze Bestellung aufgekauft hat, welche von der Hochzeitsgesellschaft einfach kurzerhand storniert worden war.«

»Ich kann mich noch daran erinnern. Aber was hat das mit unseren Freunden zu tun.«

»Scheinbar hat ihr jemand erzählt, dass du einen deiner Freunde beauftragt hast, um ihr alles abzukaufen. Stimmt das?«

Andrew lehnte sich ein Stück weit zurück und die Kälte machte sich wieder in seinen Gesichtszügen breit.

Für einen kleinen Augenblick verfluchte sich Sadie, ihn darauf angesprochen zu haben, aber es war nunmal ihr Job. Sie war hier, um einen Artikel zu schreiben und nicht, um ihrem Exfreund schöne Augen zu machen.

»Ich weiß von nichts«, antwortete er schroff und mit einer so kalten Stimme, dass die Temperatur um sie herum um mindestens zehn Grad absank.

»O.k., ich wollte nur sichergehen. Dann war es doch ein Wunder.« Sie nahm schnell einen Schluck aus ihrer Coladose und blickte ihn dann versöhnlich an. »Wollen wir gehen?«

Er nickte nur und stand augenblicklich auf.

Sadie musste sich erneut bemühen, mit ihm Schritt zu halten, als sie den Weg zu ihrem Cottage einschlugen. Aber es war ihr egal, wenn er wütend auf sie war. Sie würde die Wahrheit schon noch ans Licht bringen, da war sie sich sicher. Mit oder ohne seine Hilfe.

»Cody hat es sehr gefreut, dass du da warst. Danke dir.«

Er hatte sein Lächeln mittlerweile wiedergefunden und war auch nicht mehr ganz so unterkühlt wie noch vorhin beim Eisfeld. Sadie war erleichtert, dass er ihr offenbar abkaufte, dass sie die Sache mit der geplatzten Hochzeitsbestellung für ein Wunder hielt.

»Ich habe es gern getan. Vielen Dank fürs Essen, es war wider Erwarten richtig lecker.«

Er lächelte, schob sich dann jedoch nervös die Hand in den Nacken. »Gut, dann geh ich mal.«

»Soll ich dir am Dienstag wieder helfen mit der Inventur?«

»Klar ... Wenn du willst?«

»Sicher.«

Als sein Blick weiterhin auf ihr ruhte, nestelte sie nervös an ihrem Schlüsselbund herum. Wieso ging er jetzt nicht, dachte sie irritiert, ehe sie das Grün seiner Augen magisch anzog und sie völlig vergessen ließ, was sie eigentlich gerade vorgehabt hatte. Wieder schlugen die Schmetterlinge in ihrem Bauch Purzelbäume. Doch sie hielt seinem Blick stand. Zu gern hätte sie gewusst, was er in diesem Augenblick dachte, denn die Abschätzung und der Zorn, welche sie immer wieder in seinen Zügen entdeckt hatte, waren weg. Er sah sie einfach nur an, wie ein Mann eine Frau ansah, die er einst von ganzem Herzen geliebt hatte.

»Schlaf gut, Sadie«, sagte er endlich und lächelte sanft, ehe er sich umdrehte und den verschneiten Parkplatz überquerte.

Sadie huschte sofort in ihr Cottage, schloss die Tür hinter sich und presste ihren Rücken dagegen. Ihr Atem ging so schnell, als hätte sie gerade die Goldmedaille im 100 Meter Sprint gewonnen. »Was zur Hölle war das gerade?«, flüsterte sie leise, nachdem sie wieder einigermaßen Luft bekam, und ließ sich langsam auf den Boden sinken.

Kapitel 11

Nachdem Sadie am Samstag ihren mitternächtlichen Ausflug ins Dorf verpasst hatte, weil sie eingeschlafen war, gab es vor dem heutigen Spaziergang Kaffee statt heißer Schokolade. Sie hatte zwar so gut wie schon lange nicht mehr geschlafen, trotzdem ärgerte es sie, dass sie wieder eine Gelegenheit verpasst hatte, um Andrew auf die Spur zu kommen. So langsam lief ihr die Zeit davon, denn sie konnte schon die ganze letzte Woche nicht mehr nachts ins Dorf, da sie ihr Knie schonen wollte.

Der Himmel war sternenklar, als sie vor ihre Tür trat und ihr Herzschlag beruhigte sich ein wenig. Seit dem Sturm bekam sie bereits eine halbe Panikattacke, wenn es nur leicht schneite. Sie wusste nicht, was sie machen würde, wenn ein erneutes Unwetter über sie hereinbrach.

Es war kurz nach Mitternacht, als sie den einsamen Dorfplatz erreichte und wieder im Pavillon Stellung bezog. Zwanzig Minuten später hörte sie, wie eine Tür laut ins Schloss fiel und da wusste sie, dass sie nicht vergebens hier draußen fror. Sadie verharrte still hinter einem Holzpfeiler, doch von Andrew war weit und breit nichts zu sehen. Unschlüssig blieb sie für einen weiteren Moment stehen, ehe sie den Pavillon verließ und zur Main Street huschte. Sie sah im spärlichen Licht der Straßenlaternen gerade noch, wie zwei Gestalten um eine Häuserecke bogen. Dass Andrew auch mal ans andere Ende der Stadt musste, war ihr nie in den Sinn gekommen. Leise fluchend rannte sie zu der Stelle, an der die Personen verschwunden waren. Etwa fünfzig Meter vor ihr liefen Andrew und Cody mit großen Tüten und jeweils einem Rucksack. Sie folgte ihnen leise und als sie das Gartentor eines unbekannten Hauses aufstießen, duckte sie sich rasch hinter einer Hecke. Nach einem Augenblick reckte sie den Kopf in die Luft, um zu sehen, was die beiden trieben.

Sie hatten ihre Tüten auf der Veranda platziert und Cody begann bereits, Tannenzweige und große rote Schleifen am Geländer zu befestigen. Andrew kämpfte gerade mit etwas, das wie eine Lichterkette aussah, als er innehielt und in ihre Richtung spähte.

»Scheiße«, zischte Sadie und ging so schnell in die Hocke, dass sie das Gleichgewicht verlor und mit dem Hintern im Schnee landete. Sie war sich sicher, dass sie aufgeflogen war, deshalb blieb sie auf dem Boden sitzen und kniff die Augen fest zusammen. Als jedoch niemand neben ihr auftauchte, wagte sie einen erneuten Blick und sah, dass Andrew die kleine Tanne im Garten mit den Lichtern umwickelte.

»Jetzt hab ich euch«, flüsterte sie leise, ehe sie geduckt wieder zurück zur Main Street schlich.

Im Cottage angekommen, startete sie sofort ihren Laptop und tippte ihre Beobachtungen ab. Es war zumindest ein Anfang, dachte sie zufrieden und schnappte sich ihr Handy.

01.49 Uhr
Thomas, ich glaube, ich habe gerade einen Durchbruch erzielt. Du bekommst deinen Artikel auf jeden Fall.

Für einen kurzen Moment hielt sie inne, ehe sie auf ›Senden‹ drückte. Unbehagen beschlich sie, jedoch konnte sie es nicht richtig zuordnen. Sie machte ja schließlich nur ihren Job ... Oder?

Gleich am nächsten Morgen besuchte sie Sarah in der Bäckerei. Auch wenn sie Andrew gestern dabei erwischt hatte, wie er ein sogenanntes Wunder inszenierte, musste sie trotzdem sichergehen, dass die Leute es auch als solches sahen. Nicht, dass er am Schluss noch für diese Dekorationseinlage beauftragt worden war.

Der grandiose Duft nach frischen Zimtschnecken schlug ihr sofort entgegen, als sie die Bäckerei betrat und ihr Magen knurrte hörbar.

Sarah winkte fröhlich hinter dem Tresen hervor, während sie zwei ihrer Stammgäste bediente. Sadie setzte sich wieder an ihren Lieblingsplatz und linste verstohlen zu ›Cathy's Bookstore‹ hinüber.

»Na, meine Liebe, wie geht es dir heute?« Sarah umarmte ihre Freundin und stellte ihr einen Cappuccino vor die Nase, ohne dass Sadie überhaupt darum gebeten hatte.

»Ein wenig müde. Aber sonst geht es. Hast du noch welche von den Zimtschnecken übrig? Es duftet atemberaubend hier drinnen.«

»Klar, ich bringe dir gleich eine.« Sarah eilte schnell nach hinten in die Backstube und kam sofort mit einem großen Teller und zwei Schnecken wieder.

»Hier, die habe ich gerade vorhin aus dem Ofen geholt. Lauwarm schmecken sie am besten.« Sie schmunzelte und nahm ihr gegenüber Platz.

»Sie sind köstlich«, pflichtete ihr Sadie nach dem ersten Bissen bei und nickte heftig. »Du bist eine wahre Künstlerin.«

»Ach was«, Sarah winkte gespielt übertrieben ab und lachte dann laut heraus. »Aber apropos Künstler. Hast du den Garten der Finleys gesehen?«

Sadie hielt sofort in ihrer Bewegung inne und starrte Sarah an. »Ich glaube nicht. Wo wohnen sie denn?«

»Wenn du hier nach rechts gehst, musst du die zweite Straße wieder rechts. Dann siehst du ihr Haus schon von weitem.« Sarah zeigte in die Richtung, in die Sadie letzte Nacht gelaufen war. Sie wusste augenblicklich, dass sie den Jackpot geknackt hatte.

»O.k., wie sieht der Garten denn aus?«, fragte sie, nur um sicherzugehen.

»Es ist Wahnsinn, er ist komplett geschmückt.« Sarahs Augen leuchteten sofort auf. »Weißt du, Mr. Finley liegt im Moment noch im Krankenhaus. Er bekam einen doppelten Bypass und seine Frau weicht ihm seither nicht mehr von der Seite. Beide lieben Weihnachten sehr und veranstalten jedes Jahr ein Winterwunderland für die Kinder im Dorf mit Iglus, Eisskulpturen und heißem Kakao. Mrs. Finley war wahnsinnig traurig, dass es dieses Jahr ausfallen musste. Und nun ist ihr Garten trotzdem wunderschön geschmückt. Ich liebe unsere Stadt einfach.« Sie strahlte Sadie an.

»Das ist echt toll«, antwortete diese schnell, doch irgendetwas in ihrem Inneren zog sich schmerzhaft zusammen. *Andrew ist ein verdammter Heiliger und du willst ihm alles kaputt machen*, hörte sie eine tadelnde

Stimme in ihrem Kopf. »Und man weiß nicht, wer das getan hat? Es wurde niemand dabei beobachtet?«

»Nicht, dass ich wüsste. Aber das ist ja auch völlig egal. Mr. Finley wird Augen machen, wenn er aus dem Krankenhaus entlassen wird. Das ist schließlich die Hauptsache.« Sarah legte Sadie eine Hand auf den Arm, ehe sie sich von ihrem Stuhl erhob. »So, ich muss wieder. Sehen wir uns morgen Abend?«

»Ich kann leider nicht. Ich helfe Andrew wieder.« Sadie konnte ein Grinsen nicht unterdrücken und ihre Freundin kicherte wie ein Schulmädchen.

»Na wenn das so ist, dann ruf mich doch bitte danach an.« Sie zwinkerte ihr zu und widmete sich dann den bereits wartenden Kunden.

Sadie biss abwesend in ihre Schnecke, während sich das Szenario von gestern Nacht vor ihrem geistigen Auge erneut abspielte. Wieso tat Andrew das alles bloss? Und was noch viel wichtiger war, wieso zog er Cody in sein Lügenmärchen hinein? Wollte er sich aus irgendeinem Grund an der Stadt rächen und hielt deshalb alle zum Narren? War er insgeheim wütend, dass er hier ohne Cathy festsaß und wartete jetzt nur auf den richtigen Augenblick, um die naive Leichtgläubigkeit der Stadt zu zerstören?

»Jetzt fang mal nicht an zu spinnen«, murmelte sie leise vor sich hin. Andrew war nicht so. Auf jeden Fall war der Andrew, den sie mal gekannt und von ganzem Herzen geliebt hatte, nicht so. Denn er war ein guter und aufrichtiger Kerl und vor allem ein liebevoller und fürsorglicher Vater. Und selbst wenn er der Stadt etwas hätte zuleide tun wollen, hätte er Cody niemals für seine Machenschaften missbraucht. Es musste einfach eine logische Erklärung für diese Taten geben. Aber auch wenn sie diese nicht herausfinden sollte, würde sie den Artikel trotzdem veröffentlichen. Denn eine große Story war eine große Story. Und damit basta.

Um Punkt Mitternacht stapfte Sadie durch den frischen Neuschnee, ehe sie sich hinter die Häuserecke gegenüber dem Blumenladen stellte. So hatte sie den perfekten Blick auf Andrews Eingang und musste nicht wieder einen humpelnden Sprint hinlegen, wenn er unerwarteterweise erneut in die andere Richtung davonlief. Normalerweise durchfuhr Adrenalin ihren gesamten Körper, wenn sie nachts auf ihn wartete. Das Verbotene hatte einen gewissen Reiz. Aber heute fühlte sie sich mies. Beinahe so, als wäre sie die größte Verräterin überhaupt und würde den Bewohnern von Kenth etwas Bedeutendes wegnehmen. Sie war so abgelenkt, dass sie sogar ihre Tasse Kakao zu Hause hatte stehen lassen.

Andrew trat kurz vor halb eins auf die Main Street und lief sofort los. Er hatte einen großen, braunen Beutel über die Schultern gehievt und sah beinahe aus wie der Weihnachtsmann. Er überquerte den Dorfplatz und Sadie folgte ihm sofort. Er bog wieder in diese Gasse ein, wie schon bei einem der letzten Male zuvor, doch heute verschwand er nicht plötzlich. Sie sah ihn, wie er nach rechts die Straße hinunterlief und vor einem der kleineren, baufälligeren Häuser anhielt. Er huschte in den Garten und platzierte den Sack direkt vor der Eingangstür.

So schnell, wie er gekommen war, war er auch wieder auf der Straße zurück und kam mit großen Schritten in ihre Richtung gelaufen. Hastig suchte sie nach einem geeigneten Versteck, ehe sie sich notdürftig hinter ein geparktes Auto kauerte.

Andrew schien überzeugt, hier draußen alleine zu sein und blickte sich nicht einmal um, sondern schlug sofort seinen Nachhauseweg ein.

Sadie wartete sicherheitshalber ein paar Sekunden in ihrem Versteck, ehe sie zu dem Haus, bei dem er vorhin noch auf der Veranda gestanden hatte, huschte. Vorsichtig linste sie in den großen Jutebeutel. Dieser war randvoll gefüllt mit Paketen in buntem Geschenkpapier. An jedem hing ein kleiner Zettel mit einem Namen darauf. Sie nahm eines der Päckchen hoch. ›Für Lucas‹, stand da in verschnörkelter Schrift. Das Zweite war für Dion, das Dritte für Lara. Gerade als sie tiefer in den Beutel greifen wollte, wurde es hell im Inneren des Hauses. Erstarrt wie ein Reh im Scheinwerferlicht fixierte sie das erleuchtete Fenster, ehe sie panisch alle Geschenke wieder an ihren Platz legte und, so schnell sie konnte, das Grundstück verließ. Sie lief so lange, bis sie ihr Cottage erreicht hatte und hoffte inständig, dass sie nicht ertappt worden war.

Am Dienstag um Punkt 18.00 Uhr stand sie bei Andrew im Laden. Den ganzen Tag über hatte sie sich nicht mehr im Städtchen blicken lassen, sondern pflichtbewusst an ihrem Artikel gearbeitet. Die Rohfassung war geschrieben, doch sonderlich zufrieden war sie damit nicht. Es lag nicht an ihrem Schreibstil oder der Wortwahl. Es lag daran, dass sie Andrew bloßstellte und das wusste sie nur zu gut. Sie befürchtete, dieser Stadt ihren Zauber zu stehlen, wenn das Geheimnis an die Öffentlichkeit gelangte.

Andererseits hatte sie einen Job zu erledigen, von dem nicht gerade wenig abhing. Sie musste einen Artikel schreiben, der wie eine Bombe einschlug, wenn sie nicht wollte, dass die Vancouver Sun Konkurs anmelden musste und sie ohne Job, sowie bis dahin wahrscheinlich auch ohne Bleibe, auf der Straße saß.

Beim Gedanken an ihr Zuhause beschlich sie ein mulmiges Gefühl. Justin hatte sich seit ein paar Tagen nicht mehr gemeldet. Es kam keine einzige Droh-SMS mehr von ihm und auch sonst kein Lebenszeichen. Gemäß Thomas war er auch nicht in der Redaktion aufgetaucht. Nur wusste sie beim besten Willen nicht, ob das ein gutes oder ein schlechtes Zeichen war. Denn solange er ihr wütende Messages schickte, war sie zumindest sicher, dass er ihr noch nicht auf die Spur gekommen war.

Vehement schüttelte sie den Kopf, um die Gedanken an Justin zu vertreiben. Schließlich würde sie jetzt wieder einen ganzen Abend alleine mit Andrew verbringen und diese Tatsache war schon verwirrend genug.

Sie war noch keine zwei Sekunden im Laden, als Cody bereits an ihr vorbei sprintete. »Hi Sadie. Bye Sadie«, rief er im Vorbeirennen, ehe er mit seiner großen Trainingstasche auf die Main Street eilte.

»Oh, hey, da bist du ja. Bereit loszulegen?« Andrew trat unmittelbar vor ihr hinter einem Bücherregal hervor und sah sie gut gelaunt an.

»Ja klar«, stammelte sie, denn das schlechte Gewissen wegen ihres Artikels blieb hartnäckig an ihr kleben.

Er drückte ihr wieder eine Liste in die Hand. Sie zog hastig den Mantel aus und machte sich danach schnell an die Arbeit.

Dieses Mal achtete sie darauf, dass sie an einem Bücherregal möglichst weit entfernt von ihm arbeitete. Sie sprachen nicht viel und sie wollte auch jeden nicht zwingenden Blickkontakt vermeiden. Er kannte sie gut und sie befürchtete, dass er sofort durchschauen würde, dass sie etwas vor ihm verheimlichte.

Als ihre Armbanduhr 22.00 Uhr anzeigte und sich ihr Nacken so steif wie ein Brett anfühlte, beschloss sie, dass es für heute genug war.

Suchend blickte sie sich im Laden um, als sie ihren Mantel von einem der Tische nahm. »Andrew, ich würde dann langsam gehen, o.k.?«, rief sie zögerlich, doch eine Antwort blieb aus. Sie wollte sich gerade für die Kälte wappnen, als sie laute Schritte auf der Treppe hörte, welche in Andrews Wohnung führte. Sie hielt in der Bewegung inne und keine fünf Sekunden später stand Andrew mit zwei Tassen vor ihr.

»Oh, willst du schon gehen? Ich dachte, wir trinken noch eine heiße Schokolade zusammen.« Seine Gesichtszüge veränderten sich, als ihm scheinbar bewusst wurde, dass es vielleicht besser gewesen wäre, sich zuerst nach ihren Plänen zu erkundigen, bevor er ihr Kakao kochte. »Aber wenn du los musst, dann geh nur. Danke für deine Hilfe.« Er lächelte schwach und stellte die Becher zur Seite.

155

Sadie biss sich auf die Lippen. Noch vor ein paar Tagen hätte sie sich nichts Tolleres vorstellen können, als mit ihm alleine einen heißen Kakao zu trinken. Nun hatte sich die Situation aber leider geändert. Oder?

Nach einem kurzen Zögern legte sie ihren Mantel wieder auf den Tisch. Es war ein großer Fortschritt, dass er freiwillig noch mehr Zeit mit ihr verbringen wollte. Diesen würde sie mit Sicherheit nicht wieder zunichte machen, indem sie nun einfach abhaute.

»Ich bleib gerne«, hörte sie sich sagen und streckte lächelnd die Hände nach einer Tasse aus.

Andrew setzte sich neben sie auf den Tisch und tunkte versonnen die kleinen Marshmallows mit seinem Löffel immer wieder unter, welche an der Oberfläche schwammen. Sadie erinnerte sich noch zu gut, dass seine Eltern ihnen immer heiße Schokolade in sein Zimmer gebracht hatten, aus Angst, sie würden etwas Unanständiges anstellen. Seine Mutter suchte jedes Mal verzweifelt nach einem neuen Grund, sein Zimmer zu betreten und brachte Kekse, Marshmallows und Wasser hoch. Einzeln und im Zehn-Minuten-Takt.

Sadie entfuhr ein leises Kichern und Andrew sah sie fragend an. »Was ist los?«

»Ach, mir ist nur gerade wieder der Gesichtsausdruck deiner Mutter in den Sinn gekommen, den sie jedes Mal aufsetzte, wenn sie Angst hatte, wir würden in deinem Zimmer weiß Gott was anstellen.«

Er hielt mit einem Löffel voller Marshmallows inne und lachte dann so laut heraus, dass der Fußboden beinahe ein neues, klebriges Muster bekommen hätte. »Oh ja, ich kann mich noch sehr gut daran erinnern. Sie hatte solche Angst davor, Großmutter zu werden.«

»Hat sie eigentlich jemals herausgefunden, wie oft ich wirklich bei dir übernachtet habe?«

Andrew überlegte einen Moment, ehe er mit vollem Mund den Kopf schüttelte.

»Ist vielleicht auch besser so.«

»Das ist es definitiv. Sie hätten sonst wahrscheinlich Gitterstäbe vor meinem Fenster angebracht.« Er kicherte wieder und Sadies Herz wurde schwer. Sie liebte es, ihn so zu sehen. Besonders nach ihrem holprigen Start. Nie hätte sie für möglich gehalten, dass sie irgendwann in seinem Laden sitzen und gemeinsam Kakao trinken würden.

»Darf ich dich etwas fragen?«

»Würdest du die Frage denn für dich behalten können, wenn ich jetzt nein sagen würde?« Seine alte Skepsis war zwar wieder zurückgekehrt, aber sein Tonfall war um einiges milder als noch vor ein paar Tagen. Als sie von ihrer Tasse aufblickte, wäre sie beinahe in Ohnmacht gefallen. Er lächelte sie tatsächlich mit diesem unglaublich sexy schiefen Lächeln an, in das sie sich vor so vielen Jahren unsterblich verliebt hatte. Ein einziges Grübchen zeichnete sich auf seiner Wange unterhalb des rechten Auges ab und sie hätte beinahe ihre Frage vergessen.

»Nun ja ... Also ... Wieso bist du jetzt so nett zu mir?«, stammelte sie verlegen. Ihr Verstand verfluchte sie bereits in den höchsten Tönen für diese wenig geistreiche Frage. Aber sie musste einfach wissen, was sich verändert hatte.

157

»Du findest, ich bin nett zu dir?« Er legte seine Stirn in Falten, doch das unverkennbare Grinsen blieb.

»Nun ja ... Ja.«

Er zuckte mit den Schultern und wandte den Blick auf etwas weit hinten im Raum.

Sadie dachte bereits, dass sie keine Antwort mehr erhalten würde, als er leise sagte: »Ich dachte wirklich, dass ich dich verloren hätte.«

Ihr Griff um die Tasse verkrampfte sich sofort, als ihr Herz für einen Moment stehen blieb. Hatte er das jetzt wirklich gerade gesagt oder halluzinierte sie?

»Ich wollte dich hassen, glaub mir. Aber als Sarah letzten Montag völlig panisch in meinen Laden trat und dich suchte, spürte ich einen längst vergessen geglaubten Schmerz. Auch wenn ich immer noch nicht verstehen kann, wieso du vor 17 Jahren so gehandelt hast, möchte ich nicht, dass dir etwas zustößt. Dies ist mir schlagartig bewusst geworden.«

Er brauchte einen Moment, bis er ihr wieder in die Augen schauen konnte und da sah sie es. Seine Stimme sagte zwar nichts mehr, aber sein Blick verriet ihr alles. Das erste Mal seit Ewigkeiten sah er sie wieder so an wie damals. Voller Zuneigung und Verbundenheit und wenn sie sich fest anstrengte, konnte sie seine großen Hände fast wieder auf ihrer Haut spüren.

Ein warmer Schauer breitete sich auf ihrem ganzen Körper aus und ihre Wangen brannten höllisch. Schnell rutschte sie vom Tisch, drehte ihr knallrotes Gesicht von ihm weg und nuschelte ein: »Danke für den Kakao.«

So schnell sie konnte, zog sie ihren Mantel an und wandte sich zum Gehen ab, als Andrews Hand sie am

Arm ergriff. Sadie hielt in ihrer Bewegung inne und starrte ihn verwirrt an.

»Da wir ja jetzt so etwas wie Freunde sind, würdest du Cody und mich vielleicht am Samstag zum Dorffest begleiten? Er würde sich sicher sehr darüber freuen. Und ich mich auch.«

Das ist zu viel, schrie es in ihrem Kopf. *ZU VIEL.* Sadie brachte kein Wort mehr heraus und nickte deshalb nur.

»Super. Dann komm gut nach Hause.« Sein Grinsen blieb und sie war sich sicher, dass er ganz genau wusste, was dies mit ihr anstellte. Sie winkte kurz und verließ den Buchladen so schnell sie konnte. Sie rannte bis hinter die nächste Häuserecke und presste sich dann gegen die kalte Mauer.

Was war das? Wieso sagte er solche Dinge? Wieso ausgerechnet jetzt? Ihr Kopf explodierte beinahe, als sie das verwirrende Gespräch noch einmal in ihren Gedanken durchging. Sie stand vor demselben Menschen wie vor zehn Tagen. Nur kamen aus seinem Mund keine Beleidigungen mehr, sondern Worte, auf die sie seit rund 17 Jahren gewartet hatte. Es gab eine so verflucht lange Zeit in ihrem Leben, in der sie alles dafür gegeben hätte, so etwas von ihm zu hören. Oder überhaupt irgendein Lebenszeichen von ihm zu bekommen. Doch jetzt kam das alles leider zu einem völlig falschen Zeitpunkt.

»Ich glaube, wir wissen jetzt, wer für die Wunder verantwortlich ist.«

Sadie blieb wie erstarrt auf halbem Weg in Moiras Küche stehen. Eigentlich wollte sie nur kurz etwas früh-

159

stücken und sich dann wieder ihrem Artikel widmen, aber dieses Gespräch nahm gerade eine sehr seltsame Wendung. »Wie meinst du das?«

»Nun ja, hast du von den vielen Geschenken für die Kinder der Morgans gehört?«

»Nicht, dass ich wüsste«, log sie. Sie merkte sofort, wie ihre Hände zu zittern begonnen hatten und setzte sich unauffällig auf den freien Stuhl neben Bernhard. War jetzt ihr ganzer Artikel für die Katz? War nun tatsächlich jemand schneller als sie und hatte Andrew enttarnt?

»Gestern Morgen, als Julie zur Arbeit wollte, lag ein Sack voller Geschenke vor ihrem Hauseingang.« Moira klatschte freudig in die Hände. »Erst letzte Woche habe ich sie im Buchladen angetroffen, als sie die Kinder von Andrews Märchenstunde abholte. Sie sah so traurig aus und als ich nachfragte, erzählte sie mir, dass Martin seinen Job verloren hat und sie kaum noch wussten, wie sie über die Runden kommen sollen. Doch noch mehr sorgte sie sich um die Kinder. Das Geld war ja schon immer knapp gewesen, aber wenigstens für ein kleines Weihnachtsgeschenk reichte es immer. Dieses Jahr würde aber der Platz unter dem Baum leer bleiben, befürchtete sie.«

Sadie schluckte leer, als sie bemerkte, wie ihr die Tränen in die Augen traten. Sie konnte die traurigen kleinen Gesichter der Kinder am Weihnachtsmorgen glasklar vor sich sehen.

»Aber zum Glück gibt es diese selbstlose Frau«, fuhr Moira mit ihrer Erzählung fort und Sadie hob irritiert den Kopf.

160

»Es ist eine Frau?«

»Genau. Das hat Julie jedenfalls behauptet. Dion war nachts aufgewacht und wollte sich in der Küche etwas zu trinken holen, als er seltsame Geräusche auf der Veranda hörte. Als er aus dem Fenster schaute, sah er gerade noch eine Frau mit langen Haaren davonrennen.«

Scheiße, er hat dich gesehen, fluchte es in ihrem Kopf, doch Sadie bemühte sich, sich nichts anmerken zu lassen. »Hat er denn eine Ahnung, wer diese Frau sein könnte?«

»Scheinbar nicht. Er habe sie in der Dunkelheit nicht gut erkennen können.« Moira zuckte mit den Schultern. »Aber falls wir sie finden, bevor du wieder abreist, könntest du sie vielleicht interviewen. Wäre das nicht toll für deinen Artikel?«

»Das wäre großartig«, antwortete Sadie gepresst und unterdrückte den Drang, ihren Kopf auf die Tischplatte knallen zu lassen.

Nachdem sie sich gezwungen hatte, bei Moira eine Scheibe Toast und ein wenig Kaffee hinunterzuwürgen, setzte sie sich in ihrem Cottage wieder an den Laptop.

»Mach jetzt deine Arbeit. Los!«, ermahnte sie sich streng und begann zu tippen. Sie überarbeitete ihren Text nochmals und schrieb schonungslos alles nieder, was sie wusste. Sie nannte konkrete Wunder und wie sie diese aufgedeckt hatte. Denn eines musste sie zugeben: Es gab für alles eine plausible Erklärung. Es war rein gar nichts Übernatürliches dabei, was sie natürlich auch nicht geglaubt hatte, die Einwohner aber scheinbar schon.

Drei Stunden später las sie ihren ganzen Text noch einmal durch, verfrachtete ihn in eine Mail an Thomas und drückte, ohne noch einmal darüber nachzudenken, auf ›Senden‹.

»So, das wäre erledigt«, murmelte sie mit einer Mischung aus Trauer und Reue. »Nun kannst du ja wieder nach Hause gehen.«

Aber wo war ihr Zuhause eigentlich? Wollte sie sich wirklich dem Zorn von Justin erneut stellen und wieder in ihren gewohnten Alltag zurückkehren? In ein Leben, in dem sie wie auf Zehenspitzen herumschlich, immer in der Angst lebend, etwas Falsches zu sagen oder zu tun und dafür wieder Schläge zu kassieren? War es wirklich das, was sie wollte? Ausgerechnet jetzt, wo Andrew sich ihr gegenüber wieder langsam öffnete und es vielleicht doch noch eine Möglichkeit auf Versöhnung gab?

Aber eigentlich spielte es keine Rolle, was Sadie wollte. Sie hatte sich ihr Leben so ausgesucht und so würde sie auch weitermachen. Gleich nach dem Dorffest würde sie ihre Koffer packen und sich Justin stellen. Schließlich war sie selbst schuld an der ganzen Situation. Sie war gegen seinen Willen gegangen. Aber vielleicht würde es nicht ganz so sehr ausarten, wenn sie freiwillig zu ihm zurück ginge. Vielleicht würde sie das vor Schlimmerem bewahren. Vielleicht.

Kapitel 12

Das ganze Dorf schien in heller Aufregung wegen des kommenden Fests zu sein. Die Main Street wurde abgesperrt und überall standen Leute vor ihren Ständen, dekorierten die Auslagen oder füllten die Regale mit Waren auf.

Sadie blickte dem Treiben ein wenig zu, ehe sie lächelnd zu Sarahs Bäckerei schlenderte. Sie war noch für einen Kaffee mit ihr verabredet, ehe sie zu Andrew in den Buchladen ging, um ihn und Cody für das Fest abzuholen. Dass es der letzte Kaffee überhaupt bei Sarah werden würde, daran wollte sie lieber nicht denken. Thomas hatte zwar noch nichts zu ihrem Artikel gesagt, aber Sadie sah nicht ein, wieso sie noch länger hätte hierbleiben sollen. Ihre Arbeit war getan und je länger sie noch in Andrews Nähe war, desto schwieriger wurde der Abschied allemal. Also nahm sie sich vor, so still und heimlich, wie sie gekommen war, auch wieder zu verschwinden. Es wäre für alle das Beste.

Als sie die Bäckerei betrat, blieb sie wie angewurzelt stehen. Es befanden sich mindestens zwanzig Leute im kleinen Laden und drängten sich vor die gläserne Vitrine. Sarah versuchte alles, um ihre Kunden so schnell wie möglich zu bedienen, doch alleine würde sie ewig brauchen. Kurz entschlossen zog Sadie ihren Mantel aus und trat hinter den Tresen. »Wie kann ich dir helfen?«

Sarah sah sie erschrocken an. »Was machst du hier hinten?«

163

»Na, dir den Arsch retten. Was denn sonst? Also, was kann ich machen?«

Ihre Freundin sah sie für einen Augenblick irritiert an, ehe sie beschloss, die dringend benötigte Hilfe anzunehmen. »Geh kurz nach hinten, wasch dir die Hände und nimm danach bitte das Blech mit den Croissants aus dem Ofen. Der Timer piept schon echt lange und ich kann nur beten, dass sie nicht alle inzwischen verkohlt sind.«

»Alles klar, Boss.« Sadie salutierte vor Sarah und huschte danach schnell nach hinten in die Backstube.

Eine Stunde später hatte sie zwar überall Mehl auf ihrem schwarzen Kleid, aber alle Gäste waren zufrieden und versorgt.

»Ich weiß gar nicht, wie ich dir danken kann.« Sarah atmete tief ein und rieb sich müde die Schläfen. »Ich wusste ja, dass viele Leute zum Fest kommen würden, aber das übertrifft gerade alle meine Erwartungen.«

»Gib mir einen Kaffee aus und wir sind quitt. Ich muss mich nur kurz hinsetzten, bevor ich rüber zu Andrew und Cody gehen.« Sie ließ sich müde auf einen Stuhl fallen und schloss für einen kurzen Moment die Augen.

»Hast du schon von dem Wunder der Morgans gehört?«, fragte Sarah mit neuer Energie, als sie zwei Tassen Cappuccino an den Tisch brachte.

»Ja, Moira hat es mir erzählt. Scheinbar wissen sie jetzt, wer für die Wunder verantwortlich ist?«

»Nun ja, ich glaube, ganz so ist es nicht. Aber sie vermuten, dass eine Frau dahinter steckt.« Sarah musterte sie einen Moment lang mit geneigtem Kopf. »Vielleicht bist es ja du?«

Sadie lachte etwas zu laut heraus. »Wieso ich?«

»Na, weil Dion eine schlanke Frau mit Haaren wie Feuer gesehen haben will. Wenn man ein Auge zudrückt, passt die Beschreibung recht gut auf dich zu.«

»Ich muss dich leider enttäuschen. Ich bin es nicht.«

»Vielleicht warst du es nicht bei den Morgans, aber mir hast du heute definitiv den Arsch gerettet.« Sie lächelte liebevoll und Sadies Herz verkrampfte sich. Wäre sie ihr auch noch dankbar, wenn sie ihren Artikel in der Zeitung las?

»Weißt du, normalerweise hätten mir Lydia oder Cody ausgeholfen. Aber sie haben selbst alle Hände voll zu tun.«

»Die Besucher scheinen von überall herzukommen«, bemerkte Sadie, als sie auf die überfüllte Main Street hinausblickte.

»Ja, unser Fest ist legendär.« Sarah grinste stolz. »Es ist eine meiner Lieblingsveranstaltungen. Jeder hilft jedem, auch wenn es stressig wird. Du bist der lebende Beweis dafür und du kommst nicht mal von hier.«

»Eure Nettigkeit ist wohl ansteckend«, bemerkte Sadie trocken. »Sag mal, habt ihr eigentlich auch böse Menschen hier in Kenth?«

Sarah überlegte einen Augenblick. »Ja, wir hatten mal einen. Der ist aber vor ein paar Jahren auf mysteriöse Weise gestorben. Kurz vor Weihnachten. Vielleicht ist das dein übernatürliches Wunder, auf das du gewartet hast?« Sie sah Sadie ernst an, verfiel dann aber sofort in lautes Gelächter. »Ich mach nur Spaß«, sagte sie schnell, als sie den schockierten Blick ihrer Freundin sah. »Natürlich ist nicht nur alles toll hier in Kenth. Jeder hat mal einen schlechten Tag oder ist mies drauf. Das solltest du eigentlich am besten wissen, denn du verbringst gerade echt viel Zeit mit Mr. Griesgram. Aber wenn es darauf ankommt, halten wir zusammen. Und das ist doch das, was am Ende zählt.«

Sadie nickte nachdenklich, als sie einen weiteren Schluck aus ihrer Tasse trank.

Nach ihrem Kaffee verabschiedete sie sich von Sarah, welche jetzt für die Besucher den ganzen Abend Backworkshops gab.

»Kommst du morgen auch zum Krippenspiel?«, fragte Sarah noch schnell, ehe sie die ersten Teilnehmer ihres Kurses in den Laden ließ.

»Ist das nicht die Veranstaltung, in der der Monopolymann persönlich den Josef spielt?«

Sarah lachte sofort laut heraus. »Das ist eine sehr treffende Beschreibung unseres Bürgermeisters«, bemerkte sie anerkennend, als sie sich wieder einigermaßen beruhigt hatte. »Du solltest Komikerin werden.«

»Vielleicht schreibe ich ja mal eine Komödie«, antwortete Sadie gespielt nachdenklich. »Du dürftest dann für die Hauptrolle vorsprechen.«

Sarah streckte ihr die Zunge raus, ehe sie sagte: »Gut, dann sehen wir uns morgen. Lydia kommt auch. Sie hat bestimmt nichts gegen einen Mädelsabend zu dritt.«

»Klar.«

Es war nur ein einziges Wort, doch Sadie begriff erst im Nachhinein, was sie mit ihrer Zusage angerichtet hatte. Eigentlich wollte sie heute Abend Kenth verlassen und sich nicht mit ihren neuen Freundinnen für den nächsten Tag verabreden. Sie biss sich reumütig auf die Lippen und verließ nach einem kurzen Winken schnell den Laden, ehe Sarah ihre Unschlüssigkeit auffiel. Sie hätte wirklich wahnsinnig Lust, gemeinsam mit den beiden das Krippenspiel zu besuchen. Doch war dieser unbeschwerte Abend es tatsächlich wert, Justin noch mehr zu verärgern? Sadie schüttelte energisch den Kopf, während sie die Main Street überquerte. Sie würde diese Entscheidung auf einen späteren Zeitpunkt verschieben. Sie wollte sich den vermeintlich letzten gemeinsamen Abend mit Andrew und Cody nicht von Grübeleien über den Gemütszustand von Justin ruinieren lassen. Für Kopfzerbrechen war auch später noch Zeit.

Nachdem sie die beiden im Buchladen abgeholt hatte, schlenderten sie zu dritt über den gut besuchten Dorfplatz. Sie sahen sich die Stände an, probierten da und dort ein paar Kekse oder Wein und machten schlussendlich bei Moira und ihren vielen Leckereien eine Pause.

»Da seid ihr ja«, rief ihre Vermieterin schon von weitem, als sie die Drei erblickte.

»Hi Moira«, begrüßten sie alle wie aus einem Mund.

»Was möchtet ihr kosten? Zu den Marmeladen hat sich noch ein neuer Nuss-Nougat-Aufstrich gesellt. Bernhard hält mich mittlerweile für komplett verrückt, weil ich schon wieder etwas Neues ausprobiert habe und er jetzt noch weniger Platz auf dem Esstisch für seine Zeitung hat.«

Sadie lachte leise in sich hinein. Sie konnte sich Moiras Mann bildlich vorstellen, wie er das Gesicht verzog, wenn er zwischen den ganzen Einmachgläsern versuchte, seinen geliebten Sportteil auszubreiten.

»Diesen versuche ich gern«, rief Cody begeistert und so verbrachten sie die nächste Stunde plaudernd mit Moira und aßen bestimmt ein halbes Glas des köstlichen Aufstriches.

Cody verabschiedete sich irgendwann, um zu seinen Freunden zu gehen, und ließ Andrew und Sadie alleine.

»Möchtest du ein Glas Wein?«, fragte sie, als sie auf einer freien Parkbank Platz genommen hatten.

»Klar, wieso nicht.«

Sadie sprang auf, lief an den nächsten Getränkestand und kam wenig später mit zwei Gläsern und einer ganzen Flasche wieder.

»Da gab es nichts Kleineres.« Sie zuckte mit den Schultern und goss ihnen ein.

»Du konntest noch nie gut lügen.«

Sadie machte ein gespielt unschuldiges Gesicht, konnte aber ihre Fassade nicht lange aufrechterhalten, als sie seinen Blick bemerkte. Das Grün seiner Augen wirkte im schwachen Schein der Lichterketten dunkler und mysteriöser. Auch wenn sie ihn schon ihr halbes Leben lang kannte, hatte er sie noch nie so angesehen. Es lag etwas Anziehendes, Erregendes in seinem Blick und ihr ganzer Körper begann zu kribbeln. Für einen Moment ließ sie all ihre Gefühle zu. Sie gestand sich ein, dass er ihr immer noch wahnsinnig viel bedeutete, dass sie nie aufgehört hatte, ihn zu lieben und dass sie sofort alles stehen und liegen lassen würde, nur um wieder mit ihm zusammen zu sein.

Dann war der Moment vorbei. Sie hob schnell ihr Glas und prostete ihm zu.

»Weißt du noch, als wir den Weinkeller deiner Eltern geplündert haben?«, fragte er lachend, als er den ersten

Schluck getrunken hatte. »Richard und Emily waren ja so wütend.«

»Wie könnte ich das vergessen. Ich habe den Rüffel des Jahrhunderts gekriegt. Aber wahrscheinlich nur, weil mein Vater es erst bemerkt hat, als er diese eine sündhaft teure Flaschen dringend brauchte.« Sie kicherte beim Gedanken daran, wie sie die leeren Weinflaschen mit Brombeersirup gefüllt und wieder einigermaßen passabel zugekorkt hatten.

»Ich weiß bis heute nicht, wie du diesen verdammten Korken wieder in die Flaschen quetschen konntest.«

»Wahrscheinlich war das das Glück der Besoffenen«, bemerkte sie und verfiel in lautes Gelächter.

»Ah, du meinst, so wie ein Betrunkener sich nichts bricht, wenn er hinfällt?«

»Ganz genau.«

Andrew schüttelte belustigt den Kopf. »Wir hatten eine tolle Zeit«, sagte er nach einer Weile und seine Augen wurden traurig.

»Das hatten wir.« Sie biss sich auf die Lippen, während sie sich die Worte in ihrem Kopf zurechtlegte, die sie eigentlich schon vor 17 Jahren hätte aussprechen sollen. Nachdem er ihr am Dienstag seine Angst gestanden hatte, sie zu verlieren, wollte sie die Karten endlich auf den Tisch legen. Ein für alle Mal. Er hatte die Wahrheit verdient.

»Andrew, es gibt da etwas, was ich dir damals von diesem verhängnisvollen Abend vor Weihnachten nicht erzählt habe.«

Er zog die Augenbrauen zusammen und sein Ausdruck verfinsterte sich sofort. Es stand ihm ins Gesicht ge-

169

schrieben, dass er nur sehr ungern an diesen Tag erinnert wurde. »So?«, fragte er nur.

Sadie nahm einen tiefen Atemzug und richtete ihren Blick auf etwas Unsichtbares vor sich auf dem Boden. Sie konnte ihm nicht in die Augen schauen. Auch nach 17 Jahren verspürte sie dieselbe Scham wie an diesem einen Abend, welcher ihr ganzes Leben ruiniert hatte.

»Andrew«, setzte sie erneut an. »Es ist damals etwas passiert, aber es war nicht das, was Jeff dir erzählt hat. Denn ich hätte ...«

»Dad! Dad! Komm schnell!«, hörten sie Cody von weitem rufen. Ehe sie ihren Satz beenden konnte, stand er auch schon schwer atmend vor ihnen. Mit den Händen stützte er sich auf seinen Knien ab und rang nach Luft.

»Was ist passiert?« Panik lag in der Stimme von Andrew und seine Augen huschten wild über den ganzen Körper seines Sohnes. So, als würde er nach klaffenden Wunden oder offenen Brüchen Ausschau halten.

»Mir geht es gut«, presste Cody heraus. »Aber Nick nicht. Er hat mit einem Knallfrosch gespielt, in der Gasse hinter Sarahs Bäckerei, und der ist in seiner Hand explodiert.«

»Oh mein Gott«, entfuhr es Sadie und sie schlug sich augenblicklich die Hand vor den Mund.

»Ich komme.« Andrew stand ohne zu zögern auf. Als er sich jedoch ein paar Schritte von ihr entfernt hatte, drehte er sich nochmals um. »Wir vertagen unser Gespräch. In Ordnung?«

»Ja klar. Geh. Schnell.«

Er nickte nur und bahnte sich seinen Weg durch die vielen Besucher.

Sadie blieb noch einen Moment wie erstarrt sitzen und beschloss dann, dass es Zeit war, sich in ihr Cottage zurückzuziehen. Wenigstens hatte sie den ersten Schritt gewagt. Andrew wusste jetzt, dass es noch mehr zu diesem Abend zu sagen gab, und so würde ihr der Einstieg bestimmt leichter fallen, wenn sie ihm zu einem späteren Zeitpunkt die ganze Geschichte erzählte. »Na gut, dann fährst du eben heute noch nicht«, murmelte sie, während sie sich von der Parkbank erhob. Ein warmes Gefühl breitete sich augenblicklich nach dieser Entscheidung in ihr aus und sie konnte nicht sagen, ob es am Wein lag oder an der Aussicht, noch mehr Zeit mit Andrew verbringen zu können.

Sie spazierte die Privatstraße zu Moiras Mountain View Cottages entlang und genoss die Stille, die hier oben herrschte. Normalerweise war ja Kenth nicht für seine ausgelassenen Partys bekannt, aber dieses weihnachtliche Dorffest hatten die Einwohner bestens im Griff.

Sadie schlenderte über den Parkplatz und wollte gerade die Tür aufschließen, als sie bemerkte, dass diese bereits einen Spalt weit offenstand. Im Haus brannte Licht und sie hielt erschrocken in ihrer Bewegung inne. Shit, hatte sie wirklich vergessen, das Cottage richtig abzuschließen, als sie gegangen war? Möglich war es natürlich allemal, denn die Tatsache, dass sie sich erneut mit Andrew treffen würde, hatte sie ziemlich aufgewühlt.

Etwas unentschlossen trat sie von einem Fuß auf den anderen, beschloss dann aber, trotzdem hineinzugehen. Schließlich konnte sie nicht die ganze Nacht vor ihrem

Eingang stehenbleiben. Sie war bereits im Haus, als sie die Holzsplitter auf dem Boden entdeckte.

»Was zum Geier ...« Mit einem lauten Knall fiel die Tür hinter ihr ins Schloss und sie erstarrte vor Schreck. Sie wusste genau, was dies zu bedeuten hatte. Panisch fuhr sie herum und erblickte Justin, lässig an den Türrahmen gelehnt, mit derselben unheilvollen Ruhe, die sich bei ihm immer einstellte, wenn er kurz vor dem Explodieren war.

»Was zum Teufel machst du hier?«, fragte er in einem zischenden Ton, ohne sich auch nur einen Millimeter zu bewegen. Sein Gesicht hatte diesen bedrohlichen Ausdruck angenommen und die Kiefermuskeln traten stark hervor.

»Wie hast du mich gefunden?«, stammelte Sadie mit zitternder Stimme und trat langsam einen Schritt rückwärts.

»Ich habe dich gefragt, was du hier machst!?« Seine Stimme wurde schärfer.

Verzweifelt ging sie im Kopf ihre Möglichkeiten durch. Sie konnte noch so laut schreien, es würde sie niemand hören. Moira und Bernhard waren beim Fest und es gab hier zurzeit keine anderen Gäste.

»Ich habe dir doch gesagt, dass ich für einen Artikel weg muss. Wir haben darüber gesprochen, erinnerst du dich?«

Sehr schlau, geh in die Offensive, dass erwartet er nicht, beglückwünschte sie sich selbst und sah auch eine kurze Verwirrung in seinem Gesicht, bevor sein Blick noch düsterer wurde.

172

»Ich erinnere mich noch genau. Und ich habe dir gesagt, dass ich dir nicht erlaube zu gehen.«

»Bist du jetzt mein Vater?«, rutschte es ihr heraus und sie wusste sofort, dass sie in ihrem Übermut über das Ziel hinausgeschossen war.

Blitzschnell setzte er sich in Bewegung und stand nach zwei großen Schritten sofort vor ihr. Bevor sie reagieren konnte, traf seine Faust zielsicher ihr Gesicht. Sadie wurde von der Wucht des Schlages zurückgeworfen und prallte hart mit dem Kopf an die Holzbalken der Wand. Für einen Moment wurde ihr schwarz vor Augen, aber Justin hinderte sie daran, in sich zusammenzusacken. Seine Hände packten ihre Kehle und drückten unerbittlich zu. Der Schmerz auf ihrer Wange breitete sich sofort in ihrem ganzen Körper aus, doch sie zwang sich, einen klaren Kopf zu behalten. Sie schlug wild um sich, versuchte, sein Gesicht zu fassen zu bekommen und krallte sich schließlich an seinem Arm fest. Aber er war zu stark. Er hatte zwar deutlich mehr Mühe als früher, sie unter Kontrolle zu halten, es reichte jedoch trotzdem nicht, um sich gegen ihn zu wehren. Panisch versuchte sie, sich an die Tipps von Peters Selbstverteidigungsvideos zu erinnern. Ihre Gedanken verschleierten sich zusehends, je größer der Druck um ihre Kehle wurde.

»Möchtest du mir noch etwas sagen, du undankbare Schlampe?«, zischte er unmittelbar vor ihrem Gesicht und verzog den Mund zu einer hässlichen Fratze. »Du wirst dafür büßen, hörst du? Ich habe dir so viel geboten, aber du wolltest es ja wegwerfen und mit den Füßen treten. Jetzt bekommst du endlich das, was dir zusteht.«

173

Sadie dachte für einen kurzen Augenblick, dass er wohl recht hatte. Vielleicht war das der krönende Abschluss ihrer ›Liste der Bestrafungen‹. Vielleicht musste es so kommen und ihre Tage auf Erden waren gezählt.

Aber du hast Andrew noch nicht die Wahrheit gesagt, flüsterte eine leise, flehende Stimme in ihrem Kopf und irgendetwas veränderte sich schlagartig in ihr. Andrew hatte es verdient zu wissen, was geschehen war. Deshalb musste sie kämpfen.

Du musst dich erinnern. Was hat Peter immer wieder gesagt? Ihr Gehirn war jedoch so von der Panik lahmgelegt, dass sie keinen klaren Gedanken mehr fassen konnte. Sie riss weiter an Justins Armen, bis ihr endlich die entscheidende Idee kam. Sie hob mit Hilfe der letzten verbliebenen Kraft ihr Knie und trat ihm, so fest sie konnte, in die Weichteile.

Er gab einen erstickten Laut von sich und sein Oberkörper krümmte sich automatisch nach vorne. Als sein Griff in diesem Augenblick schwächer wurde, schlug ihm Sadie die Arme weg, machte einen Schritt nach links zum kleinen Sideboard und schnappte sich die schwere Vase, welche dort stand. Blitzschnell drehte sie sich wieder um und fixierte Justin böse. Er hatte sich mittlerweile aufgerichtet, aber sein Gesicht war immer noch vom Schmerz gezeichnet. Sein Blick huschte von ihr zu der Vase und schnellte kurzerhand wieder zurück. Für eine Millisekunde zögerte er, doch dann trat er einen Schritt auf sie zu.

Wie von einer Spinne gebissen, setzte sie sich sofort in Bewegung, stieß einen spitzen Schrei aus und schlug ihm die Vase mitten ins Gesicht.

Alles, was sie hörte, war ein dumpfer Knall. Ob er von Justins Körper oder von dem schweren Kristall war, welches fast zeitgleich auf dem Boden aufschlug, konnte sie nicht beantworten, denn zu diesem Zeitpunkt war sie bereits aus der Tür gestürmt. Sie überquerte, so schnell sie konnte, den Parkplatz und rannte dann die Privatstraße Richtung Main Street hinunter. Kein einziges Mal drehte sie sich um. Sie lief einfach immer weiter und stoppte erst vor Andrews Buchladen.

Sadie hatte nicht geplant, zu ihm zu flüchten. Sie hatte sich überhaupt nichts dabei gedacht, sondern wollte lediglich von Justin weg. Anstatt sich jedoch das Ganze noch einmal zu überlegen, drückte sie immer wieder auf die Klingel. Das Licht im Treppenhaus ging Sekunden später an und Andrew erschien hinter der nun leicht geöffneten Tür. Mit aufgerissenen Augen starrte er sie an. Als sie nur ein »Bitte hilf mir!« hervorpresste, zog er sie sofort ins Haus und verschloss hinter ihr den Eingang.

Ohne auch nur ein Wort zu sagen, führte er sie in das kleine Wohnzimmer und setzte sich mit ihr auf die Couch. Sadie öffnete den Mund, wollte ihm erklären, wieso sie wie eine Irre plötzlich vor seinem Haus auftauchte, aber sie brachte keinen Ton heraus. Stattdessen flossen ihr die Tränen unaufhaltsam über die Wangen und ein lauter Schluchzer entfuhr ihrer Kehle.

»Du bist jetzt in Sicherheit, es ist alles gut«, flüsterte er ihr leise zu und legte seinen Arm beschützend um sie.

So saßen sie dicht beieinander, bis ihre Schultern nicht mehr bebten und ihr Atem sich langsam wieder beruhigt hatte.

»Es tut mir so leid, dass ich einfach hier reinplatze«, presste sie mit rauer Stimme hervor. »Ich habe nicht nachgedacht. Ich wusste nicht, wo ich hinsollte.«

»Du darfst immer zu mir kommen.« Er hielt sie ein Stück weit von sich weg und musterte sie genau. »Wer hat dir das angetan?«, fragte er. Seine anfängliche Angst wich langsam der Wut.

»Das war Justin. Mein Freund.« Sie wischte sich mit dem Ärmel die letzten Tränen weg und starrte beschämt auf den Fußboden. *Es ist alles deine Schuld,* hallte es wieder einmal in ihrem Kopf. Und dieses Mal war tatsächlich sie dafür verantwortlich. Nicht, dass Justin sie geschlagen hatte, sondern, dass sie ihn jahrelang nicht verlassen, alles ertragen hatte und schlussendlich einfach weggelaufen war.

»Das war dein Freund?«, wiederholte Andrew ungläubig. »Ist das dein Ernst?«

»Ja«, antwortete sie leise. »Dies war meine Bestrafung dafür, dass ich einfach von zu Hause abgehauen bin.«

»Und wieso hast du das getan?«

»Weil es nicht der erste Bluterguss ist, den ich ihm zu verdanken habe.« Sadie hob den Blick und starrte Andrew ausdruckslos an.

Er war in der Zwischenzeit kreidebleich geworden und hatte seine Hände zu Fäusten geballt. »Wo ist er? Ich bring ihn um.« Er stand sofort auf und schritt planlos im Wohnzimmer umher. »Sadie, sag mir, wo ich diesen Kerl finde.«

»Er hat bei mir im Cottage auf mich gewartet. Aber wahrscheinlich ist er schon längst auf der Suche nach mir.«

Oder du hast ihn mit der Vase erschlagen, schoss es ihr durch den Kopf. Diesen Kommentar behielt sie jedoch lieber für sich.

»Gut, ich schau nach. Du wartest hier.« Bevor sie etwas erwidern konnte, schnappte er sich seine Jacke und rannte die Treppe hinunter. Beim lauten Knall der Haustür zuckte sie kurz zusammen. Was war, wenn auch Andrew von ihm angegriffen werden würde? Er war zwar stark, aber Justin bestand praktisch nur aus Muskeln. Panik machte sich sofort in ihr breit und sie sprang vom Sofa auf.

Nach etwa einhundert Metern hatte sie Andrew eingeholt. Sie packte seinen Arm und wollte ihn bremsen, doch er befreite sich aus ihrem Griff und starrte sie erschrocken an. »Was machst du hier? Geh sofort zurück in meine Wohnung. Dort bist du sicher.«

»Andrew, du darfst nicht alleine da hoch gehen. Er bringt dich um, verstehst du denn nicht?« Immer wieder stellte sie sich ihm flehend in den Weg, doch er wich ihr jedes Mal aus.

Da sie ihn nicht daran hindern konnte, zu den Mountain View Cottages zu gehen, beschloss sie, ihn zu begleiten. Vielleicht hätten sie zu zweit eine Chance gegen Justin.

Als sie auf den großen Parkplatz traten, war nichts Außergewöhnliches zu sehen. Es stand kein fremdes Auto da. Es war so ruhig und idyllisch wie immer.

Sie schritten langsam auf das beleuchtete Cottage zu. Die Tür stand immer noch einen Spalt breit offen, doch sonst war niemand zu sehen.

Andrew bedeutete ihr, dass sie sich hinter ihn stellen solle, als er die Eingangstür weiter aufstieß.

»Hallo?«, rief er mit fester Stimme, doch niemand antwortete. Sie traten langsam ein und Sadie sah sofort die Blutspuren auf dem Boden neben dem zersplitterten Glas.

»Ist das dein Blut?«, fragte er erschrocken und suchte sie erneut nach irgendwelchen, bisher übersehenen, klaffenden Wunden ab.

Sie schüttelte schnell den Kopf und antwortete: »Ich habe Justin eine Vase entgegen geworfen. Wahrscheinlich hat er sich an den Scherben geschnitten.«

Andrew wagte noch einen Schritt in den Raum und musterte gründlich das Wohnzimmer und die offene Küche.

»Du wartest hier«, flüsterte er und schlich in ihr Schlafzimmer. Nach einer gefühlten Ewigkeit rief er: »Es ist niemand hier« und Sadie atmete vor Erleichterung hörbar aus. Sie schloss die Tür hinter sich und holte sofort einen Besen aus dem Schrank, um die Scherben zusammenzufegen. So, wie sie es zu Hause in Vancouver immer tat, wenn Justin wieder mal einen ihrer Einrichtungsgegenstände zertrümmert hatte. Sie schmiss alles in den Mülleimer und wischte das Blut vom Boden auf. Es war nicht ganz so viel, wie sie zuerst gedacht hatte, aber scheinbar hatte sie ihn stark genug verletzt, sodass er sie nicht mehr verfolgen konnte.

»Pack ein paar Sachen ein, du schläfst heute Nacht bei uns.«

»Nein, das ist nicht nötig. Ich kann hierbleiben. Ich denke nicht, dass er zurückkommt.«

»Sadie, ich diskutiere das jetzt nicht mit dir. Bitte pack alles ein, was du brauchst. Wir haben ein Gästezimmer. Na ja, eigentlich ist es mein Büro, aber es hat eine ausziehbare Couch. Darauf werde ich schlafen.«

Da sie genau wusste, wie hartnäckig er sein konnte, wenn er sich einmal etwas in den Kopf gesetzt hatte, nickte sie nur und huschte schnell ins Schlafzimmer. Sie stopfte wahllos alles, was sie fand, in ihre große Handtasche und trat wieder ins Wohnzimmer. Sie wollte nur noch weg und war Andrew unendlich dankbar, dass er sie nicht hier zurückließ. Denn wenn sie ehrlich zu sich war, hätte sie es keine zwei Minuten alleine ausgehalten.

»Möchtest du einen Tee?«, fragte Andrew und reichte ihr ein Coolpack aus dem Gefrierfach. Ihre Wange war mittlerweile angeschwollen und verfärbte sich bereits leicht dunkel.

»Ich glaube, ich bräuchte was Stärkeres«, murmelte Sadie fast unhörbar und legte den blauen Beutel mit einer Grimasse an ihr schmerzendes Gesicht.

»Whisky?«

»Das klingt gut.« Sie lehnte sich erschöpft zurück in die Couch und schloss für einen kurzen Moment die Augen, bis sie bemerkte, wie sich Andrew neben sie setzte.

»Möchtest du lieber ins Bett? Es ist alles vorbereitet, du kannst dich ruhig hinlegen.«

»Nein, nein, schon gut. Ich glaube nicht, dass ich ein Auge zubekommen würde.«

Er nickte und reichte ihr das rechteckige Glas aus schwerem Kristall.

179

»Darf ich dich etwas fragen?«, durchbrach er nach einem Augenblick vorsichtig die Stille.

»Klar.«

»Wieso bist du immer noch mit ihm zusammen? Wieso hast du nicht schon längst das Weite gesucht und bist abgehauen?«

Sadie schwieg für einen Moment, ehe sie ihm traurig in die Augen blickte. Nun war also der Zeitpunkt gekommen, an dem sie ihre Karten offen auf den Tisch legen würde. Er würde endlich die Wahrheit erfahren. Aber was, wenn er sie danach nicht mehr sehen wollte? Oder, was noch schlimmer wäre, wenn er ihr nicht glauben würde?

Sie trank ihr Glas in einem Zug leer und sagte dann mit leiser Stimme: »Weil ich immer der Meinung war, dass ich es nicht anders verdient hätte.«

»Wie meinst du das?«

»Nun ja, du kannst dich doch noch an die eine Nacht erinnern, als aus dem ›wir‹ ein ›du und ich‹ wurde?«

»Nett ausgedrückt.« Er verzog das Gesicht, wurde aber sofort wieder ernst, als er ihre Tränen bemerkte. »Ja, ich kann mich noch daran erinnern.«

»Jeff hat dir damals zwar seine Version erzählt, doch diese hätte nicht weiter von der Realität entfernt sein können.«

Andrew sah sie misstrauisch an. »Wie meinst du das?«

»Nun ja, unser lieber Freund Jeff hat behauptet, dass ich aus freien Stücken mit ihm geschlafen hätte, dass ich ihn wollte und ihn hinter deinem Rücken geil gemacht hätte. Oder?«

»So in etwa.«

»Nur hat dir unser Freund nie gesagt, wie sehr ich geschrien habe, als er mich gegen die Wand im Billardzimmer seiner Eltern gedrückt hat. Wie viel Muskelkraft er aufwenden musste, um mich ruhig zu stellen und wie sehr ich geweint habe, als mir bewusst wurde, dass ich den Kampf gegen ihn nicht gewinnen konnte.«

Andrew sagte nichts. Er starrte sie mit schockierter Mine an, brachte aber keinen Ton heraus.

Du hast es endlich geschafft, dachte sie sich und ein riesiger Stein fiel ihr vom Herzen. Der ganze Ballast, den sie die vielen Jahre mit sich herumgetragen hatte, war wie weggeblasen. Das erste Mal seit langem hatte sie das Gefühl, wieder richtig atmen zu können.

»Du willst damit sagen, dass … dass …«

»Dass er mich vergewaltigt hat«, beendete sie den Satz für ihn.

»Das kann doch nicht wahr sein.« Andrew sagte dies jedoch nicht zu ihr, sondern mehr zu sich selbst. »Wieso hast du nie etwas gesagt? Er hätte nie … Wir wären nie …« Seine Stimme brach und er ließ den Kopf in seine Hände sinken.

»Ich konnte nicht. Ich habe mir so viele Vorwürfe gemacht, habe mich geschämt und mir selbst die Schuld dafür gegeben. Wenn ich ehrlich bin, dann glaubt ein winziger Teil in mir noch immer, dass ich es hätte verhindern können, wenn ich mich nur mehr gewehrt hätte.«

Sie füllte ihr Whiskeyglas erneut und nahm einen großen Schluck daraus, ehe sie es auf den Couchtisch stellte. Als Andrew nichts mehr erwiderte, breitete sich eine Welle der Übelkeit in ihr aus. Vielleicht war es ein Fehler,

181

ihm nach so vielen Jahren die Wahrheit zu sagen. Sie hatte zwar nun ihren Seelenfrieden gefunden, doch was diese Neuigkeit mit ihm anstellen würde, daran hatte sie nicht gedacht.

»Ich glaube, es ist besser, wenn ich gehe. Ich kann bestimmt auch bei Sarah übernachten.« Sadie schoss von der Couch hoch und griff gerade nach ihrer Tasche, als sie die warmen Finger von Andrew um ihr Handgelenk spürte. Er hob den Kopf und in seinen wunderschönen grünen Augen lagen Trauer und Schmerz. Langsam erhob er sich und trat dicht vor sie. Sie hielt seinem Blick stand. Erst, als er ihr vorsichtig über die Wange streichelte, schloss sie ihre Augen. Seine Berührungen sollten ihr mittlerweile fremd geworden sein, doch es war, als würde sich ihr Körper noch genau an ihn erinnern. Als hätte er all die Jahre in einer Art Winterschlaf gesteckt und nur Andrew war fähig, ihn daraus zu erwecken.

»Es tut mir so leid. Ich wünschte, ich hätte es früher gewusst.«

Sie schmiegte ihren Kopf an seine Hand und atmete tief ein. Sein Geruch nach Aftershave und Duschgel stieg ihr in die Nase und ihr Gehirn katapultierte sie sofort 17 Jahre in die Vergangenheit. Sie hätte schwören können, dass sie, wenn sie nun die Augen geöffnet hätte, wieder in Andrews altem Kinderzimmer stand, wo er sie das erste Mal auf die gleiche Weise wie jetzt berührt hatte.

»Ich bin froh, dass du wenigstens nun die ganze Wahrheit kennst.«

»Ich auch.« Er bückte sich langsam zu ihr herunter, hob ihr Kinn etwas an und küsste sie sanft.

Sadies Empfindungen explodierten. Nicht im Traum hätte sie gedacht, dass sie seine Lippen nochmals auf ihren spüren würde. Er vergrub seine Hand in ihren Haaren und zog sie noch ein Stück näher an sich heran. Ihr Oberkörper schmiegte sich an seine harten Muskeln. Ihre Hände wanderten langsam von seiner Taille zu seinem breiten Rücken und ihre Finger krallten sich in den Stoff seines Shirts. So oft schon hatte sie sich genau dies ausgemalt und jetzt, wo es tatsächlich passierte, wollte sie ihn am liebsten nie wieder loslassen.

Kapitel 13

Sadie blinzelte verschlafen, als die morgendlichen Sonnenstrahlen sich ihren Weg durch die zugezogenen Vorhänge bahnten. Für einen kurzen Augenblick hatte sie keine Ahnung, wo sie war. Sie erblickte Familienfotos an den weißen Wänden und prall gefüllte Bücherregale. In ihrem Cottage war sie jedenfalls nicht, dies wurde ihr sofort klar. Sie setzte sich auf und ihr Blick fiel neben sich auf die leere Bettseite.

»Heilige Scheiße«, entfuhr es ihr und die Erinnerungen an den gestrigen Abend prasselten sofort auf sie ein. Sie erinnerte sich an Justin und seinen diabolischen Blick, als er dicht vor ihr stand und sie würgte. Die Flucht vom Cottage war verschwommen, aber der schockierte Gesichtsausdruck von Andrew, als er sie vor seiner Tür stehen sah, hatte sich klar und deutlich in ihr Gehirn gebrannt. Und dann der Kuss. Sie spürte ihn immer noch auf ihren Lippen und konnte den Weg seiner Hände auf ihrem Körper fühlen. Die Aufregung in ihrem Herzen, als sie sich erst im Morgengrauen voneinander gelöst hatten und sie dann alleine in das Schlafzimmer ging, war ebenfalls kein bisschen verschwunden.

Sie schlüpfte aus dem Bett, zog schnell ihr schwarzes Kleid und die Leggins an und band sich die wirren Locken zu einem hohen Dutt zusammen. Leise schloss sie die Zimmertür hinter sich und blieb erschrocken stehen. Cody saß am Tisch und aß mit einem breiten Grinsen seine Cornflakes.

»Ich ... ehm ...«, stammelte Sadie und suchte krampfhaft nach einer Erklärung für ihren morgendlichen Besuch. Eigentlich hatte sie ungesehen wieder zu ihrem Cottage zurück gewollt, aber dieser Plan ging offensichtlich nach hinten los.

»Hi Sadie«, antwortete Cody gut gelaunt und schob sich den nächsten Löffel in den Mund. »Möchtest du auch eine Schüssel?«

»Nein … danke …«

»Oder einen Kaffee? Ich habe für Dad bereits welchen gekocht.«

Sie zog überrascht die Augenbrauen hoch und vergaß dabei einen Moment lang, dass sie eigentlich fliehen wollte. »So? Das ist aber lieb von dir.«

Er grinste stolz und sprang sogleich von seinem Stuhl auf. »Setz dich doch. Ich bring dir eine Tasse.« Er rannte in die Küche und Sadie tat brav, was er ihr befohlen hatte. Sie war zu gerührt von seiner fürsorglichen Art, als dass sie sein Angebot hätte ablehnen können.

Einen kurzen Augenblick später trank sie einen Schluck der heißen Flüssigkeit und ihre Geister wurden langsam wach.

»Wie geht es deinem Freund? Du weißt schon, der mit dem Knallfrosch.«

»Oh, das hat schlimmer ausgesehen als es war.« Er winkte lässig ab. »Dad hat ihn zu seinen Eltern gebracht und die haben sich dann um ihn gekümmert. Er konnte mir heute Morgen aber bereits wieder irgendwelchen Blödsinn texten. Also kann es ihm nicht so schlecht gehen.«

»Dann bin ich ja froh.«

»Was ist mit deinem Gesicht passiert?« Er deutete mit dem Löffel auf ihre blau verfärbte Wange.

185

»Oh, nun ja, ich hatte einen kleinen Unfall. Ist aber auch nicht weiter schlimm.«

»Hast du deshalb heute hier geschlafen?«

Sadie schluckte leer. Was sollte sie ihm bloß sagen? Sie entschied sich für etwas Unverfängliches und antwortete deshalb:»Könnte man so sagen«.

Um noch mehr Fragen von ihm zu unterbinden, bot sie ihm an, weiter von ihrer Geschichte zu erzählen. Er nickte gespannt und schien ihre Verletzung bereits wieder vergessen zu haben.

»Die Prinzessin und ihre Schwester hatten das kleine Dorf erreicht und gaben sich als Mägde auf der Suche nach Arbeit aus. Die Dorfbewohner nahmen sie herzlich auf und stellten ihnen ein Zimmer und Essen zur Verfügung. Im Gegenzug erledigten sie jede Arbeit, die gerade anfiel. So kam es, dass die Prinzessin eines Tages beim Schmied aushelfen musste. Er war ein junger, stattlicher Mann, dem die unverheirateten Frauen nur so hinterherliefen. Doch er schien sich für keine zu interessieren, bis er die Prinzessin zum ersten Mal sah. Er war so gebannt von ihrer Schönheit, sah aber in ihren Augen, dass sie etwas Schlimmes erlebt haben musste. Er erkannte als Einziger die Zerbrechlichkeit hinter ihrer starken Fassade. Eines Abends vertraute sie ihm ihre Geschichte an. Sie sagte ihm, wer sie wirklich war und dass der Prinz sie niemals hier finden durfte. Der Schmied wollte ihr helfen und sorgte dafür, dass sie und ihre Schwester von nun an bei ihm arbeiten durften. Die Prinzessin war ihm unendlich dankbar, denn so konnten sie sich in seiner Werkstatt verstecken und waren wenigstens halbwegs geschützt, falls der Prinz doch im Dorf auftauchen würde.

So lebten sie eine Zeit lang glücklich, doch der Schmied merkte, dass die Prinzessin immer noch unter ihrer Angst litt. Eines Abends setzte er sich zu ihr, nahm ihre Hand und fragte sie, ob sie sich vorstellen könnte, für immer bei ihm zu bleiben. Sie nickte, denn sie wollte es mehr als alles andere. Der Schmied umarmte sie fest und flüsterte: ›Glaub mir, du bist bei uns in Sicherheit. Der Prinz wird dich hier nicht finden. Denn unser Dorf ist für seine Wunder bekannt und das Nächste ist für dich bestimmt. Das spüre ich.‹ Die Prinzessin wünschte sich so sehr, dass er recht haben möge, aber an Wunder glaubte sie schon lange nicht mehr.«

»Guten Morgen, ihr Beiden.« Andrew trat nur in Boxershorts aus dem Gästezimmer und rieb sich verschlafen die Augen.

Sadie schluckte hart, als ihr Blick von seinen starken Armen zu seinem gut sichtbaren Sixpack wanderte. Es war ja nicht so, dass sie gestern Nacht nicht schon beinahe seinen ganzen Körper mit ihren Händen erforscht hatte, aber so im hellen Licht hatte seine Statur nochmals eine ganz andere Wirkung auf sie. Sie musste sich förmlich dazu zwingen, den Blick von ihm loszureißen und starrte stattdessen die Maserung des Holztisches an, während sie ein verlegenes »Guten Morgen« murmelte.

»Hey Dad. Möchtest du einen Kaffee?«, fragte Cody mit demselben Enthusiasmus, wie er schon sie zuvor gefragt hatte, und stand sofort auf.

»Ich mach das schon. Bleib ruhig sitzen. Ihr wart ja sowieso gerade in ein Gespräch vertieft.« Er zwinkerte seinem Sohn zu und machte sich auf den Weg in die Küche.

»Wie heißt denn dieses Dorf, in dem die Prinzessin und ihre Schwester untergekommen sind?«

Sadie warf einen kurzen Blick auf Andrews nackten Rücken und flüsterte dann mit einem verträumten Grinsen »Kenth«.

Cody klatschte begeistert in die Hände. »Das finde ich toll. Und wie geht es weiter? Hat sie ihr Wunder bekommen?« Doch Sadie schwieg und legte sich nur verschwörerisch einen Finger an die Lippen. »Ein anderes Mal erzähle ich dir mehr davon.«

»Soll ich dich nachher auf die Polizeiwache begleiten?«, rief Andrew aus der Küche, während er sich eine frische Tasse aus dem Schrank holte.

Sadie drehte sich verwundert zu ihm um. Im ersten Augenblick hatte sie keine Ahnung, wovon er da sprach. »Um Justin anzuzeigen«, fügte er hinzu und sie sah aus ihrem Augenwinkel, dass Cody interessiert den Kopf hob.

»Nein, nein, das ist nicht nötig. Ich kann alleine hingehen.«

»Bist du dir sicher?«

»Klar. Du musst dich schließlich um den Laden kümmern. Ich sollte dann jetzt auch gehen.« Sie stand entschlossen auf, brachte ihre Tasse zur Spüle und schnappte sich ihre Tasche.

»Möchtest du heute Abend vielleicht zu uns zum Essen kommen?« Andrew stand bereits neben ihr im Wohnzimmer und sah sie mit einem durchdringenden Blick an.

»Aber Dad, heute ist doch das Krippenspiel«, wandte Cody ein. »Vorher wollten wir Pizza essen gehen. Du hast es mir versprochen.«

188

»Stimmt.« Andrew kratzte sich nachdenklich am Hinterkopf.

»Aber du kannst uns sehr gerne begleiten, Sadie. Hauptsache, es gibt Pizza.«

Sadies wurde ganz warm ums Herz bei Codys Freundlichkeit. Er war zwar mit seinen 15 Jahren mitten in der Pubertät, aber davon merkte man fast nie etwas. Er benahm sich wahnsinnig erwachsen. Vielleicht hing das auch mit der Verantwortung zusammen, die Andrew ihm jedes Mal übertrug, wenn er auf den Buchladen aufpassen musste.

Als sie in Andrews hoffnungsvolle Augen sah, lächelte sie schnell und antwortete: »Tut mir leid, ich bin heute schon mit Sarah und Lydia verabredet.«

»Dann vielleicht morgen?«

»Ich möchte euch keine Umstände machen.«

»Das machst du nicht. Wir würden uns freuen.«

»Au ja, bitte, Sadie. Dann kannst du mir auch gleich deine Geschichte weitererzählen«, rief Cody, der mittlerweile neben seinen Vater getreten war.

Sadie blickte vom einen zum anderen, ehe sie nickte. »Gut. Ich komme gern. Ich möchte zuerst noch ein wenig schreiben. Aber wenn ich fertig bin, könnte ich in den Buchladen kommen. Vielleicht kann ich mich ja irgendwo nützlich machen.«

»Das klingt gut. Komm, ich bringe dich noch zur Tür.« Andrew lächelte sie liebevoll an und deutete zur Treppe.

»Wir sehen uns, Cody«, rief Sadie, ehe sie sich umdrehte und ins Erdgeschoss lief. Sie spürte Andrews Wärme hinter sich so deutlich, dass sie für einen Moment die Augen schloss, ehe sie ihre Hand auf die Türklinke

189

legte und sich noch ein letztes Mal zu ihm umdrehte. »Ich danke dir für alles. Ich wüsste nicht, was ich gestern ohne dich getan hätte.«

»Ich bin immer für dich da, Sadie. Das weißt du, oder?«

Sie nickte dankbar und ohne auf ein weiteres Wort von ihr zu warten, bückte er sich schnell zu ihr herunter. Seine Lippen streiften sanft die ihren und Sadie wurde schwindelig.

»Bis morgen«, flüsterte er und legte kurz seine Stirn an ihre, so als ließe er sie nur widerwillig gehen, ehe er sich wieder aufrichtete.

»Bis morgen«. Mit klopfendem Herzen verließ sie das Haus.

Kalte Luft schlug ihr entgegen, als sie auf die Main Street hinaustrat und sie atmete tief ein. Ihre geschwollene Wange pochte gleich noch heftiger, als die Kälte sie vollständig eingehüllt hatte. Sie blickte zuerst nach Süden, wo sich die Polizeiwache befand. Dass sie Justin anzeigen sollte, ging ihr immer mal wieder durch den Kopf. Da sie sich aber zu einem kleinen Teil jeweils selbst die Schuld für seine Ausraster gab, zog sie es nie wirklich in Erwägung. Schließlich brachte sie ihn jedes Mal so weit, weil sie etwas sagte oder tat, was ihm missfiel. Außerdem hatte er ein wahnsinnig einnehmendes Wesen. Deshalb bezweifelte sie, dass die Polizisten ihr Glauben schenken würden. Sadie war überzeugt, dass er alle Ereignisse so drehen würde, dass sie am Schluss die Böse war, und darauf konnte sie wirklich gut verzichten.

Aber was würde sie Andrew erzählen? Wie würde sie begründen, weshalb sie Justin nicht angezeigt hatte? Sie beschloss, sich später um dieses Problem zu kümmern.

Jetzt wollte sie nur noch nach Hause und eine lange, heiße Dusche nehmen.

Sadie trocknete sich gerade ihre Haare mit einem Handtuch, als ihr Laptop ein ›Bing‹ von sich gab. Eine neue Mail war eingetroffen und sie setzte sich sofort an den Tisch, um sie zu lesen.

Liebes,

du hast dich mit deinem Artikel selbst übertroffen. Er wird bestimmt einschlagen wie eine Bombe. Du hast großartige Arbeit geleistet. Wer hätte gedacht, dass ausgerechnet dein Andrew für alle Wunder verantwortlich ist? Wenn du möchtest, bist du nun aus deinem Exil befreit und darfst nach Hause kommen. Laura hat vorsichtshalber mal das Gästezimmer hergerichtet, falls du lieber eine Weile bei uns wohnen möchtest. Du weißt, dass du immer ein willkommener Gast bist.

Liebe Grüße
Thomas

Beim Gedanken daran, Kenth wieder zu verlassen, zog sich ihr Magen schmerzhaft zusammen. Natürlich wusste sie, dass ihre Tage hier gezählt waren und der Entschluss, nach dem Dorffest abzureisen, war eigentlich in ihrem Kopf schon fest verankert gewesen. Aber sie fühlte sich in diesem Städtchen so wohl, dass sie am liebsten geblieben wäre. Wenn sie jedoch ehrlich zu sich selbst war, konnte sie nicht sagen, ob der Wunsch nur wegen des hübschen Ortes und der netten Einwohner in ihr aufgekeimt war oder auch, weil sie so vor ihrem alten Leben fliehen konnte. Denn wenn sie hierbleiben würde, müsste sie sich der Verantwortung gegenüber Justin nicht stellen. Zumindest nicht sofort.

Sie wickelte ihre Haare mit dem Tuch zu einem hohen Turban und blickte ein letztes Mal aus dem großen Wohnzimmerfenster ins Tal hinab. Der tiefblaue See lag friedlich am Fuße der verschneiten Hügel und eine innere Ruhe kehrte, wie jedes Mal bei diesem Anblick, zu ihr zurück.

»Und, Sadie, wem folgst du jetzt? Deinem Herzen oder dem Verstand?«

Die Antwort darauf war eigentlich schon klar, seit sie Sarah für heute Abend zugesagt hatte. Auch wenn sie sich in den letzten Tagen pausenlos einredete, dass sie hier nichts mehr verloren hatte, flehte ihr Herz sie an, trotzdem zu bleiben und herauszufinden, ob dieses Städtchen vielleicht auch ein Wunder für sie bereithielt.

Ohne noch einmal darüber nachzudenken, öffnete sie schnell die Antwortmail an ihren Chef.

Hey Thomas,

ich freue mich sehr, dass dir der Artikel gefällt. Ich war und bin mir jedoch nicht sicher, ob ich wirklich damit das Richtige tue. Aber schließlich geht es um die Zeitung. Da sind alle Mittel erlaubt. Oder?
Sag Laura vielen Dank für das gemachte Bett. Ich weiß es sehr zu schätzen und komme vielleicht wirklich darauf zu-

rück. Im Moment würde ich aber lieber noch ein wenig hierbleiben. Ich glaube, die frische Luft tut mir gut. :)

Bis bald,
Sadie

Da sie ja nun schon am Laptop saß, konnte sie genauso gut auch noch ein wenig an ihrer Geschichte weiterschreiben. Sie begab sich gedanklich zurück in das kleine Dorf, wo die Prinzessin und ihre Schwester Zuflucht gefunden hatten und musste sich eingestehen, dass sie Kenth mehr als nur zur Namensgebung als Vorlage genommen hatte. Die beiden Schwestern fühlten sich sofort willkommen und zu Hause und genauso war es für Sadie auch hier in diesem Städtchen. Fast alle waren augenblicklich bereit gewesen, mit ihr über die Wunder zu reden. Alle bis auf den leibeigenen Drachen des Bürgermeisters. Aber das mit Edna war eine andere Geschichte. Mit so viel Freundlichkeit hätte sie nicht einmal im Traum gerechnet.

Und dann war da natürlich noch Andrew. Sogar er schien sich allmählich über ihre Anwesenheit zu freuen. Als seine grünen Augen in ihren Gedanken auftauchten, breitete sich dieses magische Kribbeln erneut auf ihrem ganzen Körper aus und seine zärtlichen Berührungen waren wieder überall auf ihrer Haut zu spüren. Für einen Moment hing sie versonnen ihren Erinnerungen von gestern Abend nach, ehe sie sich ihrer Tastatur widmete.

Als sie das nächste Mal auf ihre Uhr schaute, war es mitten am Nachmittag. Sie hatte die Zeit völlig vergessen, wie immer, wenn sie schrieb. Sie verkroch sich dann in ihre kleine Gedankenblase und war das einzige Mal Herrin über das Leben, respektive über das Dasein ihrer Charaktere. Aber genau dies liebte sie so am Schreiben. Wenn sie schon ihr eigenes Leben nicht im Griff hatte, dann wenigstens das ihrer Protagonisten.

Doch ihre Mühe hatte sich gelohnt, denn bevor sie gemerkt hatte, wie viel Zeit bereits vergangen war, hatte sie die vier magischen Buchstaben unter ihr Manuskript gesetzt. ›ENDE‹ stand da in großen Lettern und Sadie lehnte sich zufrieden zurück. Sie hatte tatsächlich ihre Zweifel und die Schreibblockade überwunden und einen neuen Roman geschrieben.

Bestens gelaunt stand sie auf und begab sich ins Bad, um eine extra Schicht Make-Up aufzulegen. Wenn es irgendwie möglich war, wollte sie das Zusammentreffen mit Justin nicht an die große Glocke hängen. Es reichte ihr vollkommen, dass Andrew davon wusste und zurzeit auch noch glaubte, dass sie ihren Freund angezeigt hatte. Sie zog sich ihr Lieblingskleid an und stand bereits 30 Minuten später in Sarahs Bäckerei. Viel los war nicht, denn das ganze Dorf schien in die letzten Vorbereitungen für das Krippenspiel vertieft zu sein. Deshalb hatte Sarah auch Zeit für eine Tasse Kaffee mit ihrer Freundin, ehe Lydia zu ihnen stieß.

Sadie setzte sich an ihren Lieblingsplatz und erhaschte gerade noch einen Blick auf Andrew, der im Schaufenster des Buchladens die Dekoration umstellte.

»Na, hattet ihr Spaß gestern?«, wollte Sarah wissen, als sie sich zu Sadie an den Tisch setzte.

»Es war schön. Und bei dir?«

»Viel zu tun.« Sie wischte sich imaginären Schweiß von der Stirn. »Der letzte Workshop endete erst um 24.00 Uhr. Danach musste ich noch die ganze Küche putzen. Deshalb ist das hier auch nicht meine erste Tasse Kaffee ... Und auch nicht meine Fünfte.« Sarah lachte, als sie einen weiteren Schluck von ihrem Cappuccino nahm, ehe ihr Blick irritiert auf Sadies Wange fiel. »Was ist da passiert?« Sie deutete auf die Schwellung, die auch das beste Make-Up nicht verschwinden lassen konnte.

»Ach, ich war nur ungeschickt und bin in der Dusche ausgerutscht.«

»Oh, nette Geschichte. Man merkt, womit du dein Geld verdienst.« Sarah verzog keine Miene und starrte sie weiter unverwandt an. »Möchtest du es nochmals versuchen?«

Sadie schluckte leer. Sie wusste sofort, dass ihre Freundin auch die nächste Lüge aufdecken würde, deshalb beschloss sie, ihr die Wahrheit zu sagen. »Das war mein Freund. Justin«, antwortete sie mit leiser Stimme.

»Dein Freund hat dich geschlagen?«, rief Sarah empört und schlug sich danach die Hand vor den Mund. »Tut mir leid«, murmelte sie merklich leiser. »Du hast nie einen Freund erwähnt.«

»Das ist richtig. Einer der Gründe, weshalb ich ihn verschwiegen habe, war, dass er nicht wusste, wo ich bin. Als ich ihm sagte, dass ich für einen Artikel ein paar Wochen weg muss, ist er ausgerastet. Er verpasste mir ein paar neue blaue Flecken, unserer Einrichtung eine Neugestaltung und ist dann abgehauen. Ich habe so schnell ich konnte meine Sachen gepackt und bin losgefahren.«

195

Sadie zwang sich zu einem Lächeln, doch als die Besorgnis in Sarahs Gesicht Trauer wich, wusste sie, dass ihre gespielte Unbekümmertheit nichts gebracht hatte.

»Und wie hat er dich gefunden?«

»Wenn ich das wüsste. Nur mein Chef weiß, wo ich bin. Und der hat es ihm bestimmt nicht gesagt.«

Sarah tippte sich ein paar Mal mit dem Finger an das Kinn. »Hast du deine Kreditkarte hier benutzt?«

Sadie hielt in ihrer Bewegung inne und sah ihr Gegenüber verdutzt an. »Ja schon, aber ...«

»Und deine Post geht sicherlich an deine Adresse in Vancouver?«

»Ja, aber ...«

»Ich bin mir ziemlich sicher, dass er dich so gefunden hat.«

Sadie wollte etwas erwidern, konnte ihr aber nicht folgen, deshalb fuhr Sarah schnell fort. »Auf deiner Kreditkartenabrechnung stehen alle Infos, die er braucht. Er sieht genau, in welchen Geschäften du mit der Karte bezahlt hast und kann dann eins und eins zusammenzählen. Ich nehme an, du hast beispielsweise mehr als einmal Bücher in Andrews Buchladen gekauft, oder?«

Sie nickte stumm.

»Somit muss dein Freund nicht unbedingt Sherlock Holmes sein, um zu erkennen, dass du hier wahrscheinlich nicht nur auf der Durchreise bist.«

Sadie blieb still und verarbeitete die vielen Informationen. Je länger sie darüber nachdachte, desto logischer war das Ganze und sie verfluchte sich innerlich, dass sie so unvorsichtig gewesen war. »Ich verstehe nur nicht, wie er mich dann in Moiras Cottages gefunden hat. Mein Aufenthalt wird von der Zeitung bezahlt.«

Sarah hielt inne und wurde plötzlich kreidebleich. Sie starrte ihre Freundin an, als hätte sie einen Geist gesehen. »Scheiße«, entfuhr es ihr und sie schlug beide Hände vor den Mund.

»Was ist denn?«

»Ich glaube, ich hab es ihm verraten.« Tränen traten in Sarahs Augen und sie schüttelte unaufhörlich den Kopf.

»Wie kommst du da drauf?«, fragte Sadie schnell.

»Gestern Abend kam ein Kerl in meinen Laden, den ich noch nie vorher gesehen hatte. Er schaute sich kurz um und fragte dann nach einer Journalistin im Ort. Er meinte nur, dass er etwas zu berichten hätte. Ich dachte, dass es vielleicht um einen deiner Artikel ginge, deshalb nannte ich ihm deine Adresse.« Sie ließ ihren Kopf auf die Tischplatte sinken. »Wie kann man nur so dumm sein.«

»Es ist schon gut. Du kannst nichts dafür.« Sie legte ihrer Freundin tröstend die Hand auf die Schulter. »Wenn du es ihm nicht gesagt hättest, dann jemand anderes. Diese Stadt ist so klein. Es hätte so oder so nicht lange gedauert, bis er an seine Informationen gekommen wäre.«

Sarah hob langsam den Kopf und dicke Tränen rannen ihr über die Wangen. »Es tut mir so leid. Ich habe wirklich an nichts Böses gedacht.«

Sadie nickte nur und gab sich im Geiste selbst einen Arschtritt dafür. *Das kommt davon, wenn man immer alles verschweigt*, schimpfte ihr Verstand und dieser

197

hatte einmal mehr recht. Hätte sie sich ihrer Freundin anvertraut, dann hätte diese bestimmt nicht ihre Adresse einem Fremden verraten.

»Und wo ist er jetzt?«, fragte Sarah nach einem Augenblick schniefend.

»Ich weiß es nicht.«

»Warst du bei der Polizei?«

»Noch nicht.«

»Du musst dieses Schwein unbedingt anzeigen. Er darf mit so etwas nicht durchkommen.«

Wieder nickte Sadie, doch tief in ihrem Inneren wusste sie ganz genau, dass sie auch dieses Mal den Mut nicht aufbringen würde.

Die Ladentür flog auf und Lydia trat mit einem breiten Grinsen ein. »Na, seid ihr auch bereit, einer überaus korpulenten Version von Josef dabei zuzuschauen, wie er den Text vergisst?«

Sarah wandte sich kurz ab, um sich die Wangen von den Tränen zu trocknen, doch Lydia blieb sofort misstrauisch stehen. »Was ist denn hier los? Wer ist gestorben? Doch nicht der alte Mr. Russel?«

»Es ist alles o.k.«, warf Sadie schnell ein und zwang sich zu einem Lächeln. »Also ich bin schon sehr gespannt auf Teddy im Nachthemd.«

Sarah prustete augenblicklich los und nachdem sie einen kurzen Blick getauscht hatten, erhob sie sich. »Ich muss noch kurz alles abschließen. Dann kann die Party beginnen.«

»Party, Party, Party«, jubelte Lydia und Sadies Lachen wurde aufrichtig. Dies war genau das, was sie jetzt brauchte. Einen ausgelassenen Abend mit den Mädels und hoffentlich einer großen Flasche Wein.

Das Krippenspiel war komplett anders, als es sich Sadie vorgestellt hatte, wenn auch nicht minder interessant. Die drei Frauen hatten sich vor der Vorstellung eine Flasche Wein bei einem der verbliebenen Marktstände vom Dorffest geholt und tranken jedes Mal einen großen Schluck davon, wenn Teddy wieder mal seinen Text nicht mehr wusste. Normalerweise war ja Wein etwas für Genießer und nicht, um ihn einfach so runterzukippen. Aber sie lachten so viel während dieser eineinhalb Stunden, dass Sadie nicht einmal bemerkte, wie Lydia immer wieder Nachschub besorgte und nun bereits drei leere Weinflaschen vor ihnen auf dem Boden standen.

Als sich die Schauspieler verbeugten und Sadie sich von ihrem Stuhl erheben wollte, spürte sie das erste Mal die Wirkung des Alkohols. Sie musste sich einen Moment an der Lehne festhalten, ehe die Erde wieder aufgehört hatte zu schwanken.

»Alles klar bei dir, Liebes?«, rief Sarah mit knallroten Wangen und leicht glasigen Augen.

»Natürlich«, presste Sadie hervor und musste sich wahnsinnig konzentrieren, um aufrecht stehen zu bleiben.

Während Lydia Sarah vom Stuhl hoch half, schweifte Sadies Blick über die vielen Besucher. Karen Godwin war hier und unterhielt sich gerade ausgelassen mit Mr. Sanchez. Moira und Bernhard schlenderten Arm in Arm in Richtung der Mountain View Cottages und Teddy lachte so laut, dass sein Bauch wie ein Gummiball auf und ab hüpfte. Mit einem Grinsen wanderte ihr Blick weiter, bis er auf ein vertrautes Augenpaar traf. Sie schluckte, als sie bemerkte, wie Andrew sie anstarrte. Vielleicht war es nur die Wirkung des Alkohols, aber er sah auf einmal noch besser aus als sonst. Er hatte die Hände in seinen Hosentaschen vergraben und sah sie beinahe schüchtern an.

Sadie war heute ganz bewusst nicht zu ihm in den Laden gegangen. Sie musste zuerst herausfinden, was sie wollte und wie sie mit der neuen Situation zwischen ihnen umgehen sollte. Aber ein großer Teil ihres Herzens hatte sie immer wieder angefleht, sich ihren Mantel und die Handschuhe zu schnappen und einen kurzen Spaziergang zu ›Cathy's Bookstore‹ zu machen. Doch sie verdrängte die bettelnde Stimme gekonnt. Bis jetzt. Denn ihr Körper sehnte sich so stark nach seinen Berührungen, dass es beinahe schmerzte.

Sie hob verlegen die Hand und winkte ihm kurz zu, als er sich sofort in Bewegung setzte und auf sie zu kam. Er hatte es beinahe bis zu ihr geschafft, als sich ein rundliches Gesicht in ihr Blickfeld schob und Andrew vollkommen verdeckte. Sadie brauchte einen Moment, bis sich ihre Augen an diesen abrupten Perspektivenwechsel gewöhnt hatten und erkannte dann den lachenden Schnurrbart von Teddy.

»Ist der Weihnachtsbaum nicht großartig geworden?«, rief er begeistert und drehte sich zu der vier Meter hohen Tanne um.

»Er sieht toll aus«, pflichtete sie ihm sofort bei, auch wenn sie noch nicht ganz verstand, wieso er ausgerechnet jetzt mit ihr über diesen Baum sprechen wollte.

»Ich kann dir gar nicht genug dafür danken, dass du unserem Dorf ermöglicht hast, diese Tradition beizubehalten.«

Ah stimmt, da war was.

»Das habe ich gerne gemacht. Die Kinder haben wirklich Talent. Der Schmuck sieht super aus.«

»Das ist alles dein Verdienst. Ich würde sagen, du schreibst gleich einen Artikel über dich selbst. Da hättest du nämlich eines unserer Wunder.« Er deutete stolz auf den Baum und nahm sie danach fest in den Arm. Wie schon damals in der Bäckerei konnte sie sich unter seinem starken Griff kaum mehr rühren und tätschelte ihm, so gut es ging, den Rücken. Währenddessen suchte sie hastig die Umgebung nach Andrew ab. Aber da, wo sie ihn zuvor erblickt hatte, war niemand mehr und auch auf dem restlichen Dorfplatz konnte sie seine dunkelblonden Locken nirgends ausmachen. Ein wenig enttäuscht, Andrew aus den Augen verloren zu haben, zwang sie sich zu einem Lächeln, als der Bürgermeister sie aus seiner Umarmung befreite.

»Ich muss wieder los. Aber die Drinks am Stand von Pete gehen auf mich.« Er lächelte sie herzlich an, als er sich abwandte und in der Menge verschwand.

Nach einem letzten suchenden Blick beschloss sie, dass es reichte, wenn sie Andrew morgen wiedersah und gesellte sich schwankend zu Sarah und Lydia. Die beiden begrüßten sie mit einem überschwänglichen Schrei und zogen sie sofort in ihre Mitte.

»Wo warst du denn so lange? Wir haben dich vermisst«, kreischte Sarah eine Oktave zu schrill und warf sich Sadie um den Hals.

»Josef wollte noch mit mir sprechen.«

»Wir dachten schon, dass du Andrew abgeschleppt hast.« Beide Freundinnen prusteten sofort los und Sadie spürte nur zu deutlich, wie ihre Wangen zu glühen begannen.

»Wer schleppt Andrew ab?«, hörte sie eine Stimme dicht neben ihrem Ohr.

Oh mein Gott, kreischte es in ihrem Kopf und sie schloss für einen Moment die Augen. Nun konnte es definitiv nicht mehr peinlicher werden.

Sarah und Lydia verstummten für einen Augenblick, ehe sie noch lauter loslachten.

»Na, Karen Godwin natürlich«, japste Sarah und musste sich sofort wieder am kleinen Stehtisch festhalten, um nicht das Gleichgewicht zu verlieren.

»Psst«, flüsterte Andrew leise und legte Sadie unbemerkt seine Hand auf den Rücken. »Das von mir und Karen darf doch niemand wissen.«

Die anderen beiden Frauen verfielen sofort in ihren nächsten Lachanfall, doch Sadie konnte keinen klaren Gedanken mehr fassen. Alles, was sie spürte, war Andrews Hand. Ihre Haut begann augenblicklich zu kribbeln und sie widerstand dem Drang, sich in seine Berührung zu lehnen.

»Trinkst du noch einen mit uns? Ich glaube, Sarah und Sadie machen bald schlapp.« Lydia, die aussah, als hätte sie noch keinen einzigen Schluck Alkohol getrunken, blickte ihre Freundinnen vorwurfsvoll an, ehe ihr Blick wieder auf Andrew fiel.

»Ich muss leider gehen. Aber ich wünsche euch noch viel Spaß beim Feiern.« Seine Hand glitt langsam Sadies

Rücken hinunter und löste sich kurz oberhalb ihres Gesäßes. Sofort durchfuhr sie ein Blitz und in ihrem Bauch tanzten die leicht angesäuselten Schmetterlinge Tango.

»Habt einen schönen Abend«, sagte er mit einem breiten Grinsen, ließ Sadie jedoch keinen Moment aus den Augen.

Sie zwang sich zu einem leisen »Wir sehen uns«, wurde aber von den anderen beiden Frauen bei weitem übertönt. Denn diese waren bereits wieder in ihr Kreischen verfallen, da Pete eine Runde Shots an den Tisch brachte.

»Mit lieben Grüßen vom Bürgermeister. Er bat mich, euch heute Nacht nicht auf dem Trockenen sitzen zu lassen.« Er zwinkere in die Runde und verschwand wieder hinter seinem Getränkestand.

Doch Sadie hörte nur mit halbem Ohr hin. All ihre Sinne waren auf Andrew gerichtet und sahen ihm zu, wie er den Dorfplatz verließ und um die Häuserecke von seinem Laden bog. Eine Welle der Traurigkeit überrollte sie augenblicklich und die Tango tanzenden Schmetterlinge hatten sich lustlos wieder in ihr Versteck zurückgezogen.

Kapitel 14

Rasende Kopfschmerzen weckten sie aus einem seltsamen Albtraum. Sadie brauchte einen Augenblick, um zu erkennen, wo sie sich befand und wie sie hierhergekommen war. Mit zusammengekniffenen Augen presste sie ihre Handballen an die Schläfen, in der Hoffnung, den stechenden Schmerz irgendwie aufhalten zu können. Nach einer gefühlten Ewigkeit kroch sie langsam aus ihrem Bett und kam schwankend zum Stehen.

»Ich trinke nie wieder. NIE, NIE WIEDER«, entfuhr es ihr und sie musste sich einen Augenblick am Türrahmen festhalten, ehe sich ihre Augen an das gleißende Sonnenlicht, welches ihr Wohnzimmer flutete, gewöhnt hatten. Wie in Trance kochte sie sich einen Kaffee und trat dann auf die schneebedeckte Veranda. Die frische Luft wirkte sofort wie ein Antikatermittel und so fühlte sie sich wenigstens ein kleines bisschen wieder wie ein Mensch.

Was in aller Welt war gestern in sie gefahren? Natürlich hatte es nicht unbedingt geholfen, dass Pete ihnen immer wieder neue bunte Shots ausgab, von welchen sie nicht einmal annähernd die Namen aussprechen konnte. Aber wieso hatte sie sich so gehenlassen?

Wenn sie ehrlich mit sich selbst war, war die Antwort sehr einfach: Justin hatte ihr schon jahrelang nicht mehr erlaubt, auszugehen und Spaß zu haben. Schon kurz nachdem sie bei ihm eingezogen war, hatte er ihr einen gemeinsamen Kalender vorgeschlagen. Er meinte, dass dies schließlich viel praktischer wäre, als wenn man immer den anderen nach seinen Plänen fragen müsste. Für Sadie hörte sich das überaus plausibel an und sie willigte deshalb sofort ein. Zu diesem Zeitpunkt ahnte sie noch nicht, dass sie damit einen ihrer größten Fehler begangen hatte.

Die erste Zeit funktionierte es problemlos. Doch nach und nach verschwanden immer wieder Termine von ihr aus der virtuellen Agenda. Sie verpasste so unzählige Verabredungen und bald waren alle ihre Freunde verärgert. Sie konnte es ihnen nicht einmal verübeln, denn wer wollte schon an einem Freitagabend sitzengelassen werden? Als sie Justin irgendwann darauf ansprach, wurde er wütend. Er fuhr sie an, was sie sich eigentlich anmaßte, ihn für ihre Schlampigkeit verantwortlich zu machen. Sie wusste noch ganz genau, dass er sie damals zum ersten Mal als dumm bezeichnet hatte und wie verunsichert sie von seinen felsenfesten Behauptungen gewesen war. Sie hörte irgendwann damit auf, ihre Verabredungen in den gemeinsamen Kalender zu schreiben. Dies hatte jedoch nur zur Folge, dass er sie nie zu einem dieser Treffen gehen ließ, da sie schließlich, gemäß der Agenda, nichts geplant und er bereits sehr wichtige Termine für sie beide vereinbart hatte. Auch das Trinken von Alkohol gestattete er ihr irgendwann nicht mehr. Er fand, dass sie in der Vergangenheit zu oft über die Stränge geschlagen hätte, was so gar nicht ladylike von ihr gewesen sei. Sie sollte sich gefälligst mal zusammenreißen.

Zu Beginn hatte sie ihm jedes Mal Konter gegeben. Irgendwann war sie die ewigen Diskussionen, gefolgt von seinen immer aufbrausenderen Wutanfällen, jedoch leid und tat, was er von ihr verlangte. Die Lust an einem netten Treffen mit Freunden war ihr vergangen. Denn wer war noch in Partystimmung, wenn er sich zuerst einen freien Abend erkämpfen musste? Sie hakte es als einen weiteren Punkt auf der ›Liste ihrer Bestrafungen‹ ab. Damals erkannte sie noch nicht, dass dies erst der Anfang ihres Martyriums gewesen war.

Sadie schüttelte entschlossen mit dem Kopf, als die Erinnerungen an ihr Leben mit Justin sie zu übermannen drohten. Sie hatte jetzt nicht den Nerv, sich auch noch über dieses Thema sorgen zu müssen. Ihre Kopfschmerzen waren schon schlimm genug. Deshalb beschloss sie, es für heute langsamer angehen zu lassen und setzte sich nach ihrem ersten Kaffee nur kurz an den Laptop. Sie las ihre letzten Kapitel aufmerksam durch, ehe sie es sich mit einem ihrer neuen Bücher auf der Couch bequem machte.

Als es Zeit war, sich für ihre Verabredung mit Andrew fertig zu machen, war sie so ruhig wie seit langem nicht mehr. Die hektische Nervosität in ihrem Inneren, welche sie seit der Vergewaltigung von Jeff vor 17 Jahren verspürte, war ein wenig milder geworden. Sie fühlte sich, als wäre sie endlich angekommen. Nicht unbedingt hier in Kenth, aber dafür bei einer ganz speziellen Person.

Nachdem der Bluterguss auf ihrer Wange sachgemäß vom Make-Up abgedeckt war, zog sie eine Jeans und ihren flauschigen Lieblingspullover an und verließ gut gelaunt ihr Cottage.

Sie spazierte die Privatstraße entlang und traf auf die geschäftige Main Street. Das ganze Städtchen schien den Alkohol besser zu vertragen als sie.

Oder die Einwohner hatten bedeutend weniger getrunken, tadelte ihr Verstand.

Sadie quittierte diesen Einwand mit einer Grimasse, sah sich jedoch noch einmal mit einem Schmunzeln auf den Lippen um. Die Bühne vom Krippenspiel wurde gerade abgebaut und die letzten Standbetreiber verstauten ihre Ware in Kisten. Pete hatte mit seinem Getränkestand bestimmt nicht mehr viel Arbeit, dafür hatten Sarah, Lydia und sie gestern Abend gesorgt.

Eine Welle der Wehmut überkam sie. Schon bald würde sie diesem kleinen Städtchen den Rücken kehren, ohne zu wissen, ob sie je wieder einen Fuß hierher setzen würde. Sadie schluckte hart und versuchte, die ganze Atmosphäre in sich aufzusaugen, bevor sie ›Cathy's Bookstore‹ betrat.

Sie fand Cody tief über sein Notizbuch gebückt hinter der Kasse und Andrew konnte sie durch einen schmalen Spalt in seiner Bürotür erblicken.

»Hallo Cody«, rief sie, als sie ihren Mantel und die Mütze über den Garderobenständer warf.

Er blickte schnell von seinem Heft auf und lächelte fröhlich, als er sie erkannte.

»Du hast das Glöckchen wohl nicht gehört.«

»Nein, tut mir leid. Ich war scheinbar etwas zu sehr in meine Gedanken vertieft.« Er unterdrückte nur mit Mühe ein Gähnen und rieb sich müde über die Augen. Ob sie gestern Abend noch ein Wunder inszeniert hatten? Nervös hämmerte er mit seinem Kugelschreiber auf der Tischplatte herum. »Normalerweise höre ich es immer.«

»Glaub mir, ich bin heute auch nicht ich selbst. Es wurde gestern etwas spät. Dafür habe ich heute fast den ganzen Tag nur gelesen.«

Cody riss die Augen weit auf. »Das ist ja toll. Ich liebe es, wenn ich einen ganzen Nachmittag in meinem bequemen Sessel sitzen und lesen kann.«

»Oh ja, so geht es mir auch«, pflichtete Sadie ihm bei. »Und weißt du, was das Beste ist? Meine Geschichte ist fertig.«

»Boah, großartig. Ich freue mich so für dich.« Er klatschte begeistert in die Hände. »Erzählst du jetzt weiter?«

»Klar, wenn du möchtest?«

Er nickte heftig und setzte sein konzentriertes Gesicht auf, wie er es immer tat, wenn sie ihm etwas erzählte.

»Die Prinzessin und der Schmied verbrachten jede freie Minute zusammen. Sie war ihm unendlich dankbar, was er für sie und ihre Schwester tat, aber das war nicht der einzige Grund, wieso sie sich so stark zu ihm hingezogen fühlte. Er war ganz anders als der Prinz. Er war liebevoll und hatte eine ruhige und gelassene Art. Er versicherte ihr immer wieder, dass sie bei ihm in Sicherheit war und so ganz langsam begann sie ihm zu glauben. Sie baute sogar auf das von ihm versprochene Wunder und hoffte inständig, dass der Prinz sie in Kenth nicht finden würde. Ihr Glück hielt jedoch keinen weiteren Tag, denn der Prinz tauchte im Dorf auf und scheuchte alle Bewohner auf. Er tyrannisierte jeden Einzelnen, bis er sie endlich gefunden hatte und zwang sie, wieder mit ihm nach Hause zu kommen.«

»Oh nein«, rief Cody schockiert aus. »Das ist ja wie bei dir und deinem Freund.«

Sadie hob perplex die Augenbrauen. »Wie meinst du das?«

»Na, war nicht am Samstag dein Freund hier und wollte dich zwingen, wieder mit nach Vancouver zu kommen? Darum hast du doch bei uns geschlafen oder nicht?«

»Du weißt davon?«

»Klar, mein Dad erzählt mir alles.«

Sadie sah ihn einen Moment verwirrt an, ehe sie ihm zustimmte. »Ja, es ist ähnlich wie bei mir und meinem Freund.« Um möglichst schnell das Thema wieder von sich abzulenken, erzählte sie sofort weiter.

»Die Prinzessin willigte ein mitzukommen, aber nur unter einer Bedingung. Sie wollte, dass er ihre Schwester in Ruhe ließ und diese im Dorf bleiben durfte.«

Sadie machte eine dramatische Pause, doch als sie Andrew aus den Augenwinkeln aus dem Büro treten sah, beschloss sie, die Märchenstunde für den Moment zu beenden.

»Na du.« Er lächelte sie liebevoll an und Sadie fummelte nervös an ihren Fingernägeln herum.

»Hi. Ist ja schon viel los bei euch.« Sie ließ ihren Blick durch den ungewöhnlich vollen Buchladen schweifen. Das halbe Dorf schien hier auf der Suche nach einem Last Minute Geschenk für Weihnachten zu sein.

»Das ist immer so kurz vor Heiligabend«, erklärte Cody und rollte mit den Augen.

»Kann ich euch etwas helfen?«

»Wir haben am Freitag kistenweise neue Lieferungen bekommen. Wenn du magst, kannst du mir helfen, sie einzuräumen.« Andrew deutete mit dem Kopf zum Lagerraum und Sadie nickte. Es war besser, wenn sie beschäftigt war. So fiel das Gespräch hoffentlich nicht auf ihren geschwänzten Polizeibesuch.

Andrew ließ ihr den Vortritt und schloss hinter ihr leise die Tür.

»Wo soll ich am besten anfangen?«, fragte sie mit prüfendem Blick auf die Kisten. Doch sie bekam keine Antwort. Stattdessen packte er sie am Arm und zog sie an sich.

»Ich habe dich vermisst«, flüsterte er und streifte zärtlich mit seinen Lippen über ihre.

Sadies Empfindungen explodierten von dieser winzigen Berührung und ihr ganzer Körper schien augenblicklich zu brennen. »Ich ... Ich dich auch«, stammelte sie und versuchte vergeblich, Herr über ihre Sinne zu werden.

»Das freut mich.«

Ehe Sadie sich versah, machte er eine 180 Grad Drehung und lehnte ihren Körper gegen die Wand. Ein Stöhnen entfuhr ihr, als er seine harten Muskeln gegen sie presste. Er küsste sie erneut und ließ dann seine Lippen auf Reisen gehen. Er fuhr sanft über ihre Wange und dann weiter, mit halb geöffnetem Mund, ihren Hals hinab bis zu ihrem Schlüsselbein. Sadie wollte ihm sagen, dass sie das nicht durften, aber ihre Stimme versagte. Mehr als ein Keuchen trat nicht aus ihrer Kehle, denn er fühlte sich so unglaublich gut an. Sie vergrub ihre Hände in seinen Haaren und beugte ihm ihren

Körper entgegen. Jeder einzelne Zentimeter von ihr wollte ihn. Es war ihr egal, was er mit ihr anstellte, solange er nicht aufhörte, sie zu berühren. Andrews Hände glitten an ihren Seiten hinunter bis unter ihren Po und mit einem Ruck hob er sie hoch. Er presste sie mit seinem ganzen Gewicht gegen die Wand und Sadie schlang sofort ihre Beine um ihn. Ihr Mund fand wieder zu seinem und nun war es sie, die ihn küsste. Hart und fordernd. Er stöhnte leise, als sie ihre Fingernägel zunächst in seine Schultern bohrte und ihre Hände dann langsam seinen Rücken hinabfuhren. Sie übersäte seinen Hals mit Küssen und spürte seinen schweren Atem an ihrem Ohr. Mit einem Ruck hob er sie noch ein Stück höher und löste sich gerade so weit von ihr, um sie auf den Tisch nebenan zu setzen. Sadie ließ sich auf das kühle Holz sinken, während Andrew ihre Beine noch ein wenig mehr auseinander schob. Er beugte sich tief über sie und fuhr quälend langsam mit seinen Händen an ihren Seiten hoch, als es an der Tür klopfte.

Sadie riss erschrocken die Augen auf und Andrew schnellte so schnell hoch, dass er beinahe das Gleichgewicht verloren hätte. Codys Stimme ertönte auf der anderen Seite der Tür. »Dad? Ist alles o.k. bei euch? Mr. McCoy möchte dir gerne die Dekoration zurückgeben, welche er für das Krippenspiel ausgeliehen hatte.«

»Ich komme sofort«, rief er mit heiserer Stimme und verzog das Gesicht.

»Der Bürgermeister hat ein ausgezeichnetes Timing.«

»Ja, heute zum ersten Mal.« Andrew rollte mit den Augen und gab ihr einen letzten Kuss, ehe er aus dem Lagerraum schlich und Sadie mit ihren brennenden

211

Wangen und dem elektrisierten Körper alleine auf dem Tisch liegend zurückließ.

Gerade als sie mit einem Stapel neuer Bücher zwischen den Regalen herumirrte, prallte sie um ein Haar mit Mrs. Morgan zusammen. Sadie murmelte ein verlegenes »Entschuldigung« und streifte sich umständlich ein paar Haarsträhnen aus dem Gesicht.

»Kein Problem«, erwiderte ihr Gegenüber freundlich und sagte dann an den kleinen Jungen gerichtet: »Komm Dion, wir sagen noch kurz Cody hallo.«

Dions Blick blieb jedoch weiterhin an Sadie kleben und seine Mutter musste ihn regelrecht hinter sich herziehen, ehe er ihr stolpernd folgte.

Dion, hallte es in ihrem Kopf wider und sie überlegte angestrengt, wieso ihr dieser Name so bekannt vorkam. Gerade als sie sich ihrer Arbeit wieder widmen wollte, traf es sie wie ein Blitz. Dion war der Junge, der sie durch das Fenster hatte wegrennen sehen, als sie Andrew gefolgt war, während er die Geschenke vor die Tür der Morgans gelegt hatte.

»Scheiße«, fluchte sie leise und biss sich sofort auf die Lippen. So unauffällig wie möglich versuchte sie, sich hinter einem der Regale zu verstecken. Das fehlte ihr gerade noch, dass der Kleine sie auffliegen ließ. Trotzdem wollte sie in Hörweite bleiben, für den Fall, dass er doch etwas ausplauderte.

»Cody, würdest du mir vielleicht das Ansichtsexemplar von diesem Buch hier heraussuchen?«, hörte sie Mrs. Morgan sagen.

Was bitte ist ein Ansichtsexemplar, fragte sich Sadie.

Schließlich hielt die Frau doch gerade das Buch hoch, welches sie kaufen wollte.

Sie drückte sich noch ein wenig fester gegen das Bücherregal, um Codys Antwort mitzubekommen.

»Klar, ich hol es dir gleich hinten im Lager.«

Sie sah, wie er in genau dem Raum verschwand, in dem sie und Andrew vor wenigen Minuten noch im Begriff gewesen waren, etwas Unüberlegtes zu tun. Bei der Erinnerung an seine Küsse auf ihrem Hals schlugen die Schmetterlinge in ihrem Bauch wieder einmal Purzelbäume und ihr ganzer Körper erschauderte.

Kurze Zeit später kam Cody mit dem identischen Buch, das Mrs. Morgan in den Händen hielt, zurück.

»Hier, bitte schön.«

»Vielen Dank, du bist ein Schatz. Ich bringe es dir im Januar zurück. O.k.?«

»Kein Problem.«

Zwei Sekunden später passierte Mrs. Morgen mit Dion im Schlepptau den Gang, in dem Sadie sich versteckt hatte und bereits kurz darauf war das Glöckchen der Eingangstür zu hören.

Da die Luft jetzt rein war, traute sie sich aus ihrem Versteck, legte den Stapel Bücher, welchen sie immer noch vor sich her trug, auf einen der Tische und ging auf Cody zu. Er notierte sich gerade etwas in einem dicken schwarzen Buch, als sie vor ihn trat.

»Was meinte Mrs. Morgen mit einem Ansichtsexemplar?«

»Oh, das ist unser Codewort, wenn jemand die Bücher ausleihen möchte.«

»Aber ihr seid doch keine Bibliothek?« Sadie sah ihn

verwundert an. Schließlich wollte ein Buchladen doch Bücher verkaufen und keine verleihen.

»Nein, sind wir nicht. Aber es war der Traum meiner Mutter, dass jeder, der wollte, Zugang zu Büchern hatte. Nicht nur die, die sich welche kaufen konnten oder genug Geld für einen Bibliotheksausweis hatten, sondern halt eben alle.« Er zuckte mit den Schultern, als wäre es das Normalste auf der Welt.

»Und die Leute bringen die Bücher immer wieder zurück?«

»Natürlich, was sollten sie sonst damit anstellen?«

Na ja, sie stehlen zum Beispiel, dachte Sadie, sprach es jedoch nicht laut aus. Cody schien ein vollkommenes Vertrauen in die Einwohner hier zu haben, da wollte sie ihm dieses nicht zerstören.

»Das ist wirklich großzügig, was ihr da macht«, sagte sie stattdessen und lächelte verkrampft.

Das war der Traum meiner Mutter, sagte eine Stimme in Sadies Kopf immer wieder, während sie weiter die Regale auffüllte. *Shit, diese Frau war Mutter Theresa des Lesestoffes,* meldete sich ihr Verstand und ihr Magen quittierte diese Bemerkung mit einer Welle der Übelkeit. Sie war genau die Art Frau, die Andrew verdient hatte und nicht so eine, wie Sadie war. Sie war beschädigte Ware und das schon seit langer Zeit. Kein Wunder, dass sie all die Jahre bei Justin geblieben war. Denn er war der Typ Mann, den sie verdient hatte.

Ein leises ›Ping‹ riss sie aus ihren Gedanken und sie kramte umständlich, mit dem Bücherstapel im Arm, ihr

Handy aus der Gesäßtasche. Justins Name prangte auf dem Display und ihr Magen verkrampfte sich schmerzhaft. Eine weitere Nachricht schob sich auf den Bildschirm und sie öffnete hastig den Chat.

15.30 Uhr:
Sieh nur, was du mir angetan hast, du kleine Schlampe. Ich musste sogar ins Krankenhaus. In meiner Akte ist nun ein Vermerk, dass du mir das alles angetan hast. Und dass es nicht das erste Mal war. Von einer Anzeige habe ich abgesehen. Vorerst. Meine Meinung kann sich jedoch jederzeit ändern, solltest du nicht schleunigst nach Hause kommen.

Sadies Blick verschwamm und die Panik nahm Besitz von ihrem Körper. Er hatte es tatsächlich so gedreht, dass sie am Ende die Schuld für alles bekam. Sie wusste ja, dass er zu vielem fähig war, aber dies war sogar für ihn ein neues Level. Auf dem mitgesendeten Foto war er mit einem traurigen Blick und einer genähten Wunde am Kopf zu sehen. Er musste dieses Foto von seiner Krankenhausakte haben, denn unter dem Polaroid war ein Teil eines Berichtes zu erkennen. In was für einem Provinznest befand er sich denn? Im Vancouver General Hospital war alles digitalisiert, das wusste sie von ihren eigenen Aufenthalten. Dort liefen die Ärzte mit Tablets durch die Gegend und nicht mit altmodischen, beigen Aktenmappen.

»So eine verdammte Scheiße«, murmelte sie vor sich hin und konnte kaum mehr klar denken. Er hatte sie in der Hand. Mal wieder. Und aus dieser Sache würde sie nicht mehr so einfach herauskommen. Die Polizei würde ihr ihre Geschichte so niemals abkaufen, da war sie sich beinahe sicher.

Mit der Erkenntnis, dass Andrew sowieso etwas Besseres verdient hatte und sie sich einen Haufen Ärger ersparen würde, wenn sie zurück nach Vancouver ginge, fasste sie einen Entschluss. Sie würde am 24. Dezember endgültig abreisen, so wie es von Anfang an geplant war. Sie hatte ihre Mission erfüllt, der Artikel war geschrieben, die Rohfassung ihres Buchs beendet und sie konnte endlich reinen Tisch mit Andrew machen. Sie hatte ihm die Wahrheit gesagt. Zwar mit 17 Jahren Verspätung, aber nun wusste er Bescheid und das war alles, was sie sich gewünscht hatte. Für mehr war in seinem Leben kein Platz. Nicht für eine seelisch zerstörte neue Freundin, auch nicht für einen cholerischen Ex-Freund. Er und Cody hatten Frieden verdient und diesen würde sie ihnen ermöglichen.

In den nächsten vier Tagen würde sie allerdings noch ein wenig Zeit mit Andrew verbringen, würde seine Nähe, die sie so sehr brauchte, in sich aufsaugen, um dann in ihr altes Leben zurückzukehren. Vielleicht war es egoistisch von ihr, aber ihr Herz ließ bei diesem Punkt keine Widerworte zu. Und für dieses eine Mal würde sie darauf hören, auch wenn es an Heiligabend wieder in tausend kleine Stücke gerissen würde.

Du hast es nicht anders verdient, urteilte ihr tadelndes Gewissen sofort. Und sie wusste, dass es recht hatte.

»Das sieht echt köstlich aus«, sagte Sadie anerkennend, als Andrew ihr einen dampfenden Teller Pasta Alfredo hinstellte.

216

»Nun ja, es hat keinen Michelin Stern, aber es ist Codys Lieblingsessen.«

Sein Sohn nickte eifrig und griff schnell nach seinem Teller. »Dad macht wirklich die besten Nudeln.«

Der Knoten in Sadies Magen, welcher sich gleich nach der SMS von Justin und ihrem darauffolgenden Entschluss gebildet hatte, war seither nicht mehr verschwunden, und sie saß lustlos vor ihrem Teller. Eigentlich hätte sie einen Bärenhunger haben müssen, denn seit dem Frühstück hatte sie nichts mehr gegessen und der Nachmittag im Buchladen war anstrengender gewesen, als sie erwartet hatte. Aber sie befürchtete, keinen einzigen Bissen herunterzubekommen.

»Schmeckt es dir nicht?«, fragte Andrew, als er sie lustlos in ihrem Essen herumstochern sah.

»Doch, natürlich.« Sie zwang sich zu einem Lächeln und stopfte sich demonstrativ eine riesige Gabel voll Pasta in den Mund. Sie kaute angestrengt und war heilfroh, als Cody unentwegt von dem Experiment in der letzten Chemiestunde plapperte. Sadies Nervosität legte sich langsam. So kam auch der Hunger zurück und sie musste sich nicht mehr ganz so sehr zum Essen zwingen.

Als sie auf ihren leeren Teller blickte, war sie zufrieden und erleichtert. Sie hatte es tatsächlich geschafft, alles aufzuessen. Denn Andrew zu enttäuschen war das Letzte, was sie wollte. Schließlich hatte sie sich so auf diesen gemeinsamen Abend gefreut.

»Da fällt mir ein, wie war es eigentlich bei Collin?«, fragte Andrew unvermittelt und trank den letzten Schluck Rotwein aus seinem Glas.

Für einen Moment hatte Sadie keinen blassen Schimmer, von wem er da redete, deshalb ging sie schnell alle bekannten Gesichter in ihrem Kopf durch und suchte eines, das nach einem Collin aussah.

»Unser Polizist«, fügte er hinzu, als ihre Antwort ausblieb.

Shit, jetzt war sie sich doch so sicher gewesen, dass das Thema vom Tisch wäre.

»Er war nicht da«, sagte sie nach einem kurzen Zögern und als Andrew irritiert die Augenbrauen hob, wusste sie, dass sie definitiv nicht den Preis für die beste Ausrede gewinnen würde.

»Er musste eine Katze vom Baum retten oder so. Dies hat man mir auf jeden Fall gesagt.«

»O.k.«, antwortete er gedehnt. »Wir können morgen gemeinsam hingehen, wenn du willst.«

»Nein, nein, das ist nicht nötig. Ich schaffe das schon alleine.«

Sie sah ihm an, dass er etwas erwidern wollte und sagte deshalb schnell: »Wirklich, ich kann das. Lass mich das bitte alleine tun.«

Andrew nickte nach einem kurzen Zögern und stand dann auf, um die Teller abzuräumen.

»Nein warte, den Abwasch kann ich doch machen. Du hast schon für uns gekocht.«

»Sicher nicht, du bist unser Gast«, widersprach er ihr, doch sie hatte ihm bereits die schmutzigen Teller aus der Hand genommen und lief damit in die Küche. »Cody, magst du mir helfen? Dein Dad hat sich eine Pause verdient.«

»Klar«, rief er und kam mit dem restlichen Geschirr in die Küche. »Erzählst du mir dafür, wie es mit deiner Geschichte weitergeht?«

Sadie warf einen kurzen Blick über ihre Schulter und als sie Andrew mit geschlossenen Augen auf der Couch sitzen sah, nickte sie.

»Also, die Prinzessin war wieder zurück im Schloss, und der Prinz war so wütend, dass er sie grün und blau schlug. Er ließ erst kurz von ihr ab, als sie leise wimmernd am Boden lang. Doch sein Mitleid hielt nicht lange an und als er gerade erneut den Arm heben wollte, verzog er auf einmal sein Gesicht. Mit panischem Blick sackte er neben ihr auf die Knie. Sein Atem ging schwer und er hatte von der Anstrengung einen knallroten Kopf und Schweißperlen auf der Stirn. Seine Augen waren vor Schreck geweitet, als er erkannte, dass etwas mit ihm nicht stimmte. Er sah die Prinzessin flehend an, als er sich mit der Hand an die Brust griff und langsam auf den Boden sank. Immer wieder flüsterte er: ›Bitte hilf mir‹, aber die Prinzessin starrte ihn nur ausdruckslos an. Sie hätte um Hilfe rufen und ihn so vielleicht retten können, doch sie blieb stumm. So lagen sie auf dem kalten Fußboden, bis der Prinz seine Augen langsam schloss und zum letzten Mal mit einem leisen Stöhnen ausatmete.«

»Ist er gestorben?«, fragte Cody laut.

»Ja, er ist tot. Er hatte sich so in seine Wut hineingesteigert, dass er einen Herzinfarkt erlitten hat. Nun war die Prinzessin endlich frei und konnte wieder ins Dorf zurückkehren und mit dem Schmied glücklich werden.«

Ein trauriges Lächeln umspielte ihre Lippen. In diesem

Moment wurde ihr schmerzlich bewusst, dass sie sich nichts Sehnlicheres wünschte, als diese Prinzessin zu sein.

»Hat sie ihn umgebracht?«, fragte Cody weiter, doch Sadie schüttelte schnell den Kopf.

»Nein, er hat nur das bekommen, was er verdient hat. Das nennt man Karma.«

Er hob die Augenbrauen und räumte einen weiteren Teller in die Spülmaschine, ehe er murmelte: »Ich wünschte, dein Freund würde auch Karma bekommen. Dann würde auch er tot umfallen.«

Sadie packte ihn leicht an der Schulter und zwang ihn, ihr in die Augen zu sehen. »Cody, so etwas darfst du nicht mal denken. Und außerdem läuft das nicht so mit dem Karma. Man kann es nicht einfach jemandem an den Hals wünschen, auch wenn dies manchmal echt praktisch wäre.«

Er nickte nur und schob mit dem Fuß die Klappe des Geschirrspülers zu.

»Du musst dir keine Sorgen machen. Ich komm schon klar mit ihm. O.k.?«

»O.k.« Cody nickte, doch sein trauriger Blick verriet ihr, dass sie nicht annähernd so gut schauspielern konnte, wie sie gehofft hatte.

Er ging aus der Küche, setzte sich neben seinen Vater und ließ den Kopf an seine Schulter sinken.

In diesem Moment brach Sadies Herz erneut. Nicht, weil sie wieder zu Justin zurück und damit Andrew verlassen musste, sondern weil sich Cody so große Sorgen zu machen schien, dass er beim Gedanken an Justin traurig wurde. Sie wischte mit dem Finger eine Träne aus dem Augenwinkel und wandte den beiden kurz den Rücken zu.

Auch wenn du dein Herz bereits an die Zwei dort drüben auf der Couch verloren hast, musst du dich an den Plan halten, herrschte ihr Verstand sie an. *Es ist sicherer für alle. Du willst nicht wissen, was Justin mit dir machen würde, wenn du einfach hier bliebest.*

Sie schüttelte bestimmt den Kopf. Nein, das wollte sie auf keinen Fall.

Sadie blickte sich ängstlich in ihrem Cottage um, ehe sie es wagte, einen Schritt hinein zu machen. Die Räume lagen dunkel vor ihr und das neue Schloss, welches Bernhard bereits angebracht hatte, war immer noch intakt. Sie zwang sich, tief einzuatmen und trat dann ins Haus. Sofort schaltete sie sämtliche Lichter an und inspizierte jeden Raum und Schrank genau. Doch sie war alleine hier.

»Justin ist nicht hier. Es ist alles gut«, murmelte sie zu sich selbst und schloss die Tür zur Sicherheit doppelt ab. Sie begutachtete das von Justins Einbruch beschädigte Holz einen Augenblick lang und wusste genau, dass sie so trotzdem keine Sekunde lang schlafen konnte. Für ihn wäre es ein Klacks, die Tür erneut einzutreten. Wie unvorsichtig von ihr, dass sie sich letzte Nacht keine Gedanken darüber gemacht hatte, doch da war sie viel zu betrunken gewesen für logische Überlegungen.

Nervös suchte sie nach einer Möglichkeit, sich in ihrem Cottage sicherer zu fühlen. Ihr Blick fiel auf die massige Kommode in ihrem Zimmer. Dies würde es Justin wenigstens um einiges schwerer machen, erneut bei ihr einzubrechen. Ohne weiter darüber nachzudenken, rannte sie in ihr Schlafzimmer und schob mit aller Kraft das antike Möbelstück von innen vor ihre Haustür. Als dieses endlich an Ort und Stelle war, rann ihr zwar der Schweiß über die Stirn, aber sie wurde um einiges ruhiger. Schnell holte sie noch ein Backblech aus der Küche und lehnte es an die Kommode. So konnte sich niemand unbemerkt Zutritt zu ihrem Cottage verschaffen. Wenn sich die Kommode bewegte, weil jemand versuchte, die Tür zu öffnen, würde das Blech zu Boden fallen und einen riesigen Lärm veranstalten. Sozusagen eine kostenlose Alarmanlage.

Erschöpft sank sie auf die Couch und betrachtete ihr Werk. Auch durch diese kreative Installation würde sie es wahrscheinlich nicht in den ›Schöner Wohnen‹-Katalog schaffen. »Was für eine Schande«, murmelte sie ironisch und ließ ihren Blick zum großen Terrassen-Fenster schweifen. Durch das komplett erhellte Cottage konnte sie lediglich ihr eigenes Spiegelbild im Glas erkennen. Sie sah müde aus und gezeichnet von dem jahrelangen Kampf gegen ihre eigenen Dämonen. Sie wusste, dass es Thomas nur gut gemeint hatte, als er sie nach Kenth schickte. Doch leider war sein Plan nicht aufgegangen. Ihre Vergangenheit hatte sie eingeholt. Und dies schneller, als ihr lieb war.

Energisch schüttelte sie den Kopf, denn ihr Verstand ließ sie keine Sekunde in Selbstmitleid baden. Ihre Zeit war gekommen.

Kapitel 15

Der Himmel hatte sich bereits rosa verfärbt, als Sadie sich am Morgen mit einem Becher Kaffee an ihren Esstisch setzte. Schon etliche Male hatte sie die Aussicht von hier bewundert und war trotzdem jedes Mal aufs Neue fasziniert, wie schön es hier war. Besonders, wenn die Sonne hinter den Bergen aufging und das ganze Tal in einen märchenhaften Glanz einhüllte.

Es war ein wunderbarer Abend gestern. Er war so erfrischend normal und unspektakulär gewesen, dass sie sich beinahe wünschte, jeden Abend mit den beiden Essen zu können. Von ihr aus auch jedes Mal Pasta Alfredo.

Andrew hatte ihr dann angeboten, wieder bei ihnen zu übernachten. Aber sie musste dankend ablehnen. Sie hätte sich selbst nicht über den Weg getraut, wenn er nur eine Tür weiter von ihrem Zimmer geschlafen hätte. Besonders nicht nach der Einlage im Lagerraum. Sie wollte ihm und auch sich selbst den Abschied nicht unnötig schwerer machen, als er sowieso schon werden würde.

Trotzdem hatte sie nach kurzem Zögern eingewilligt, als er sie für heute wieder eingeladen hatte. Es sollte eine Überraschung werden und sie war schon wahnsinnig gespannt darauf, was er für sie geplant hatte. Sie wollte noch jede friedliche Minute ihres Aufenthalts genießen. In drei Tagen würde sie bereits ihre Koffer packen und zurück in eine unklare Zukunft fahren. Wobei diese wahrscheinlich nicht so ungewiss war. Sie hatte eine ziemlich genaue Vorstellung davon, was sie in Vancouver erwartete.

223

Sobald sie wieder bei Justin war, würde sie eine gehörige Strafe für ihr Verschwinden und ihren Angriff auf ihn am letzten Samstag bekommen. Wenn sie Glück hatte, würde sie die Wunden selbst versorgen können, wenn nicht, dann musste sie sich eine Geschichte für die Leute im Krankenhaus überlegen. Wieder einmal. Und falls sie ganz viel Pech hatte, würde sie es nicht einmal mehr alleine aus der Wohnung schaffen.

Und dann wäre alles so wie vorher. Sie würde bei Thomas arbeiten, alles nach Justins Anweisungen ausführen und darauf warten, dass ... Ja, auf was eigentlich? Worauf wartete sie die ganze Zeit? Dass sie endlich tot umfiel? Oder dass sie ein Märchenprinz in glänzender Rüstung und hoch zu Ross rettete? Beide Varianten waren äußerst unrealistisch. Also würde sie wahrscheinlich einfach geduldig ausharren, um vielleicht irgendwann genügend Mut aufbringen zu können, ihn zu verlassen. Oder bis er sie eines Tages in seiner blinden Wut umbrachte. Doch zurzeit vermochte sie nicht einmal zu sagen, was ihr lieber wäre. Denn wenn ihr Artikel erst einmal an die Öffentlichkeit kam, würde sie alle ihre neuen Freunde verlieren. Schließlich zerstörte sie damit deren Glauben an Wunder und würde Andrew bloßstellen und verletzen.

Die ersten Sonnenstrahlen fielen ihr ins Gesicht und sie schloss einen Moment lang die Augen. Heute war nicht der Tag für schwarze Gedanken. Denn es wartete nicht nur eine Überraschung von Andrew auf sie, sondern es galt erneut, über ihnen eigenen Schatten zu springen.

Sie trank ihre Tasse leer und klappte danach ihren Laptop auf. Sie öffnete eine neue E-Mail an Thomas und tippte wild drauf los. Sie schrieb alles nieder, was ihr auf der Seele brannte. Sie schwärmte von Kenth, lobte die großzügigen Einwohner und den liebevollen Zusammenhalt. Sie schrieb, dass sie sich noch nie irgendwo so willkommen gefühlt hatte wie hier, auch wenn sie ganz am Anfang ihre Zweifel gehabt hatte. Sie erzählte Thomas, dass sie endlich wieder ihre Kreativität gefunden, einen zweiten Roman geschrieben und sogar beendet hatte. Dies war alles nur möglich, weil er sie an den Arsch der Welt geschickt hatte. Denn Kenth diente ihr zu einem sehr beachtlichen Teil als gute Vorlage für ihre neue Geschichte. Nur deshalb wurde ihr wieder bewusst, wie schön das Leben sein konnte, auch wenn das Glück nicht für sie bestimmt war.

Sie fügte schnell das Manuskript in die Mail ein und drückte, ohne das Geschriebene noch einmal zu lesen, auf ›Senden‹.

Mit beiden Händen schob sie den Laptop vor sich weg. Es würde zwar an der Sache nichts ändern, dass ihr Artikel alles zerstörte, aber sie war ein bisschen mehr im Reinen mit sich selbst als vorher. Sie musste Thomas einfach die Wahrheit über Kenth erzählen. Denn es war ihr wichtig, dass er wusste, dass der Charme dieses Städtchens nicht nur von den inszenierten Wundern kam, sondern vor allem von den großherzigen Bewohnern.

Als sie am Abend die ersten Häuser auf der Main Street erreichte, sah sie schon von weitem eine Kutsche mit zwei Schimmeln vor Andrews Laden stehen. Sadie lächelte schief, als sie ihn neben den Pferden entdeckte.

»Da bist du ja«, rief er fröhlich und zog sie in eine innige Umarmung.

»Die sind ja süß. Hattest du heute wieder Märchenstunde?«, fragte sie erfreut, während sie verträumt die Pferde streichelte.

»Nicht ganz. Die sind extra für dich.«

»Für mich?«, reif Sadie begeistert und starrte ihn an. »Aber wie konntest du das alles so schnell organisieren?«

»Jemand war mir noch einen Gefallen schuldig.« Er zuckte kurz mit den Schultern, als wäre so etwas ganz alltäglich und grinste sie dann breit an. »Außerdem hab ich dir doch eine Überraschung versprochen. Ist sie mir gelungen?«

»Und wie.« Sie blickte ungläubig von ihm zu der Kutsche und konnte es nicht fassen, was er für sie organisiert hatte.

»Darf ich bitten?« Er reichte ihr die Hand, um ihr beim Einsteigen zu helfen. Danach umrundete er die Pferde und setzte sich auf den Kutscherplatz. Er legte ihr eine Lammfelldecke über die Beine und sie kuschelte sich damit in ihren Sitz.

»Du kannst das Ding bedienen?«

Er grinste breit. »Also Pferde kann man normalerweise nicht bedienen, aber ich kann die Kutsche lenken. Geht das auch für dich?«

»Natürlich.« Sadie biss sich verlegen auf die Lippen. Wie konnte sie nur so einen Stuss reden? Aber Andrew

226

vernebelte ihr jedes Mal den Verstand. Und das schon seit einer halben Ewigkeit.

Nach einem letzten Blick auf sie gab er den Pferden einen Befehl und das Gespann setzte sich sofort in Bewegung. Es dauerte nicht lange, bis sie das hell erleuchtete Städtchen hinter sich gelassen hatten und in die dunkle Nacht davonfuhren. Der Himmel war wolkenlos und so konnten sie die volle Pracht der Sterne genießen. Es war einfach atemberaubend, wie viele von ihnen zu sehen waren, wenn kein Licht die Sicht verschleierte.

Nach rund einer halben Stunde hielten sie auf einer kleinen Lichtung. Andrew stieg hinunter und band die Pferde an einem Baum fest. Sadie sah ihm interessiert zu, wie er einen Picknickkorb vom hinteren Teil der Kutsche nahm und ihr dann die Hand reichte.

»Was tun wir hier?«

»Ich dachte, wir machen noch ein kleines Picknick, bevor wir wieder ins Dorf fahren. Es ist heute eine so schöne Nacht.«

»Klingt perfekt«, antwortete sie leise und strahlte ihn an. Er war immer noch derselbe Romantiker wie damals, stellte sie liebevoll fest und die Schmetterlinge in ihrem Bauch vollführten eine halbe Zirkusnummer. Sie ließ ihren Blick über die Aussicht schweifen und kam aus dem Staunen nicht mehr heraus. Sie blickte auf den gleichen See, welchen sie von ihrer Terrasse aus sah, nur dieses Mal aus einer anderen Perspektive. Im dunklen Wasser spiegelte sich sanft der Mond und die Landschaft strahlte eine angenehme Ruhe aus.

Er breitete schnell die dicke Decke auf dem Boden aus und holte zusätzlich noch die Lammfelle von der Kutsche. Sie setzten sich und er zauberte eine Flasche Champagner und zwei Gläser aus dem Korb hervor. Danach richtete er Käse und Cracker auf mitgebrachten Schieferplättchen an.

»Auf dich«, sagte er, als er ihr ein gefülltes Glas reichte.

»Ich würde eher sagen, auf dich und deinen Einfallsreichtum.« Sie sog erneut die Umgebung in sich auf. »Es ist großartig hier.«

»Es ist einer meiner Lieblingsplätze. Nach dem Tod von Cathy kam ich oft mit Cody hierher, wenn er nachts Albträume hatte und nicht schlafen konnte. Wir saßen dann einfach hier, in eine dicke Decke eingewickelt, und blickten zu den Sternen. Cody sagte immer, dass seine Mutter uns hier viel besser sehen konnte. Schließlich konnten wir die Sterne hier auch viel deutlicher erkennen.«

»Kluger Junge«, bemerkte sie, ohne Andrew anzusehen. Es war das erste Mal, dass er so offen über seine verstorbene Frau sprach und Sadies Herz wurde schwer, denn die Liebe in seiner Stimme war nicht zu überhören.

»Ja, das ist er. Und er mag dich.«

Sie hob die Augenbrauen. »So? Denkst du?«

»Natürlich. Er ist sonst nie so gesprächig mit Fremden. Aber dich schien er sofort ins Herz geschlossen zu haben. Noch vor mir.«

»Ich mag ihn auch sehr.«

»Das sieht man. Du kannst gut mit Kindern umgehen. Du wärst eine gute Mutter geworden.«

Sadie schwieg und ihr Blick trübte sich. Sie hätte gerne Kinder gehabt, aber bevor sie Justin kennengelernt hatte, war das noch kein Thema für sie und als sie dann sein wahres Ich erkannte, war es für sie klar, dass sie mit ihm niemals eine Familie gründen wollte.

»Tut mir leid«, sagte er leise, als er ihre Trauer zu bemerken schien.

»Schon gut. Ich bin ja selbst schuld. Ich wollte immer irgendwann Kinder, aber als dann langsam meine innere Uhr zu ticken begann, war ich schon längst bei Justin. Und ihn als Vater möchte ich keinem Kind zumuten. Eigentlich hätte ich mir nur mit einem meiner Ex-Freunde eine Familie vorstellen können.«

»So? Und mit wem?«

Sie löste ihren Blick vom See und schaute ihm fest in die Augen. »Mir dir.«

»Wirklich?« Er klang erstaunt, aber trotzdem lag etwas Liebevolles in seiner Stimme.

»Wirklich«, antwortete sie sanft. »Und wenn ich sehe, wie toll du das alles mit Cody hinkriegst, weiß ich, dass ich recht hatte.«

Er lächelte. »Nun ja, ich gebe mein Bestes. Wobei das mit Teenagern nicht immer so einfach ist.« Andrew schwieg kurz und ließ seinen Blick zu den Sternen wandern. »Aber ich habe auch lange gedacht, dass du und ich miteinander alt werden würden.«

»Ich auch. Aber das ist schon lange her. Und du hast dein Glück gefunden, wenigstens für eine kurze Zeit und darüber freue ich mich sehr für dich.«

»Und ich hätte mir dasselbe für dich gewünscht.«

229

Sadie blieb stumm und sah den kleinen Bläschen in ihrem Champagnerglas zu, wie eines nach dem anderen an die Oberfläche stieg. Sie hätte es sich auch für sich selbst gewünscht. Aber sich diesen Traum mit Justin zu erfüllen wäre nur egoistisch gewesen. Kein Mensch hatte es verdient, so unter ihm zu leiden. Nun ja, niemand außer ihr.

»Warst du denn schon bei der Polizei?« Seine Stimme war immer noch sanft. Es lag keine Spur von Ärger oder Wut darin, aber trotzdem spürte sie seinen drängenden Blick auf ihr ruhen.

»Nein, war ich nicht«, gestand sie leise.

»Gibt es einen Grund dafür, dass du es immer weiter hinausschiebst? Hast du Angst, dass Justin dir danach immer noch weh tun kann?«

Natürlich hatte sie Angst, denn mit einer simplen Anzeige wäre dieses Problem noch lange nicht aus der Welt geschafft. Zumal jetzt ihr Wort gegen seines stand. Aber anstatt Andrew all ihre Gedanken preiszugeben, zuckte sie lediglich mit den Schultern.

»Und was wäre, wenn du einfach bei uns bleiben würdest, bis alles geregelt ist?«

»Wie meinst du das?«

»Na, du könntest doch bei Cody und mir wohnen, bis sich das mit Justin geklärt hat. Bei uns wärst du in Sicherheit.«

Ein trauriges Lachen entfuhr ihr. Wieder wurde ihr klar, wie wenig Andrew eigentlich von ihrer aussichtslosen Situation wusste. Aber es war nicht seine Schuld und dies war ihr nur allzu bewusst. »Ich bin nirgends sicher, solange er nicht hinter Gittern ist.«

»Ich kann dich beschützen, das weißt du. Ich würde es jeden Tag mit ihm aufnehmen, wenn es nötig wäre, solange das bedeutet, dass du dann in Sicherheit wärst.«

Sein Blick wurde drängender und sie wünschte sich in dem Moment nichts sehnlicher, als ihm glauben zu können. Sie wollte einen sicheren Hafen, wo sie glücklich leben konnte und ihrer Leidenschaft, dem Schreiben, nachgehen durfte. Und wo wäre es perfekter als hier in Kenth? Ein kleiner, aber bedeutender Teil ihres Herzens flehte sie an, sein Angebot anzunehmen, um alles hinter sich zu lassen und noch einmal neu anzufangen. Doch war es wirklich fair, Andrew und Cody für ihre Wünsche in Gefahr zu bringen?

»Überlegst du es dir?«, fragte er und riss sie damit aus ihren Gedanken.

»Ja, das mach ich.« Sie zwang sich zu einem Lächeln und Andrew schien zufrieden mit dieser Antwort zu sein, denn er zog sie fest an sich. Gemeinsam betrachteten sie die Sterne in einvernehmlichem Schweigen.

Er hielt die Kutsche vor ihrem Cottage und half ihr, hinunterzusteigen. Die Pferde band er fest, ehe er Sadie noch bis vor die Haustür begleitete.

»Vielen Dank für diesen wunderschönen Abend. Es war eine tolle Überraschung.« Sie sah den Stolz in Andrews Gesicht und musste unweigerlich schmunzeln. Rasch steckte sie den Schlüssel ins Schlüsselloch, öffnete die Tür jedoch noch nicht, sondern wandte sich nochmals zu ihm um.

»Danke, dass du mitgekommen bist. Es war toll.« Er blieb einen Moment unschlüssig stehen, ehe er einen

231

weiteren Schritt auf sie zu machte und sich langsam zu ihr hinunterbeugte. Seine Finger fuhren sanft über ihre Wange, die sich unter dem dicken Make-Up langsam in ein helleres Violett verfärbte. Sadie verlor sich ganz in seinen grünen Augen, die durch das Licht der Lampe an ihrem Cottage noch mehr zu funkeln schienen als sonst. Auch wenn es falsch war, wünschte sie sich in diesem Moment nichts Sehnlicheres, als dass er sie küssen würde.

Als hätte er ihre Gedanken gelesen, zog er sie ein kleines Stückchen näher zu sich und legte seine Lippen auf ihre. Sadie wusste, dass sie ihn jetzt eigentlich sofort hätte nach Hause schicken müssen, doch seine Berührungen fühlten sich so gut an, dass sie mehr davon wollte. Sie wollte ihn ganz. Deshalb schlang sie ihre Arme um seinen Hals, anstatt ihn von sich wegzustoßen, und hielt ihn so fest, wie sie nur konnte. Sie brauchte ihn mehr, als sie sich eingestanden hatte.

Seine Hände wanderten zu ihrer Taille und unter ihre Jacke. Seine Küsse wurden fordernder, drängender, und Sadie zog ihn fester an sich heran. Sie wollte seinen vertrauten Duft einatmen und ihn spüren, solange sie noch konnte, deshalb öffnete sie langsam den Reißverschluss seiner Jacke. Ihre Hände glitten unter sein Shirt und tasteten sich über seine angespannten Muskeln. Plötzlich stoppte Andrew in seiner Bewegung und hielt sie ein Stück weit von sich weg. »Willst du das wirklich?«, fragte er leise.

NEIN, schrie die Stimme der Vernunft in ihrem Kopf. *Tu das nicht. Es wird alles nur noch komplizierter machen.*

232

Doch anstatt darauf zu hören, blendete sie alles aus und erwiderte stattdessen: »Ja, ich will dich. Ganz.«

Sie wollte sichergehen, dass er sein Angebot ernst meinte, denn mittlerweile war sie im Begriff, es wirklich in Betracht zu ziehen. Zumindest jetzt im Moment. Sie wollte nicht an morgen denken. Sie wollte nur in diesem Augenblick sein und alles in sich aufsaugen und mit all ihren Sinnen spüren. Also zog sie ihn wieder zu sich hinunter und drehte mit der freien Hand den Schlüssel im Schloss. Die Tür sprang auf und Andrew schob sie behutsam ins Innere des Cottages, während er ihr die Jacke auszog.

Kapitel 16

Sadie streckte sich genüsslich in ihrem Bett. So erholt hatte sie sich schon seit Ewigkeiten nicht mehr gefühlt, trotz dem, dass sie die halbe Nacht nicht geschlafen hatte.

Sofort tauchte Andrews nackter Oberkörper vor ihrem geistigen Auge auf und ihr Körper erschauderte. Der ganze Abend kam ihr äußerst surreal vor. Sie konnte sich zwar noch an jedes kleinste Detail erinnern, wusste aber nicht, woher das alles kam. Sie war so fordernd gewesen, dass sie sich selbst nicht wiedererkannte. Und Andrew schien es genossen zu haben. Denn er machte nicht ein einziges Mal Anstalten, die Initiative zu ergreifen. Er ließ Sadie machen und gab sich ihr vollkommen hin. So, als ob er geahnt hätte, wie sehr sie dies brauchte. Denn es war das erste Mal seit einer Ewigkeit, dass nicht ihr Gegenüber bestimmte, wo es langging. Mit Justin lief es immer gleich ab. Er entschied, wann sie miteinander schliefen, wo sie dies taten und wie lange er sich für ihre Wünsche Zeit nahm. Beinahe hätte sie vergessen, wie richtig es sich anfühlte, auch mal die eigenen Bedürfnisse einzufordern.

Ihre linke Hand wanderte instinktiv auf die andere Bettseite, doch alles, was sie zu fassen bekam, war die kalte Matratze. Ein wenig beunruhigt richtete sie sich auf und horchte, ob sie ihn in der Küche hören konnte. Doch ihr Cottage war völlig still. Mit einer Grimasse stand sie auf, da fiel ihr Blick auf den kleinen Zettel auf ihrem Nachttisch.

Danke für den tollen Abend. Ich muss mich um die Pferde und den Laden kümmern. Du hast so friedlich geschlafen, da wollte ich dich nicht wecken. Sehen wir uns später?

A.

Breit grinsend ließ sie sich wieder zurück aufs Bett fallen. Er war doch nicht einfach so abgehauen, dachte sie erleichtert. Denn für einen kurzen Augenblick war genau das ihre Befürchtung. Dass er sie zurückließ und alle seine Versprechen von gestern mit der Dämmerung des Tages verblasst waren.

Sie stand beschwingt auf und kochte erst einmal Kaffee, bevor sie sich an ihren Laptop setzte. Erstaunlicherweise gab es keine neue Nachricht von Thomas, obwohl sie ihm gestern ihr Manuskript gesendet hatte. War es so schlecht, dass er lieber schwieg, als ihre Gefühle zu verletzen? Sofort biss sie sich auf die Lippen. Ihre Hand lag bereits auf ihrem Handy, doch sie widerstand dem Drang, ihn anzurufen.

Sie öffnete stattdessen ein neues Dokument. Seit sie hier war, sprudelten die Ideen nur so aus ihr heraus und erst gestern, kurz bevor sie in Andrews Armen eingeschlafen war, drang eine Neue zu ihr durch. Es war bereits die Fünfte, die sie in den knapp drei Wochen, seit sie hier war, aufschrieb.

Ihre Finger flogen förmlich über die Tastatur und schon bald waren die ersten Seiten gefüllt mit dem groben Abriss ihres neuen Buches. Zufrieden lehnte sie sich zurück und begutachtete ihr Werk. Zuhause bei Justin waren ihr nie so viele Geschichten im Kopf herumgegeistert. Dort war sie viel zu sehr damit beschäftigt gewesen, ihm alles recht zu machen und bloß nicht wieder unangemessen aufzufallen. Doch hier wurde nichts von ihr erwartet. Sie konnte den ganzen Tag lang schreiben, wenn sie das wollte, und das war genau das, was ihr in der Vergangenheit so sehr gefehlt hatte.

Nachdem sie sich eine zweite Tasse Kaffee geholt hatte, begann sie, ihren Protagonisten Leben einzuhauchen.

Um 12.00 Uhr mittags stand sie auf und ging zu Moira hinüber, um Mittag zu essen. Bernhard saß wie üblich an seinem Platz und las Zeitung, während ihre Vermieterin in einer Kochschürze in der Küche herumhantierte.

»Kann ich dir etwas helfen?«, fragte Sadie, als sie sich an den Türrahmen lehnte. Klingeln war schon lange nicht mehr nötig, denn sie besuchte die beiden seit ihrer Ankunft jeden Tag, auch wenn es manchmal nur für einen kurzen Kaffee reichte. Trotzdem fühlte sie sich schon beinahe wie zu Hause.

»Nein, nein, Liebes, setz dich nur hin. Ich bin gleich fertig.«

Sadie befolgte brav die Anweisung und kurze Zeit später stand ein riesiger Teller voller Kartoffelgratin vor ihr. Dazu gab es verschiedenes Gemüse und einen grünen Salat.

»Hast du noch einmal was von deinem Justin gehört?« Ihre Vermieter waren die Einzigen neben Sarah, Andrew und Cody, die von dem Zusammenstoß mit ihrem gewalttätigen Freund wussten. Irgendwie musste sie ja schließlich die Einbruchsspuren an ihrer Haustür erklären. Sadies Körper versteifte sich augenblicklich und für einen kurzen Moment hielt sie inne. Sollte sie Moira von Justins SMS erzählen? Sollte sie ihr sagen, wie er sie erpresste, damit sie wieder nach Hause kam? *Nein, dies ist dein eigener Kampf,* beschloss ihr Verstand und so schüttelte sie kauend den Kopf. »Nein, nichts mehr.« Sie zuckte, so unbekümmert sie konnte, mit den Schultern.

»Und am Freitag fährst du wieder zurück?«

»Das war der Plan.«

»Zu ihm?«

Sadie hielt inne. Nach der Nacht mit Andrew würde sie am liebsten nur noch in seiner Nähe sein. Trotzdem wusste sie, dass dieser Wunsch egoistisch und nicht zum Wohle der Menschen war, die sie liebte. Auch wenn ihre Vermieterin dies nicht verstehen würde. Deshalb antwortete sie mit einem unverfänglichen »Wahrscheinlich.«

Moira legte ruhig ihr Besteck hin, faltete die Hände vor sich auf dem Tisch und sah sie mit einem festen Blick an. »Du weißt, dass du nicht gehen musst. Deine Hütte ist zurzeit noch frei, wenn du bleiben möchtest.«

Sadies Herz ging auf, ehe es schwer in ihrer Brust wurde. Sie hatte Moira so liebgewonnen, dass es ihr schwerfiel, sie zu enttäuschen, und sie wusste genau, dass sie dies tat, wenn sie wieder zu Justin gehen würde. Auch wenn sie ihrer Vermieterin nicht die ganze Geschichte erzählt hatte, wusste sie mittlerweile genug.

»Vielen Dank. Das ist sehr lieb, aber ...«

»Du hast etwas Besseres verdient«, fiel ihr Moira ins Wort. »Ich meine es ernst. Du musst nicht so leben und ich bin überzeugt, dass Andrew mir da recht geben

237

würde. Ich habe ihn seit Jahren nicht mehr so glücklich gesehen und ich glaube, er tut auch dir gut.«

Wie recht sie doch damit hatte.

»Und wenn du Geld brauchst, dann sag es einfach. Es gibt sicher jemanden im Dorf, der für dich einen Job hat. Zur Not kannst du mir auch hier helfen. Ich kann dir nicht viel bezahlen, aber wir kriegen das gemeinsam hin.«

Moiras Blick war so flehend und besorgt, dass Sadie am liebsten sofort eingewilligt und ihre Sachen in Vancouver hätte abholen lassen, um nie mehr einen Fuß aus diesem Städtchen zu setzen. Aber was wäre, wenn es hier nicht klappen würde? Wenn Andrew doch nicht der Richtige war? Oder schlimmer, wenn er feststellte, dass sie seine verstorbene Frau nie ersetzen konnte? Was würde dann aus ihr werden? Sie würde es nicht ertragen, ihn erneut zu verlieren. Und mit ihm gleich eine ganze Stadt, welche sich wie Familie anfühlte. Außerdem war da noch immer ihr Artikel. Für diesen würde sie hier bestimmt auch kein Lob ernten.

»Ich überleg es mir«, versprach Sadie.

Als Moira zu einer zweiten Überzeugungsrunde ansetzen wollte, schaltete sich Bernhard plötzlich ein.

»Moira, lass es gut sein. Setz die Kleine nicht so unter Druck.« Nun wanderte sein Blick zu Sadie. »Du wirst dich schon richtig entscheiden. Vertrau auf deinen Instinkt.« Er zwinkerte ihr zu, bevor er seine Zeitung einmal heftig schüttelte und weiterblätterte.

Den Rest des Nachmittags half Sadie wieder in der Buchhandlung aus. Sie liebte die Arbeit zwischen all den Büchern so sehr, dass sie sofort auch ohne Lohn hier angefangen hätte. Cody war in der Schule, deshalb war sie alleine mit Andrew. Als für einen Moment kein Kunde im Laden war, kam er schnell zu ihr herübergeschlichen, zog sie fest an sich und küsste sie.

»Tut mir wirklich leid, dass ich heute Morgen einfach gegangen bin.«

»Ach, das ist doch kein Problem.« Sie machte eine wegwerfende Handbewegung. »Ich habe mir schon gedacht, dass du zur Arbeit musstest.« Na ja, so ganz stimmte das nicht, aber glücklicherweise hatte er ihr ja die Nachricht hinterlassen.

»Die letzten Tage vor Weihnachten ist hier immer viel los. Deshalb werde ich heute auch nicht für uns kochen können. Karen passt auf Cody auf und ich muss hier eine Spätschicht einlegen.« Er verzog traurig das Gesicht. »Aber morgen holen wir es nach. Versprochen.« Er grinste breit. »Warst du heute bei Collin?«

Sadies Schulter verkrampften sich instinktiv schmerzhaft, als er den Polizisten erwähnte. Sie biss die Zähne zusammen und schüttelte den Kopf. »Noch nicht.«

»O.k.« Er wirkte nicht begeistert, trotzdem schwieg er. Er musste gestern Abend gemerkt haben, dass die Situation für sie viel schwieriger war, als er dachte und ließ sie wohl deshalb in Ruhe. »Hast du über meinen Vorschlag nachgedacht?« Seine Stimme wurde unsicher und er trat verlegen von einem Fuß auf den anderen.

Sadie schluckte leer bei seinem überraschenden Themenwechsel und erkannte sofort, dass sie von einer schwierigen Entscheidung in die Nächste gerutscht war.

»Ich werde am 24. wie geplant abreisen«, sagte sie mit fester Stimme und sah sofort, wie in Andrews Innerem etwas zerbrach. »Ich muss zuerst mit Thomas reden. Ich kann ihn nicht einfach so im Stich lassen. Besonders nicht, da es so schlecht um die Zeitung steht. Es würde ihm das Herz brechen, wenn ich jetzt auch noch kündigen würde.«

Andrew nickte langsam. Sie konnte ihm ansehen, dass es in seinem Kopf wie wild arbeitete. »Und was ist mit Justin? Er wird bestimmt nicht begeistert sein, wenn er erfährt, dass er ein Verfahren am Hals hat.«

»Ich kann bei Thomas wohnen. Dies hat er mir schon mehrfach angeboten.«

»Und was ist mit uns?«

Sie nahm seine Hände fest in ihre und zwang ihn, ihr in die Augen zu blicken. »Wenn ich wüsste, dass Justin keine Gefahr für dich und Cody darstellen würde, hätte ich dein Angebot sofort angenommen. Aber so ist es leider nicht und deshalb muss ich zuerst meinen Kram in Vancouver regeln, bevor ich ein neues Leben anfangen kann. Verstehst du das?«

Es dauerte einen Moment, bis er reagierte, doch sie wusste genau, dass es nicht die Antwort war, die er hören wollte. »Gehst du zu ihm zurück?« Seine Stimme war leise und es brach ihr das Herz, als sie hörte, wie viel Trauer in seinen Worten lag.

Ihre Augen brannten, als die Tränen langsam aufstiegen, doch sie wollte nicht weinen. Sie wollte tapfer sein. Zumindest sollte dies Andrew glauben.

»Ich will nicht mehr zu ihm zurück.« Dies war die vollkommene Wahrheit. Sie wollte nicht mehr zu Justin nach Vancouver. Jedoch wusste sie nicht, ob sie stark genug war, um es auch durchziehen zu können.

Er sagte nichts mehr, sondern zog sie zu sich heran und umarmte sie fest. Ihre Finger krallten sich in sein Shirt und zum etwa tausendsten Mal wünschte sie sich, dass alles anders wäre. Dass sie damals in dieser verfluchten Bar nicht auf Justins Gewinnerlächeln und seine gespielt charmante Art hereingefallen wäre. Dass sie nicht alle Warnzeichen ignoriert und ihn immer und immer wieder in Schutz genommen hätte. Dass sie nach der ersten Ohrfeige ihre Sachen gepackt hätte und gegangen wäre. Denn dann könnte jetzt alles anders sein.

Das Bimmeln des Glöckchens am Eingang riss sie aus ihrer eigenen kleinen Welt und zwang sie, sich von Andrew zu lösen. Sie sah, wie er sich mit den Ärmeln seines Pullovers über die Augen fuhr, als er sich mit schnellen Schritten zur Kasse begab und ihr Herz bekam einen neuen, unheilbaren Riss.

Kurz vor Ladenschluss trat sie auf den Gehweg vor dem Buchladen. Die Nacht war bereits hereingebrochen, aber die weihnachtlichen Lichter ließen alles in einem sanften Goldton erstrahlen. Sie wandte ihren Blick wieder in die Richtung, in der die Polizeiwache lag. Sie wusste genau, dass es keine andere Lösung gab, wenn sie mit Andrew zusammen sein wollte. Aber auf der anderen Seite war da noch ihr Artikel. Wenn er sie danach nie mehr sehen wollte, und dies war durchaus möglich, müsste sie alleine mit Justin fertig werden und dieser würde es ihr bestimmt nicht leicht machen. Dies zeigte allein schon die neue Masche, welche er sich ausgedacht hatte. Sie würde den ganzen Weg, bis er vielleicht oder vielleicht auch nicht verurteilt wurde, ohne Andrews Unterstützung

241

gehen müssen. Und sie war sich ziemlich sicher, dass sie dafür nicht stark genug war. Natürlich würde ihr Thomas zur Seite stehen. Aber er hatte eigene Probleme. Da wollte sie ihn nicht auch noch in einen Gerichtsprozess hineinziehen.

Anstatt die Straße entlang zu diesem Collin zu gehen, überquerte sie sie schnell und trat in Sarahs Bäckerei. Ihre Freundin bediente gerade den letzten Kunden, der Rest des Ladens war leer.

»Hi!«, rief sie freudig hinter der Theke hervor. »Waren wir verabredet?«

»Nein, nein, ich dachte, ich schaue noch kurz bei dir vorbei, ehe ich zum Cottage hoch gehe.«

»Heute kein heißes Date mit Andrew?« Sarah grinste verschmitzt und Sadie konnte nicht anders als zu kichern.

»Heute nicht. Er hat zu viel zu tun. Aber morgen dafür.«

»Das klingt doch sehr vielversprechend. Ihm sei wegen heute verziehen.«

»Darf ich mich kurz setzen?«

»Natürlich. Cappuccino wie immer?«

»Sehr gerne.«

Sarah nickte und hantierte sogleich an der Kaffeemaschine herum, während sich Sadie setzte. In ihrer Hosentasche vibrierte es und so zog sie schnell ihr Smartphone hervor. Sie hoffte inständig, dass die Nachricht endlich von Thomas war, denn er hatte sich noch immer nicht zu ihrem Manuskript geäußert. Doch sie erkannte sofort, dass nicht Thomas ihr geschrieben hatte.

18.05 Uhr
Haben dich meine Argumente immer noch nicht über-

242

zeugt, nach Hause zu kommen? Du musst dich ja wahnsinnig überlegen fühlen, dass du hinter meinem Rücken mit einem anderen Typen rummachst. Bist du dir sicher, dass er es wert ist?

Sadies Blut gefror sofort in ihren Adern. Wie konnte Justin von ihrem Date mit Andrew wissen, wenn er in Vancouver war? Und da traf es sie wie ein Schlag. Er war nicht abgereist, sondern war immer noch hier in der Gegend. Beobachtete er sie etwa die ganze Zeit?

18.07 Uhr
Hübscher Pulli übrigens. Hab ich dir den nicht gekauft?

Sadie riss den Blick von ihrem Handy und starrte in die dunkle Nacht hinaus.

Er ist irgendwo da draußen, flüsterte ihr Verstand panisch. *Er beobachtet dich und kennt jeden deiner Schritte.* Am liebsten wäre sie schreiend davongerannt. Aber wo sollte sie hin? Justin würde sie so oder so finden. Da bestand überhaupt kein Zweifel mehr. Er hatte sie in seiner Hand. Für immer.

Sarah trat mit zwei großen Tassen an Sadies Lieblingstisch und blieb irritiert stehen. »Du siehst aus, als hättest du einen Geist gesehen.«

Wenn sie wüsste.

Sadie schluckte einmal leer und zwang sich zu einem Lächeln. »Nein, nein, es ist alles o.k. Ich dachte nur, ich hätte draußen etwas Eigenartiges gesehen.«

Sarah spähte aus dem großen Fenster, zuckte jedoch nach einem Augenblick unbekümmert mit den Schultern. »In Kenth bist du sicher. Wir haben eine Kriminalitätsrate von etwa 0.1 Prozent und dies auch nur, weil die Jungs von Mrs. Morgan ab und zu irgendwelchen Mist bauen.«

Und noch einmal, wenn sie wüsste.

»Ich kann mir gar nicht vorstellen, dass du bald nicht mehr hier an diesem Tisch auf mich warten wirst.« Sie zog eine traurige Schnute und blickte ihre Freundin aus großen Hundeaugen heraus an.

Sadie war dankbar für den raschen Themenwechsel und wandte demonstrativ dem Schaufenster den Rücken zu. Sie wollte für einen kurzen Augenblick die Tragweite von Justins SMS verdrängen. Sie würde wahrscheinlich die ganze Nacht über sowieso kein Auge zumachen. Dann würde sie sich eben nachts den Kopf darüber zerbrechen.

»Ich weiß, ich kann mir auch nicht vorstellen, nicht mindestens einmal am Tag bei dir vorbeizuschauen.«

»Ich hatte ja die ganze Zeit gehofft, dass du schlussendlich hierbleiben würdest.«

»So?« Sadie hob erstaunt die Augenbrauen. »Wieso dachtest du das?«

»Na, du verhältst dich schon wie eine von uns. Du hilfst dem Dorf mit dem Weihnachtsschmuck, schaust dir die Eishockeyspiele unserer Schulmannschaft an, arbeitest im Buchladen ...« Ihr Grinsen wurde jetzt so breit, dass selbst ihre zusammengepressten Lippen es nicht verheimlichen konnten.

»Nun ja, es könnte sein, dass ich wiederkomme.«

»Was?« Sarah sprang mit einer solchen Wucht vor Freude auf, dass ihr Stuhl nach hinten kippte und scheppernd zu Boden fiel. »Das klingt ja großartig. Kannst du bei Moira bleiben? Ich hatte nämlich neulich erst mit ihr darüber gesprochen.«

»Euer Städtchen ist besser als jeder Geheimdienst. Hier bleibt nichts verborgen, oder?«

»Nicht wirklich.«

Sadie rollte mit den Augen, sagte dann aber schnell: »Ja, Moira hat mich auch eingeladen. Aber es gibt da noch jemand anderen, der auch gerne hätte, dass ich bleibe.«

Jetzt riss Sarah die Augen weit auf. »Das gibts doch nicht. Mr. Griesgram ist ja inzwischen zu Mr. Loverboy mutiert.« Sarah nickte anerkennend. »Und, was hast du ihm geantwortet?«

»Dass ich zuerst mit meinem Chef sprechen musst.«

»Falsche Antwort«, schrie ihre Freundin und zeigte mit dem Daumen nach unten.

Jetzt war es Sadie, die unfreiwillig losprustete. Sie liebte ihre Freundin für ihre fröhliche und direkte Art. Sie konnte noch so traurig sein, nach einem Besuch in Sarahs Bäckerei ging es ihr immer wenigstens ein bisschen besser. »Was ist denn falsch daran?«, fragte sie gespielt empört. »Ich finde, ich habe das sehr diplomatisch gelöst.«

»Ja, diplomatisch und sterbenslangweilig. Wo ist denn hier das Feuer und die Leidenschaft und die ganze Romantik und …«

»Wir sind hier nicht in einer kitschigen Sitcom. Das hier ist das wahre Leben«, ermahnte sie Sarah.

»Ich weiß. Aber du bist doch gerade das einzig Aufregende, was in Kenth passiert. Da kann man doch wohl noch träumen.«

245

»Klar, das darfst du.« Sadie legte sanft die Hand auf die von Sarah und sagte dann mit ernster Stimme: »Du weißt, dass es nicht ganz so einfach ist.«

»Du meinst wegen Justin?«

Sadie nickte und spürte abermals, wie sich ein Kloß in ihrem Hals bildete.

»Du weißt, dass ich immer für dich da bin, nicht wahr?«

Sie nickte erneut.

»Aber du musst diesen Weg auch gehen wollen. Sonst wird es nicht funktionieren. Du wirst erst von ihm loskommen, wenn du dir zu hundert Prozent sicher bist.«

Schweigend wandte Sadie den Blick von ihrer Freundin ab und starrte auf die schneebedeckte Straße vor der Bäckerei. Sie wusste, dass Sarah damit recht hatte. Es brachte nichts, wenn sie nur Andrew zuliebe die Anzeige bei der Polizei machte. Sie musste sich ganz sicher sein, ehe sie diesen schmerzhaften Weg einschlagen konnte.

Im Cottage angekommen, rückte sie die Kommode zum Schutz vor Justin wieder vor die Tür und startete ihren Laptop. Doch das, was sie sah, ernüchterte sie komplett. Wieder keine Antwort von Thomas. Zur Sicherheit checkte sie noch ihr Handy, doch auch da war kein Lebenszeichen von ihm eingegangen. Resigniert warf sie es auf die Couch. Dann würde sie halt eben keine Schriftstellerin werden, dachte sie trotzig und zog eine Schnute.

Anstatt sich noch länger mit ihren Selbstzweifeln zu zermürben, erwärmte sie Milch auf dem Herd und setzte sich mit der heißen Schokolade und einer dicken Wolldecke auf die Terrasse. Mittlerweile hatte es leicht angefangen zu schneien und die Umgebung war wie verzaubert. Seit dem Schneesturm war ihr dieses Wetter zwar immer noch nicht geheuer, aber hier draußen, direkt vor ihrem Cottage, wusste sie, dass sie in Sicherheit war. Zumindest vor dem Schnee. Justin schien jedoch leider immer zu wissen, wo sie war.

Der See lag still und ruhig zu ihren Füßen im Tal und die schneebedeckten Berge spiegelten das Licht des hellen Mondes.

»Also, Sadie«, sagte sie laut zu sich selbst. »Jetzt reden wir mal Klartext.« Sie zog die Decke noch ein Stück enger um ihren Körper. »Was willst du wirklich?« Ihre Gehirnwindungen arbeiteten auf Hochtouren, aber je länger sie grübelte, desto weniger hatte sie eine Ahnung, was sie tun sollte. Natürlich gab es wahnsinnig viel, was für einen längeren Aufenthalt hier in Kenth sprach, das stand außer Frage. Aber was wären die Opfer, die sie dafür bringen musste?

Sie müsste sich zuallererst einmal Justin in den Weg stellen und laut sowie in Anwesenheit eines Polizisten aussprechen, was er ihr angetan hatte. Sie würde jedes noch so kleine Detail aus ihrem Gedächtnis hervorgraben und alles nochmal und nochmal durchleben müssen. Sie wusste genau, dass sie jeden einzelnen Faustschlag, jede Ohrfeige und jede gebrochene Rippe, die er ihr in den letzten Jahren verpasst hatte, mit derselben Intensität spüren würde wie damals. Sie würde denselben Schmerz und dieselbe Scham ertragen müssen wie jedes Mal, wenn er sie verprügelt hatte. Auch wenn ihr dieses

Mal kein einziges Haar gekrümmt werden würde, würde sie bis aufs Mark leiden. Denn manchmal war es schlimmer, etwas laut auszusprechen, als es stumm zu ertragen. Außerdem musste sie sich seinen Anschuldigungen stellen. Wie sollte sie begründen, dass sie ihm eine schwere Kristallvase an den Kopf geschleudert hatte? Den Ärzten hatte er bereits seine Version der Geschehnisse erzählt. Plötzlich wurde sie vom Opfer zum Täter und dies nur, weil sie sich ein einziges Mal getraut hatte, sich gegen ihn zu wehren.

Doch würde dies genügen? Würden die Polizisten ihr glauben, dass es das erste Mal war, dass sie Gewalt gegen Justin angewandt hatte? Wollte sie diesen schmerzhaften Weg wirklich gehen? Die Antwort, welche sich in ihrem Kopf bildete, machte ihr eine Scheißangst. Vielleicht hatte sie sich sogar noch nie so sehr vor etwas gefürchtet wie davor.

Kapitel 17

Nachdem Sadie in der letzten Nacht kein Auge zugetan hatte, beschloss sie, schon am Morgen in ›Cathy's Bookstore‹ zu gehen. Schließlich war heute ihr letzter Tag und sie wollte noch so viel Zeit wie möglich mit Andrew verbringen. Morgen war Heiligabend und das bedeutete, dass sie dann bereits auf dem Rückweg nach Vancouver sein würde.

Das vertraute Glöckchen bimmelte, während sie die Eingangstür aufstieß. Doch heute hatte es nicht die übliche elektrisierende Wirkung auf sie. Es entstand kein aufgeregtes Kribbeln in ihrem Bauch, sondern nur Übelkeit. Sadie versuchte, diese Tatsache so gut es ging zu ignorieren und trat in den Laden. Wie immer zog sie die Jacke und Mütze aus und hängte sie über den Kleiderständer, ehe sie auf die Suche nach Andrew ging. Sie fand ihn im hintersten Teil, wo er gerade ein Regal neu sortierte.

»Na, hattest du einen Ordnungsanfall?«, fragte sie lachend, doch ihre Stimme klang bedeutend trauriger, als sie das beabsichtigt hatte.

Andrew fuhr erschrocken herum. »Du bist heute aber früh dran«, bemerkte er nach einem Blick auf die Uhr und kam schnell auf sie zu, um sie zu küssen.

»Schlecht geschlafen.«

»Ja, so siehst du auch aus«, murmelte er und musterte sie besorgt. »Warst du bei Collin? Hatte er schlechte Nachrichten?«

»Nein.«

249

»Was meinst du mit nein? Was hat er denn gesagt? Wie stehen die Chancen, dass Justin so schnell wie möglich hinter Gitter kommt?«

»Gar nicht.« Sadie starrte auf einen kleinen Fleck im Linoleum und versuchte angestrengt, ihn mit ihrem Schuh zu beseitigen.

»Das kann doch nicht sein. Ist es wegen der Beweise? Es gibt doch sicher noch Akten von deinen Krankenhausaufent...«

»Hör auf«, schrie sie und war selbst von der Härte in ihrer Stimme überrascht. »Es reicht, Andrew. Bitte. Ich werde ihn nicht anzeigen.« Sie hob langsam den Blick und was sie sah, schmerzte sie mehr als alles andere. Der große starke Andrew stand jetzt gebückt und mit Tränen in den Augen vor ihr.

»Wieso?«, flüsterte er nur und sie konnte ihm ansehen, wie wütend und enttäuscht er war.

»Weil mir wieder eingefallen ist, wieso ich die ganze Zeit über bei ihm geblieben bin. Denn es ist nicht alleine seine Schuld.«

»Ich kann nicht fassen, dass du ihn in Schutz nimmst«, blaffte er sie an, doch seine Stimme zitterte.

»Ich nehme nicht ihn in Schutz, sondern mich. Ich habe keine Lust, immer wieder erklären zu müssen, wieso ich all die Jahre geschwiegen habe und bei ihm geblieben bin. Ich bin überzeugt, dass die Richter auch zum Entschluss kommen werden, dass ich mitschuldig bin.«

Andrew schwieg für einen Augenblick und starrte sie fassungslos an. »Sadie, hörst du dir überhaupt selbst zu? Ist das wirklich dein Ernst?«

»Natürlich, schließlich bin ich jedes Mal der Auslöser, wenn er ausrastet.«

»Das kannst du doch nicht wirklich glauben, oder? Er misshandelt dich seit Jahren und du willst ihn nicht zur Rechenschaft ziehen, nur weil er scheinbar ausschließlich wütend wird wegen irgendetwas, das du gemacht haben sollst?«

»So ist es aber. Ich hätte mich einfach mehr anstrengen müssen. So wie damals bei Jeff. Das ist mein Problem, ich strenge mich einfach nie genug an.«

»Ach bitte. Du belügst dich doch nur selbst«, rief er und warf die Hände über den Kopf.

»Ich belüge mich? Ich?« Mit dieser Aussage hatte er definitiv eine Grenze überschritten. Sie ließ sich viel unterstellen, aber damit ging er zu weit.

»Ja, du. Und du checkst es nicht einmal.«

»Sagt ausgerechnet der, der die ganze Stadt zum Narren hält«, schrie sie und merkte sofort, wie ihr die Tränen in die Augen traten. Denn ihr wurde schmerzlich bewusst, dass sie nun einen Weg eingeschlagen hatte, bei dem es kein Zurück mehr gab.

»Wie bitte?«

Doch nun war es zu spät. Deshalb konnte sie genauso gut die Karten gleich auf den Tisch legen. Dann würde er es wenigstens von ihr persönlich und nicht aus der Zeitung erfahren. »Ach komm schon, du weißt genau, was ich meine. Du bist für all diese sogenannten Wunder verantwortlich.«

Er erstarrte sofort, als sie die Worte aussprach, und sein Rücken versteifte sich merklich. »Das stimmt

251

nicht«, murmelte er und schüttelte immer wieder den Kopf.

»Doch, das stimmt. Ich hab dich dabei beobachtet.«

»Wie bitte?« Seine Augen weiteten sich ungläubig. »Soll das heißen, dass du mir gefolgt bist?«

»Ja, und zwar schon lange.«

»Und du hattest nie das Gefühl, irgendwann einmal mit mir darüber reden zu müssen?«

»Wieso sollte ich? Du lässt schließlich auch alle im Dunkeln.«

Er setzte zu einem erneuten Konter an, als sie in seinen Augen eine plötzliche Veränderung bemerkte. Die Wut und Verzweiflung wurden nun von Panik verdrängt. »Sadie, das darfst du nicht in deinem Artikel schreiben. Die Leute würden ihren ganzen Glauben verlieren.« Seine Stimme war nun eher flehend als böse und er trat einen Schritt auf sie zu.

»Vielleicht wäre das auch mal ganz gut. Vielleicht ist es langsam an der Zeit, dass Kenth aus seinem Märchenschlaf erwacht und der kalten Realität ins Auge blickt. Denn es gibt keine verdammten Wunder.«

Er presste die Zähne aufeinander, was ihm äußerst kantige Gesichtszüge verlieh. So hatte sie ihn bis jetzt erst einmal gesehen, nämlich damals, als Jeff ihm erzählte, dass sie ihn betrogen hatte. Wahrscheinlich empfand er in diesem Moment genau das Gleiche wie vor 17 Jahren. Er fühlte sich hintergangen und sie konnte es ihm nicht einmal verübeln. Denn er hatte recht. Sie hatte ihn getäuscht. Dieses Mal jedoch absichtlich.

»Du hast keine Ahnung, was du damit anrichtest«, sagte er und quetschte sich an ihr vorbei. Seine Bürotür fiel mit einem lauten Knall ins Schloss und Sadie kniff fest die Augen zusammen. Sie wollte nicht weinen, doch die Tränen liefen ihr zwischen den geschlossenen Augenlidern hindurch die Wangen hinunter. Das war es also gewesen, dachte sie, und ihr Herz brach erneut in tausend Stücke. Schnell trocknete sie sich die nassen Wangen mit dem Ärmel ihres Pullovers, ehe sie sich ihren Mantel und die Mütze schnappte und den Buchladen fluchtartig verließ. Kaum hatten ihre Füße den Gehweg berührt, rannte sie los. Sie lief so schnell sie konnte und schaute nicht nach links oder rechts. Sie vernahm ein lautes Klopfen, entschied sich jedoch, es zu ignorieren. Ganz egal, wer es war, sie wollte nicht mit dieser Person reden.

Sie rannte den ganzen Weg bis zu ihrem Cottage und stemmte die Hände auf die Knie, als sie vor ihrer Haustür stoppte. Völlig außer Atem schloss sie den Eingang auf und stürmte sofort in ihr Schlafzimmer. Sie riss die großen Koffer vom Schrank herunter und breitete sie auf ihrem Bett aus. Hektisch schmiss sie alles, was ihr in die Finger kam, hinein. Sämtliche Kleider lagen schließlich in einem riesigen Knäuel darin und würden wahrscheinlich nie wieder richtig glatt werden, aber dies war ihr egal. Sie wollte einfach nur noch weg von hier. Als sie gerade ihr Make-Up aus dem Badezimmer holte, klopfte es laut an der Tür. Sie hielt einen Moment inne und hoffte inständig, dass der ungebetene Gast von alleine wieder ging. Gerade als sie dachte, sie hätte gewonnen, klopfte es erneut. Leise fluchend schlich sie zu ihren Koffern und verstaute so sachte wie möglich ihre restlichen Habseligkeiten.

»Sadie, ich bin's, Sarah«, rief schließlich eine vertraute Stimme von draußen.

Shit, was wollte ausgerechnet Sarah hier? Sie hatte nicht die Absicht, ihre Freundin hereinzulassen. Doch nach weiteren fünf Fausthieben gegen ihre dünne Holztür und nach der Beteuerung, dass sie hier draußen stehen bleiben würde, bis Sadie ihr die Tür öffnete, gab sie klein bei.

»Ha, ich wusste doch, dass du hier bist«, rief sie zufrieden und trat ohne Aufforderung in das Cottage.

»Was willst du hier, Sarah?«, fragte Sadie schroffer als geplant.

»Darf ich meine Freundin denn nicht einfach mitten am Tag besuchen, nachdem sie wie eine Irre durch die halbe Stadt gerannt ist?«

Scheiße, fluchte es in Sadies Kopf. »Du hast mich also gesehen?«

»Ich habe sogar so laut an meine Schaufensterscheibe geklopft, dass ich fürchtete, sie würde sich aus den Fugen lösen und auf dem Gehweg in tausend Stücke zersplittern. Sag bloß, du hast das nicht gehört?«

»Doch schon ... Na ja ... Ich war mir nicht sicher.« Sadie blickte sich nervös um, denn sie hatte keinen Plan, wie sie ihrer Freundin ihre plötzliche Abreise erklären sollte. Doch dieses Problem hatte sich gerade in Luft aufgelöst, denn Sarah starrte bereits mit weit aufgerissenen Augen auf etwas hinter Sadie.

»Wieso liegen gepackte Koffer auf deinem Bett? Moment mal, was soll das? Du fährst doch erst morgen?«

»Ich denke, es ist besser, wenn ich heute schon gehe.«

»Was ist passiert?« Sarah setzte ihre besorgte Miene auf, wie immer, wenn sie sich vor der Antwort fürchtete und zog ihre Freundin hinter sich her auf die Couch.

»Ich habe Andrew gesagt, dass ich Justin nicht anzeigen will.«

»O.k. Und woher der plötzliche Sinneswandel?«

»Nun ja, so überraschend kam der nicht. Ich war mir nie ganz sicher, ob ich es wirklich durchziehen kann. Du sagtest ja selbst, dass man es wirklich wollen muss.«

»Und du willst es nicht?«, hakte Sarah nach.

»So wie es aussieht nicht.«

»Und nur deshalb ist Andrew ausgetickt?«

Sadie schwieg einen Augenblick und ihre Augen senkten sich. »Nicht nur deshalb.«

»O.k.«, sagte Sarah und zog dabei jeden Buchstaben betont in die Länge.

»Ich habe etwas herausgefunden während meiner Recherchen zu euren Wundern.«

»Und das wäre?«

Sadie war sich beim besten Willen nicht sicher, ob es eine gute Idee war, wenn sie Sarah erzählte, was sie wusste. Andererseits würde sie es sowieso in der Vancouver Sun lesen, falls sie diese Zeitung hier überhaupt bekam.

»Diese Wunder haben nichts mit Übernatürlichkeit zu tun. Es steckt eine echte Person dahinter.«

»Ja, und?«

Sie blickte ihre Freundin verwirrt an. Na gut, wenn sie so schwer von Begriff war, musste sie ihr letztes Ass aus dem Ärmel schütteln. »Es ist Andrew«, sagte sie knapp

255

und wartete auf den Ausbruch irgendwelcher Emotionen, doch Sarah schaute sie nur ausdruckslos an.

»Ich weiß«, gab sie nach einem kurzen Moment zu und lächelte sanft.

»Du weißt es?« Jetzt war Sadie diejenige, die ihre Emotionen nicht mehr unter Kontrolle hatte. »Was meinst du damit?«

»Genauer gesagt, wissen wir es alle.«

»Wer ist alle?«

»Na, die ganze Stadt.«

Sadies Kiefer klappte so schnell nach unten, dass ihr Gesicht schmerzte. »Das ist doch jetzt ein Witz, oder? Wieso hast du nie etwas gesagt? Und wieso hält mich die ganze Stadt zum Narren? War es für euch eine amüsante Abwechslung, der dummen, nichtsahnenden Journalistin tagein, tagaus dabei zuzusehen, wie sie sich von einer Geschichte zur anderen hangelte, in der Hoffnung auf eine große Story?« Sie schnaubte verächtlich. Das durfte doch alles nicht wahr sein. Wütend erhob sie sich von der Couch und trat vor das große Fenster. »Ihr seid echt großartige Schauspieler, das muss man euch lassen. Großes Kompliment.« Sadie klatschte abschätzig in die Hände.

»Nun lass mich doch mal ausreden. Es ist nicht so wie du denkst.«

»Ach, und wie ist es dann?«, schrie sie und drehte sich schnell zu ihrer Freundin herum, welche nun auch aufgestanden war.

»Bitte Sadie, lass es mich erklären. Wir wollten uns keinen Spaß mit dir erlauben. Wir machen das alles für Cody.«

»Für Cody?« Sadies Ärger ebbte ein wenig ab, auch wenn sie immer noch kein einziges Wort verstand.

»Als Cathy gestorben ist, war Cody noch klein und Weihnachten stand vor der Tür. Andrew versuchte alles, um seinen Sohn auf andere Gedanken zu bringen. Deshalb beschloss er gemeinsam mit ihm, anderen zu helfen. Es fing ganz klein an, mit Blumen für Mr. Russel. Sie hatten sie am Vortag bei Lydias Mutter gekauft und haben sie dann abends auf seine Treppe gelegt. Als Cody am nächsten Tag erfuhr, wie viel Freude Mr. Russel an dieser kleinen Geste hatte, lächelte er das erste Mal wieder. Seitdem wurde es zu einer Tradition. Die Leute bemerkten schnell, dass Andrew und Cody hinter dem Ganzen steckten, aber es war eine Art ungeschriebenes Gesetz, dass niemand etwas sagte. Also freuten wir uns Jahr für Jahr über die tollen Überraschungen.«

Sadie starrte Sarah mit riesigen Augen an und brachte kein einziges Wort heraus. Ihre Gedanken rasten, als sie erkannte, dass sie mit ihrem Artikel vielleicht eine Zeitung retten würde, aber dafür jemandem enorm viel wegnahm, den sie schon lange fest ins Herz geschlossen hatte.

»Sadie, versteh doch, wir wollten dich nicht an der Nase herumführen. Aber für uns war klar, dass wir dieses Spielchen weiterspielen müssen. Wir hatten die Hoffnung, dass du dein Interesse an Kenth verlieren würdest, da die sogenannten Wunder ja wirklich eher klein waren und nicht so spektakulär, wie du es gerne gehabt hättest.«

»Scheiße« war alles, was sie herauspressen konnte.

257

Sarah trat näher an sie heran und legte ihr behutsam einen Arm um ihre Schultern. »Es ist schon o.k. Du konntest es nicht wissen. Du hast nur deinen Job gemacht.« Sie lächelte ihr aufmunternd zu.

»Ja, aber mein Job war noch nie so beschissen.«

»Kannst du deinen Chef nicht bitten, den Artikel nicht zu drucken?«

Sadie schüttelte nachdenklich den Kopf und wieder blitzten Tränen in ihren Augenwinkeln auf.

»Hör zu, ich muss wieder in die Bäckerei zurück. Aber wag es ja nicht zu gehen, ohne dich zu verabschieden.«

»Klar.« Sie hob kraftlos die Hand und überkreuzte zwei Finger, ehe Sarah durch die Tür huschte.

»Was bist du nur für ein Arsch«, murmelte sie zu sich selbst. Sie ließ sich auf einen der Stühle am Esstisch fallen, nur um gleich danach wieder hochzuschießen. Sie konnte dem nicht einfach so teilnahmslos zusehen. Sie musste etwas tun. Entschieden wählte sie die Nummer von Thomas und bereits nach dem ersten Klingeln vernahm sie seine vertraute Stimme.

»Hey Liebes. Bei dir wollte ich mich auch gleich melden. Ich muss dir ...«

»Thomas, ich habe einen Riesenfehler gemacht. Kannst du bitte den Artikel aus der Sonderausgabe nehmen?« Sie sprach so schnell, dass sie beinahe über ihre eigenen Worte stolperte.

»Wie meinst du das? Der Artikel ist großartig. Natürlich bringen wir ihn.«

»Nein, bitte, du verstehst nicht. Ich werde damit zwei sehr wichtige Menschen verletzen. Bitte sag mir, dass du ihn nicht drucken wirst.«

Am anderen Ende der Leitung schwieg es für einen Augenblick, ehe Thomas sanft, aber bestimmt sagte: »Tut mir leid, Liebes, es ist alles in die Wege geleitet. Ich kann das Layout nicht mehr umstellen. Die Ausgabe wird morgen so gedruckt.«

Sadie ließ langsam die Hand mit dem Handy sinken und presste die Augen fest zusammen. Der Raum um sie herum begann sich zu drehen, und ihr Smartphone fiel scheppernd auf den Boden. Doch dies nahm sie alles nur noch am Rande wahr.

»Ich bin erledigt.«

Draußen war es bereits dunkel, als Sadie aus ihrer Panikattacke wieder auftauchte. Die letzten Stunden hatte sie sich den Kopf darüber zerbrochen, wie sie alles wieder geradebiegen konnte. Doch es gab keine Lösung. Es gab nichts, was sie tun konnte, um das Horrorszenario abzuwenden. Denn es lag schlichtweg nicht mehr in ihrer Macht.

Ein Blick auf die Uhr verriet ihr, dass es bereits zu spät war, um die lange Strecke zurück nach Vancouver zu fahren. Deshalb packte sie schnell fertig, trank zum Abendessen eine heiße Schokolade mit dem restlichen bisschen der übriggebliebenen Milch und legte sich ins Bett. Jedes Mal, wenn sie jedoch die Augen schloss, sah sie Andrews enttäuschtes Gesicht vor sich.

Irgendwann nach Mitternacht stand sie auf, zog sich die wärmsten Sachen, die noch nicht im großen Kleiderknäuel in ihren Koffern verschwunden waren, über ihren Pyjama an und verließ ihr Cottage. Sie lief einfach drauflos, ohne darüber nachzudenken, was sie eigentlich draußen, mitten in der Nacht, wollte. Die Gewohnheit führte sie zur Main Street und so schritt sie langsam an Lydias Blumenladen vorbei. Sie schaute sich kurz die zahlreichen Weihnachtssterne in allen möglichen Farben an, ehe sie weiterging und am Dorfplatz mit dem weißen Pavillon und dem großen Weihnachtsbaum vorbeikam. Sie blieb einen Moment davor stehen und begutachtete die vielen kleinen Basteleien, die die Schulkinder aus dem Material gemacht hatten, welches sie diesem Kerl in Lillooet abgeschwatzt hatte. Mit einem traurigen Lächeln ging sie weiter. Ihr Blick fiel auf Sarahs Bäckerei. Wie viele glückliche Stunden hatte sie da drin wohl verbracht? Sarah war wahrscheinlich die selbstloseste Frau, die sie je kennenlernen durfte. Sie hatte solch ein großes Herz und Sadie damals mit ihrem Charme sofort in ihren Bann gezogen.

Sie zwang sich, ihren Blick loszureißen und blieb schlussendlich vor Andrews Buchladen stehen. Beim Gedanken daran, ihn womöglich nie wiederzusehen, setzte ihr Herz einen Schlag lang aus und für einen Moment dachte sie, dass sie nun einen Infarkt bekommen würde, aber ihr Herz beschloss dann doch, wenn auch etwas holprig, weiterzuschlagen. Sie schaute die Auslagen im Schaufenster noch einmal ganz genau an. Sie wollte sich jedes kleine Detail einprägen. Doch ob das wirklich eine solch gute Idee war, wusste sie selbst nicht. Denn egal wie glücklich sie hier einst war, diese Zeiten waren vorbei und nur der unsägliche Schmerz einer abermals verlorenen Liebe blieb zurück. Selbst der Teddy mit der roten Zipfelmütze schien traurig auf seinem Stuhl zu sitzen.

»Ich liebe dich, Andrew«, flüsterte sie in die nächtliche Stille hinein, ehe sie den gleichen Weg zurückging, auf dem sie bereits gekommen war.

Im Cottage angekommen, hoffte sie inständig, noch ein wenig schlafen zu können. Doch der Besuch bei Andrews Buchladen hatte sie mehr aufgewühlt als erwartet. Deshalb kramte sie ihr Notizbuch aus der Tasche, riss eine Seite heraus und setzte sich damit an den Esstisch. Auch wenn sie wusste, dass es nichts mehr an der Situation ändern würde, wollte sie sich die Worte trotzdem von der Seele schreiben.

Lieber Andrew,

bis vor kurzem hatte ich ganz vergessen, wie es ist, sich bei jemandem sicher zu fühlen. Wie es ist, wenn man nicht immer auf Zehenspitzen durchs Haus schleichen muss, nur um keinen nächsten Streit zu provozieren. Doch als ich dich getroffen habe, wurde mir das erste Mal wieder bewusst, wie glücklich du mich schon vor 17 Jahren gemacht hast. Die Trennung von dir war neben dem Tod meiner Eltern das Schlimmste, was ich jemals durchmachen musste. Nicht einmal all die Jahre mit Justin waren mit dem Schmerz vergleichbar, den ich fühlte, als du mich damals enttäuscht angeschaut hast und ohne ein weiteres Wort gegangen bist. Genau diesen Gesichtsausdruck habe ich gestern wieder bei dir gesehen und es brach mir erneut das Herz. Ich kann mir noch lange einreden, dass ich nur wegen des Artikels oder der Angst vor Justin weiterhin in Kenth geblieben bin. Aber das wäre eine dicke, fette Lüge. Ich bin geblieben, weil ich mich in diese Stadt verliebt habe.

261

Ich liebe die großartigen Menschen, die Wunder und vor allem liebe ich eine ganz spezielle Person immer noch von ganzem Herzen. Ich weiß, dass dir dies wahrscheinlich nichts mehr bedeutet, aber ich wollte dich nicht schon wieder verlieren, ohne es dir wenigstens gesagt zu haben.

Ich habe nie aufgehört, an dich zu denken. Du warst immer ein Teil meines Lebens, ohne überhaupt davon gewusst zu haben. Ich bereue es zutiefst, dass ich dich und Cody so sehr verletzt habe. Sarah war hier und hat mir alles über die Entstehung der Wunder erzählt. Ich wünschte mir von Herzen, du hättest es mir früher verraten. Doch nun ist es zu spät und ich muss damit leben.

Ich dachte immer, dass mir ein solch großer Fehler wie damals, als ich bei Jeffs Lüge den Mund nicht aufgekriegt habe, nie wieder passieren wird. Aber ich habe mich getäuscht. Und das tut mehr weh als alles andere.

Sag Cody, dass es mir leid tut.

In Liebe,
Sadie

Bevor sie es sich noch einmal anders überlegen konnte, faltete sie das Stück Papier zweimal und kritzelte seinen Namen darauf. Wenn sie Glück hatte, würde er diesen Brief persönlich entgegennehmen. Wenn nicht, wäre sie selbst schuld.

Nachdem sie den Brief etwas von sich weggeschoben hatte, wusste sie, dass sie noch eine weitere, längst überfällige Nachricht schreiben musste. Sie schnappte sich ihr Handy, öffnete den Chat mit Justin und teilte ihm mit, dass sie nach Hause kommen würde.

Kapitel 18

Sadie stand auf der Veranda, ihre Hände wärmend um die Tasse mit heißem Kaffee gelegt. Die Koffer standen bereits alle gepackt neben der Tür und warteten nur darauf, in ihr Auto verladen zu werden. Eigentlich wollte sie gleich nach dem Aufstehen los, aber sie brachte es nicht übers Herz, einfach zu gehen, ohne nicht noch ein letztes Mal kaffeetrinkend auf der Veranda zu stehen und mit Andacht die Umgebung zu beobachten. Schon so viele Morgen hatte sie hier gestanden. Manchmal nur ganz kurz, wenn das Wetter zu mies war, aber es zog sie jeden Tag hier raus.

Sie atmete tief die frische und klare Luft des neuen Tages ein und versuchte krampfhaft, gegen die aufsteigenden Tränen anzukämpfen. Bereits heute Morgen hätte sie sich am liebsten heulend in ihrem Bett verkrochen. Doch so funktionierte das Leben nicht. Das wusste sie genau. Deshalb schluckte sie ein letztes Mal hart, bevor sie dem tiefblauen See und den schneebedeckten Bergen für immer den Rücken kehrte.

Als sie den letzten Koffer gerade auf den Parkplatz stellte, kam Moira zu ihr geeilt.

»Warte Liebes, ich helfe dir.« Sie schritt zum geöffneten Kofferraum, und legte das erste Gepäckstück hinein. »Wie hast du das alles nur da rein bekommen? Dein Kofferraum ist winzig.«

»Kennst du Tetris?«

»Ja«, antwortete Moira und schaute sie ein wenig verwirrt an.

»Super, dann hast du jetzt die einmalige Gelegenheit, dieses Kultspiel auch im echten Leben auszuprobieren.« Sadie lächelte ihre Vermieterin an, doch die ersten Tränen drohten ihr bereits aus den Augenwinkeln zu quellen. Schnell wischte sie sie weg und schnappte sich dann selbst einen Koffer.

»Und du bist dir sicher, dass du nicht doch hierbleiben möchtest?«

Diese Frage hatte ihr Moira gestern Abend bereits etwa fünf Mal gestellt. Sadie war kurz nach ihrer Panikattacke zu den beiden hinübergegangen, um Bescheid zu sagen, dass sie gleich am frühen Morgen abreisen würde. Sogar Bernhard zeigte sich besorgt und legte ausnahmsweise das Sportmagazin, welches er immer nach der Tageszeitung las, beiseite. Doch sie versicherte beiden, dass es das Beste für alle war, wenn sie ginge. Davon musste sie sich zwar selbst erst noch so richtig überzeugen, aber ihre Vermieter schienen ihr geglaubt zu haben. Jedenfalls ließen sie sie dann irgendwann in Ruhe.

»Ja, ich bin mir sicher«, antwortete Sadie immer noch krampfhaft lächelnd. Ihre Wangen schmerzten. Wahrscheinlich hätte sie morgen im ganzen Gesicht Muskelkater, wenn sie nicht bald von hier verschwinden und sich ihr aufgesetztes Lächeln aus dem Gesicht wischen konnte.

»Na gut, aber du weißt, dass unsere Tür jederzeit für dich offensteht.«

»Das weiß ich. Und dafür bin ich euch wahnsinnig dankbar.«

Moira nickte und kurze Zeit später waren auch schon alle Gepäckstücke an ihrem Bestimmungsort.

»Ich werde dich vermissen«, sagte sie schnell und nahm Sadie fest in den Arm.

»Ich dich auch. Ich melde mich, wenn ich in Vancouver angekommen bin.«

Moira nickte und trat dann einen Schritt zurück, damit Sadie in den Wagen steigen konnte.

Der Motor sprang sofort an, was eigentlich erstaunlich war bei dieser Kälte, und so fuhr sie langsam zur Privatstraße, während sie ein letztes Mal winkte.

»So, das wäre geschafft«, murmelte sie erstickt und lenkte den Wagen auf die Main Street. Vor Andrews Buchladen hielt sie an, nahm den Brief vom Beifahrersitz und stieg aus. Doch schon ein paar Schritte danach stoppte sie augenblicklich. ›Cathy's Bookstore‹ lag komplett im Dunkeln und ein Zettel hing stattdessen an der Tür.

Vom 24. bis zum 27. Dezember bleibt unser Geschäft geschlossen. Wir wünschen frohe Weihnachten.

Die Irvings

»Scheiße«, entfuhr es Sadie, nachdem sie die zwei Sätze gelesen hatte. »Verfluchte Scheiße.« Unschlüssig, was sie nun tun sollte, beobachtete sie das rege Treiben auf dem Dorfplatz. Ihr Blick schweifte zu Sarahs Bäckerei. Sie nahm einen tiefen Atemzug und wappnete sich innerlich für den zweiten Abschied an diesem Tag. Und auf das Versprechen, welches sie ihrer Freundin abringen musste. Ohne länger darüber nachzudenken, überquerte sie schnellen Schrittes die Main Street und trat in den Laden.

»Hey, da bist du ja«, rief ihre Freundin begeistert und alle Kunden drehten sich abrupt zu Sadie um.

Verlegen winkte sie kurz, murmelte ein »Hallo zusammen« und bedeutete dann Sarah, dass sie sich an ihren Lieblingstisch setzen würde.

Ein letztes Mal saß sie also nun an diesem kleinen, blassrosa Tischchen mit der perfekten Sicht auf Andrews Buchladen. Jedes einzelne Detail kam ihr so vertraut vor, als sie gedankenverloren aus dem Fenster blickte.

Ausgerechnet heute musst du diesen Scheißladen schließen. An allen anderen Tagen im Dezember hast du geöffnet, aber heute nicht, schoss es ihr durch den Kopf und ihr Herz verkrampfte sich noch ein kleines Bisschen mehr. Was wollte ihr das Universum damit wohl mitteilen? Verpiss dich aus Kenth? Du hast hier nichts mehr zu suchen? Die Chance auf eine gemeinsame Zukunft ist ein für alle Mal futsch? Die Liste der Möglichkeiten war beängstigend lang. Doch Sadie konnte nicht lange ihren zermürbenden Gedanken nachhängen, denn Sarah tauchte unvermittelt neben ihr auf.

»Bleibst du noch auf einen Kaffee?«, fragte sie hoffnungsvoll, doch ihre Freude erstarb, als Sadie bestimmt mit dem Kopf schüttelte.

»Tut mir leid, ich kann nicht. Ich sollte mich auf den Weg machen. Es ist eine lange Fahrt bis nach Vancouver. Aber ich wollte unbedingt mein Versprechen halten und mich von dir verabschieden.« Sie riss ihren Blick von ›Cathy's Bookstore‹ los und erhob sich langsam, um Sarah fest in die Arme zu schließen. »Du wirst mir fehlen«, murmelte sie und wischte sich mit einem Finger erneut die Tränen von den Wangen.

266

»Du mir auch. Ich kann es noch gar nicht glauben, dass du jetzt nicht mehr jeden Tag in meine Bäckerei kommst.« Sarah hielt sie ein Stück von sich weg, ließ ihre Schultern jedoch nicht los. »Du musst mir versprechen, dass du mich besuchen kommst. O.k.?«

Sadie nickte tapfer, denn sie befürchtete, dass sie, sobald sie den Mund aufmachte und etwas sagte, komplett zusammenbrechen würde.

»Und du musst unbedingt auf dich aufpassen, ja? Egal für welchen Weg du dich entscheiden wirst.«

Sadie nickte wieder und wollte bereits schnell aus dem Laden stürmen, als ihr in den Sinn kam, aus welchem weiteren Grund sie hier war.

»Weißt du, wo Andrew ist?«, presste sie hervor.

»Er wird wahrscheinlich mit Cody zu den Eltern von Cathy nach Squamish gefahren sein. Sie verbringen, wann immer möglich, Weihnachten zusammen. Seine Eltern fahren meistens am ersten Weihnachtstag auch hin. So hat Andrew mal die Möglichkeit, ein paar Tage durchzuatmen.«

»Oh, na gut.« Sadie rang einen Moment mit sich, ehe sie den Brief aus der Gesäßtasche ihrer Jeans nahm. »Kannst du mir noch einen Gefallen tun?«, fragte sie schließlich.

»Klar. Jeden.«

»Würdest du den hier Andrew persönlich geben?« Sie hielt das weiße, zusammengefaltete Stück Papier hoch und übergab es Sarah.

»Natürlich. Das mach ich.« Sie nahm es vorsichtig entgegen und ließ es in ihrer Schürze verschwinden. »Er wird ihn lesen. Das verspreche ich.«

Sadie lächelte dankbar, ehe sie ihre Freundin nochmals fest in den Arm nahm. »Ich melde mich.« Mit diesen Worten ließ sie Sarah los und stürmte aus der Bäckerei.

Im Wagen angekommen umklammerte sie ihr Lenkrad so fest, dass sich ihre Fingernägel in die Handflächen bohrten. Doch davon nahm sie nur wenig wahr. Sie kämpfe so sehr mit der aufkommenden Panik, weil sie jetzt wieder nach Hause fahren musste, dass ihre Sicht verschwamm. Ihr Atem ging stoßweise und sie hatte das Gefühl zu ersticken.

»Komm schon Sadie, reiß dich jetzt zusammen. Du musst dich beruhigen.« Für einen Moment konzentrierte sie sich nur auf ihre Atmung. Einatmen, ausatmen. Langsam merkte sie, wie sich ihr Herzschlag etwas entspannte. Sie blieb noch eine Weile ruhig sitzen, ehe sie den Motor startete.

Erst als sie Kenth hinter sich gelassen hatte und auf die einsame Passstraße einbog, ließ sie ihren Tränen freien Lauf. Sie weinte um Andrew, um die verpasste Chance auf ein neues Leben und wegen der Aussicht auf ihre Zukunft mit Justin. Sie weinte so lange, bis ihre Tränen versiegten.

Fünf Stunden und einen kurzen Halt in einer kleinen Tankstelle später bog sie in ihre Straße in Yaletown ein. Es sah alles noch genauso aus wie vor drei Wochen, als sie Hals über Kopf hier verschwunden war. Und doch war es nicht mehr das Gleiche. Vielleicht war sie nicht mehr dieselbe, denn sie sah ihre Umgebung das erste Mal mit anderen Augen. Die alten, roten Sandsteinhäuser mit ihren schicken Restaurants, den baumgesäumten Alleen und dem beliebten Riverwalk kamen ihr so falsch vor. Sie gehörte nicht mehr hier hin. Eigentlich hatte sie das nie.

Sie hielt ein paar Meter vor der Einfahrt ihrer Tiefgarage an. Ihre Gedanken wanderten zu Justin. Wie würde er wohl reagieren, wenn sie nach allem, was geschehen war, jetzt wieder bei ihm auftauchte? Was würde er tun und wie hart wäre ihre Bestrafung? Wieder wurde es eng in ihrer Brust und Andrews Worte kamen ihr plötzlich in den Sinn. »Du hast das nicht verdient. Du kannst bei uns wohnen. Ich beschütze dich.« Sie sah ihn direkt vor sich, wie er sie mit liebevollem, aber traurigem Blick anschaute. »Ich hätte mir das auch für dich gewünscht«, hatte er zu ihr gesagt, als sie ihm zu seiner großartigen Erziehung von Cody gratuliert hatte. »Bleib bei mir«, hallte es in ihrem Kopf wider.

Tränen schossen ihr in die Augen und da nahm das erste Mal die Wut überhand. Mit einem lauten Schrei schlug sie wie wild auf ihr Lenkrad. Wieso war alles nur so gekommen? Wieso hatte ihr das Schicksal einen kurzen Einblick in ein mögliches Leben gegeben, nur um es ihr dann wieder wegzunehmen? Was für eine verdammte Scheiße war das?

Sie fluchte und brüllte so lange, bis die Kraft ihren Körper verließ und sie müde tief in ihren Sitz rutschte. »Wieso nur?«, wimmerte sie leise vor sich hin, als plötzlich ein Wagen aus der Tiefgarage ihres Wohnblocks hinausfuhr. Sadie erkannte den silbernen BMW sofort und ihre Augen weiteten sich vor Schreck. Es war Justin. Erstarrt saß sie da und schaute unfähig zu, wie sein Auto auf sie zu kam, wie es langsamer wurde und sich ihre Blicke trafen.

Justin schaute sie erst überrascht, dann zornig an und in diesem Augenblick, als sie seine diabolisch funkelnden Augen anstarrte, wurde in Sadie ein Schalter umgelegt. Sie ließ den Motor aufheulen und trat panisch das Gaspedal durch. Ihre Räder drehten sich quietschend im Leerlauf, ehe sie mit einem Ruck davonjagte. Justins BMW wurde in ihrem Rückspiegel immer kleiner und ihr Entschluss immer stärker. Sie wollte dieses Leben nicht mehr. Egal, womit er ihr sonst noch drohen oder welche weiteren Lügen er der Polizei auftischen würde. Sie hatte etwas Besseres verdient. Punkt.

Sie fuhr planlos weiter, beinahe blind vor Wut. Erst nach über einer halben Stunde nahm sie die Umgebung um sich herum wieder richtig wahr und erkannte sofort, wo die Gewohnheit sie hingetrieben hatte.

Sie hielt auf dem kleinen Parkplatz und stieg aus ihrem Auto aus. Nach einem tiefen Atemzug setzte sie den altbekannten Weg in den Fraser Foreshore Park fort. Die Holzstämme trieben immer noch seelenruhig im Wasser, genauso wie bei ihrem letzten Besuch kurz vor ihrer Flucht nach Kenth. Es lagen zwar nur drei Wochen zwischen diesen beiden Ausflügen hierher, aber Sadie fühlte sich als komplett anderer Mensch. Niemals hätte sie gedacht, dass der Entschluss, den sie damals hier gefasst hatte, solch eine riesige Veränderung für ihr Leben bedeuten würde. Doch wie würde sie nun mit der neuen Situation umgehen?

Wie schon beim letzten Mal lehnte sie sich an das hölzerne Geländer des Stegs und atmete die kühle Winterluft ein.

»Du hast es bis hierher geschafft, Sadie«, sagte sie laut. »Du wirst auch alles andere hinkriegen. Du bist stärker geworden. Du musst nun das erste Mal in deinem Leben für dein Glück kämpfen. Komme, was da wolle.«

Im ersten Moment hörten sich diese Worte beinahe unmöglich an, aber tief in ihrem Inneren wusste sie genau, dass sie recht damit hatte. Ihre Zeit war gekommen. Die ›Liste der Bestrafungen‹ musste verbrannt werden. Ein für alle Mal.

Sie blieb noch eine Weile so stehen, ehe sie sich mit neuem Mut vom Geländer abstieß und plötzlich ganz genau wusste, wo sie hin musste.

Ein paar Minuten später stand sie vor einem hübschen kleinen Häuschen in Burnaby. Die immergrüne Hecke war mit einer gezuckerten Schneeschicht überdeckt und das schmiedeeiserne Gartentor war wie immer nur angelehnt. Sadie durchquerte den Vorgarten und stieg die paar Stufen hoch, ehe sie vor der schlichten weißen Eingangstür stand. Nachdem sie kurz geklingelt hatte, wurde auch schon geöffnet und ein vertrautes Gesicht kam zum Vorschein.

»Sadie!«, rief Laura und blickte sie erst verwirrt, dann erfreut an. »Geht es dir gut?« Wie immer suchten ihre Augen verängstigt nach irgendwelchen offensichtlichen Wunden. Als sie jedoch nichts Auffälliges finden konnte, entspannte sich ihre Haltung ein wenig.

Doch Sadie antwortete ihr nicht, sondern fiel ihr sofort um den Hals. »Es tut mir so leid, dass ich einfach so hier hereinplatze. Aber ich wusste nicht, wo ich sonst hinsollte.« Ein lauter Schluchzer entfuhr ihrer Kehle und sie klammerte sich noch fester an Laura. Auf einmal brach der ganze Kummer aus ihr heraus. Sie hatte so lange versucht, stark zu sein, doch jetzt ging es nicht mehr. Sie weinte um die verpasste Chance mit Andrew, die langen Jahre mit Justin und um den Glauben, den sie Cody mit ihrem Artikel rauben würde.

»Es ist alles gut. Du bist bei uns immer willkommen, das weißt du doch.« Lauras Stimme war so sanft wie immer und sie streichelte ihr unaufhörlich über den Rücken. »Ich bin einfach nur froh, dass du hier bist.«

Sadie brachte keinen Ton heraus und Laura hielt sie so lange fest, bis ihr Schluchzen verebbt waren.

»Thomas meinte, ihr hättet ein Bett für mich? Gilt dieses Angebot noch?« Sadies Stimme klang kratzig und für einen Moment hatte sie Angst, dass die Antwort nein hieße. Auch wenn die Montgomerys wie Ersatzeltern für sie waren, fiel es ihr nach wie vor schwer, sie um einen Gefallen zu bitten. Doch heute hatte sie keine andere Wahl.

Laura brauchte einen Augenblick, bis sie verstand, worum Sadie sie bat und ein herzliches Lächeln breitete sich auf ihrem Gesicht aus. »Natürlich. Komm, ich helfe dir mit den Koffern.«

Sadie zerrte ihr Gepäck den schmalen Weg zum Haus entlang und folgte Laura ins Innere.

»Immer hereinspaziert, Liebes, es ist alles vorbereitet.« Sie streckte den Arm nach ihr aus und schob sie liebevoll in den Korridor, welcher zu ihrem neuen Zimmer führte.

Eine angenehme Wärme schlug ihr entgegen und der Duft nach Schmorbraten umhüllte sie sofort.

»Es riecht wie immer köstlich bei euch«, schwärmte Sadie und schloss für einen kurzen Moment die Augen.

»Na ja, der Braten ist bereits schon so lange im Ofen, dass ich fürchte, es ist nur noch ein kleines, vertrocknetes Klümpchen Etwas übrig, wenn Thomas endlich von der Arbeit nach Hause kommt.« Sie verzog das Gesicht.

»Er ist immer noch im Büro?« Sadie zog verwirrt die Augenbrauen hoch. »Aber es ist doch Heiligabend?«

»Du kennst ihn ja, er kann nicht ohne seine geliebte Arbeit. Er meinte, er müsse unbedingt noch etwas an der morgigen Ausgabe abändern. Aber ich hoffe, dass es sich wenigstens lohnt und sie wirklich das schafft, was er sich davon erhofft.«

Bei Lauras Erwähnung der Zeitung zog sich Sadies Magen augenblicklich zusammen. Sie wünschte sich nichts sehnlicher, als dass sie diesen dummen Artikel nie geschrieben und sich stattdessen etwas anderes hätte einfallen lassen. Aber im Nachhinein ist man schließlich immer schlauer.

»Möchtest du gerne mit mir essen?«, durchbrach Laura die aufkommende Stille und schaute sie hoffnungsvoll an.

»Ich möchte keine Umstände machen. Schließlich ist es euer Festessen.«

»Ach was«, Laura winkte mit einer großen Geste ab. »Am Ende muss ich noch alleine vor dem Weihnachtsbaum sitzen und meinen zu Tode gekochten Braten essen.«

Die beiden Frauen verstauten das Gepäck im Gästezimmer und ohne auf ein weiteres Wort zu warten, führte sie Sadie zurück ins Wohnzimmer.

Laura liebte es zu dekorieren und so verwandelte sich ihr ganzes Haus jedes Jahr in ein Weihnachtswunderland. So auch dieses Mal. Der Baum in der hinteren Ecke war gigantisch und bis aufs letzte bisschen Grün mit Weihnachtskugeln zugehängt. Am Kamin hingen drei Strümpfe.

Als sich Sadie gerade an den gedeckten Tisch setzen wollte, hielt sie abrupt inne und drehte sich noch einmal um. Ja, sie hatte richtig gesehen, es hingen drei Strümpfe da. Einer für Thomas, einer für Laura und einer mit ihrem Namen drauf. Sadie hätte am liebsten sofort losgeheult. Sie war so unendlich dankbar, dass diese zwei unglaublich lieben Menschen sie in ihrer Familie aufgenommen hatten und immer für sie da waren. Bessere Ersatzeltern hätte sie sich wirklich nicht wünschen können.

Als Laura ihrem Blick folgte, lächelte sie sanft. »Das ist mein persönliches Weihnachtswunder.«

»Wie meinst du das?«

»Ich habe mir immer gewünscht, dass du, wenn du Kenth verlässt, zu uns kommst. Deshalb habe ich dir vorsorglich auch einen eigenen Strumpf besorgt. Und siehe da, mein Wunsch ging in Erfüllung.«

Sadies Kloß im Hals machte sich wieder bemerkbar. Dieses Mal aber nicht, weil sie traurig war, sondern weil sie diese unerwartete Geste so sehr rührte, dass sie am liebsten die ganze Welt umarmt hätte. Doch sie riss sich zusammen und wischte sich schnell die kleine Träne von

274

der Wange, bevor Laura ein weiteres Gedeck vor ihr platzierte.

»Ich hatte erst etwas Angst, dass du wieder zu ihm zurückgehst. Zum Glück war diese Sorge ja unbegründet.« Sie lächelte beruhigt und schnitt sich ein Stück vom Schmorbraten ab.

»Ich war da«, brachte Sadie leise hervor und Lauras Gabel fiel scheppernd in den Teller.

»Ich war nicht in der Wohnung«, fügte sie schnell hinzu. »Ich hatte den Wagen am Straßenrand vor unserem Haus geparkt. Ich kann dir nicht sagen, wieso ich nicht hineingehen konnte. Aber mit einem Mal hörte ich Andrews Stimme in meinem Ohr, wie er mir sagte, dass ich das alles nicht verdient hätte. Da wurde ich so unglaublich wütend auf Justin. Er hat mir so wahnsinnig viel genommen. Als er in diesem Moment die Tiefgarage verließ und sich unsere Blicke gekreuzt haben, wusste ich es. Ich will so nicht mehr leben.«

Laura lächelte erleichtert und legte ihre Hand auf die von Sadie. »Du kannst dir gar nicht vorstellen, wie froh wir darüber sind. Du kannst so lange bei uns bleiben, wie du willst. Das weißt du, oder?«

»Ja, das weiß ich. Danke, Laura.«

Ihre Ersatzmutter nickte nur und fischte ihre Gabel wieder aus ihrem Teller. »Und nun lass uns essen. Dies waren jetzt genug traurige Themen für heute.«

Sadie wollte sich gerade einen Löffel Kartoffelpüree in den Mund schieben, als ein lautes Klopfen die Stille durchschnitt. Ein Blitz durchzuckte ihren gesamten Körper und sie umklammerte ihren Löffel so sehr, als wäre er ihr Rettungsanker.

»Erwartest du jemanden?«, fragte sie Laura mit zitternder Stimme. Doch eigentlich kannte sie die Antwort ganz genau.

»Nein, eigentlich nicht. Vielleicht hat Thomas seinen Schlüssel vergessen.«

Sie bemühte sich um einen unbekümmerten Gesichtsausdruck, aber Sadie hörte sofort die Unsicherheit in ihrer Stimme.

Laura erhob sich rasch und huschte in den Gang.

Jede einzelne Faser in Sadies Körper war angespannt. Sie hörte für einen Moment nur das Rauschen ihres Blutes in den Ohren und das heftige Klopfen ihres Herzens.

»Bitte lieber Gott, lass es einen Nachbarn sein«, flehte sie mit Blick zur Zimmerdecke gerichtet, ehe die panische Stimme von Laura ihre Gebete unterbrach.

»Was machst du hier? Sadie ist nicht da, falls du deswegen den weiten Weg hier raus gefahren bist.«

Oh nein. Bitte, bitte nicht.

»Lass mich rein, Laura. Ich weiß, dass sie wieder in der Stadt ist. Außerdem steht ihr Auto in eurer Einfahrt. Wem willst du also etwas vormachen?«

Lautes Gepolter und das Klirren von Glas waren zu hören und Sadie sprang sofort auf. Er hatte sie gefunden. Der Tag der Abrechnung war gekommen.

Die lähmende Panik kroch langsam ihre Gliedmaßen hoch, doch als Justin ins Esszimmer trat und sie sein böses Lachen erkannte, wollte sie nur noch eines: Rache.

»Da bist du ja«, spottete er und blickte kurz über seine Schultern. »Siehst du, ich wusste, dass du mich anlügst, Laura. So etwas machen nette Damen wie du doch nicht. Ach, ich vergaß, du kannst mich ja gar nicht mehr

276

hören.« Sein Blick fiel wieder auf Sadie und das Grinsen wurde breiter.

»Was hast du ihr angetan?« Anstatt wie früher seinem Blick auszuweichen, starrte sie mit derselben Intensität zurück. Die Zeit in Kenth hatte sie verändert. Sie war nicht mehr dieselbe eingeschüchterte Frau wie bei ihrer Abreise. Und wenn Justin dies noch nicht erkannt hatte, würde er heute sein blaues Wunder erleben.

»Sie war etwas ungeschickt und hat sich den Kopf gestoßen. Aber sie wird bestimmt wieder. Ich kann ihr einen Krankenwagen rufen, wenn du willst. Dafür musst du jedoch mit mir mitkommen.«

»Ich gehe nirgendwo hin mit dir, Justin. Nie wieder.«

Er trat einen großen Schritt auf sie zu und ihr Verstand suchte panisch nach einem Ausweg. Im Moment trennte sie noch der riesige Esstisch voneinander. Aber dieser würde ihn nicht lange aufhalten. Sie brauchte dringend einen Plan.

»So? Was willst du denn ohne mich tun, Sadie? Du bist nichts ohne mich. Du brauchst mich und das war schon immer so. Also hör auf rumzuzicken und komm mit mir mit.«

»Vergiss es«, zischte sie und ihre Hand griff langsam nach ihrem Smartphone auf dem Esstisch. »Ich werde jetzt einen Krankenwagen für Laura rufen. Und wenn du nicht sofort dieses Haus verlässt, dann wird die Polizei dich in Handschellen hier rausbringen.«

»Sadie ...« Lauras schwache Stimme ließ sie für einen kurzen Moment unachtsam werden. Sie erblickte die Frau ihres Chefs gebeugt im Türrahmen stehend, während sie selbst mit voller Wucht von etwas Hartem ge-

277

troffen und nach hinten an die Wand geschleudert wurde. Das Smartphone glitt ihr aus den Händen und segelte im hohen Bogen auf den Plattenboden der Küche. Justins Hände fanden sofort zu ihrem Hals und er drückte unerbittlich zu.

»Wieso kannst du nicht ein einziges Mal auf mich hören, du dumme, kleine Schlampe?«

Der stechende Schmerz durchfuhr erneut ihren Körper. Doch anstatt wieder an seinen Händen zu zerren und ihn dazu bringen zu wollen, ihre Kehle loszulassen, suchten sich ihre Daumen den Weg zu seinen Augen und drückten zu. Ihre Nägel bohrten sich mit geballter Kraft in seine Augenhöhlen und er schrie vor Schmerz auf.

Er schlug ihre Arme weg und hielt sich die Hände vors Gesicht. »Du verrückte ...«

Doch noch ehe er diesen Satz beenden konnte, schnappte sich Sadie vom Tisch die schwere Auflaufform aus Ton und schlug sie ihm mitsamt des Bratens über den Schädel. Die Form brach entzwei und Justin taumelte benommen zurück. Als er damit beschäftigt war, sich die Bratensauce aus dem Gesicht zu reiben, rannte Sadie zu Laura und zog sie mit sich. Sie floh mit ihr durch die nächstgelegene Tür und sperrte sofort hinter ihnen ab. Panisch blickte sie sich um. Sie waren im Schlafzimmer der Montgomerys gelandet.

»Habt ihr hier ein Telefon?«, fragte Sadie hektisch, während sie bereits jede Oberfläche mit den Augen absuchte.

»Leider nicht.« Laura hielt sich immer noch den Kopf und ließ sich langsam aufs Bett nieder. »Hier ist der

278

einzige Raum, in dem es Thomas verboten ist zu arbeiten.«

Natürlich, wie konnte es anders sein. Sadie biss sich auf die Lippen und kämpfte gegen die aufkommenden Tränen an. Sie saßen ganz offensichtlich in der Falle.

»Wo steht euer Festnetztelefon?«

»Eines ist im Wohnzimmer und das andere befindet sich in Thomas' Arbeitszimmer am Ende des Flures.«

»Und dein Handy?«

Laura rieb sich müde die Schläfen. »Ich glaube, es ist noch in meiner Handtasche im Flur.«

»Fuck«, entfuhr es Sadie. Das war doch ein schlechter Scherz. Normalerweise waren die Leute mit ihren Smartphones regelrecht verwachsen. Nur jetzt, wo sie so dringend wie wahrscheinlich noch nie zuvor in ihrem Leben eines brauchte, war keines in der Nähe.

Okay, Sadie, du musst dich beruhigen, ermahnte sie ihr Verstand und sie zwang sich, einmal tief durchzuatmen. Konnte sie es ins Wohnzimmer schaffen? Nein, damit würde sie direkt in Justins Arme laufen. Und in den Flur zu Lauras Handy? Nein, auch das würde ihrem Freund in die Karten spielen. Auch wenn er verletzt war, konnte sie dieses Risiko nicht eingehen.

»Gut, ich werde in Thomas' Arbeitszimmer gehen und von da die Polizei rufen. Wenn ich raus bin, schließt du sofort wieder hinter mir ab. O.k.?«

»Sadie, nein, das ist viel zu gefährlich.« Laura packte sie am Arm und blickte sie flehend an. »Bitte. Wir bleiben einfach hier und warten auf Thomas.«

»Wir können nicht warten. Du bist verletzt und

brauchst Hilfe. Ich schaffe das. Vertrau mir.« Für einen Augenblick sahen sich die beiden Frauen stumm an, ehe Laura ihren Griff löste und erschöpft aufs Bett zurück glitt.

»Gut, aber dann nimm diesen hier mit.« Sie griff unters Bett und zog einen Baseballschläger hervor. »Den hab ich mir mal vor Jahren zugelegt, als Thomas immer länger im Büro blieb. Ich hoffte, ich würde ihn nie brauchen.«

»Der könnte unsere Rettung sein«, murmelte Sadie und nahm ihn dankend an sich. »Also, du weißt ...«

»SADIEEE!« Wildes Hämmern war auf der anderen Seite der Tür zu hören und beide Frauen fuhren vor Schreck herum.

»Komm sofort da raus oder ich trete die Tür ein.« Justins Stimme hatte ein neues Level an Wut erreicht, so dass es Sadie die Härchen an den Unterarmen aufstellte. Er kickte immer wieder gegen die Tür, welche gefährlich vibrierte.

Das Knacken von Holz ließ ihren Puls noch einmal in die Höhe schnellen. Sie konnten nicht hierbleiben und darauf warten, wie lange die Tür Justins Kraft noch standhalten würde.

Sadies Blick fiel auf das Fenster und mit einem Mal wusste sie, was zu tun war. Mit zwei großen Schritten stand sie davor und öffnete beide Flügel. Kalte Luft wehte in ihr erhitztes Gesicht und ihre Gedanken wurden ruhig und fokussiert. Sie half Laura vom Bett auf und bugsierte sie nach draußen. Gerade als sie selbst mit einem Bein im Freien war, hörte sie, wie hinter ihnen das Holz splitterte. Jedoch hatte sich Justins Fuß im Loch verfangen, welches er in die Tür getreten hatte, woraufhin nun heftiges Gefluche zu hören war.

Mit einem großen Satz landete auch Sadie mitsamt dem Baseballschläger im Schnee.

»Schnell, versteck dich in der Garage. Ich hole Hilfe.« Sie schob Laura durch den Garten und auf das in der Einfahrt geparkte Auto zu. Sie selbst stieg die paar Stufen hoch zu der noch offen stehenden Haustür. Ohne weiter darüber nachzudenken, stürmte Sadie in den Flur, packte Lauras Handtasche und fand das Handy in einem der Seitenfächer.

In dem Moment, als sie die 911 wählen wollte, vernahm sie schnelle Schritte hinter sich. Sie sah gerade noch, dass Justin die Eingangstreppe hinauf rannte, als sie auch schon mit dem Baseballschläger ausholte und ihm diesen mit voller Wucht ins Gesicht donnerte. Er taumelte nach hinten, stürzte rückwärts in den Garten und blieb reglos liegen. Schnell schloss sie die Tür, rannte in das Schlafzimmer, um auch dort das Fenster wieder zu verriegeln und gelangte schlussendlich durch das Haus zur Garage. Sie fand Laura neben dem Garagentor kauernd und eilte sofort auf sie zu. Während sie die Frau ihres Chefs schützend in den Arm nahm, wählte sie mit der anderen Hand nun endlich den Notruf. Bereits nach kurzer Zeit hörte sie eine weibliche Stimme und hätte vor Glück weinen können.

»Hi. Mein Name ist Sadie Rivers. Wir brauchen dringend Hilfe.«

Blinkende Lichter drangen von außen in das halbdunkle Wohnzimmer und Sadie entspannte sich sofort. Sie hatte

Laura wieder ins Haus gebracht und sehnsüchtig auf die Polizei und den Krankenwagen gewartet. Immer wieder trat sie ans Küchenfenster, um nachzusehen, ob Justin noch im Vorgarten lag. Aber er hatte sich die ganze Zeit über kaum bewegt. Zwischendurch hörte sie ein Stöhnen und dass er nach ihr rief, aber sie dachte nicht im Traum daran, ihm zu helfen. Sollte sich die Polizei um ihn kümmern. Sie war ein für alle Mal fertig mit ihm.

Gemeinsam mit Laura fuhr sie im Krankenwagen ins Vancouver General Hospital. Dort trafen sie auf einen aufgelösten Thomas. Sie hatte ihm eine SMS geschrieben, während die Rettungssanitäter die Erstversorgung an Laura vornahmen und er hatte sich sofort auf den Weg ins Krankenhaus gemacht. Nun wurde Laura gründlich untersucht und Sadie nahm im Wartezimmer Platz.

»Möchtest du einen Kaffee?« Die müde Stimme von Thomas ließ sie aufschrecken. Ihr Chef hielt ihr einen Becher hin und sie nahm ihn dankend entgegen.

»Wie geht es Laura? Konnten die Ärzte bereits etwas sagen?«

Der betörende Duft nach gerösteten Arabica-Bohnen stieg ihr in die Nase und vertrieb für einen Moment den beißenden, krankenhaustypischen Geruch von Desinfektionsmittel.

»So wie es aussieht, hat sie noch einmal Glück gehabt. Eine Rippe scheint gebrochen zu sein, aber Verletzungen an den Organen sowie eine Gehirnerschütterung konnten sie ausschließen.« Er legte ihr behutsam die Hand auf ein Bein. »Dank dir. Du hast sie gerettet.«

»Ich würde eher sagen, dass sie durch mich erst in diese Situation gekommen ist.« Sadie verzog traurig das

282

Gesicht. »Wenn ich mich schon früher von Justin getrennt hätte, dann ...«

»Es ist nicht deine Schuld.« Thomas sah ihr ernst in die Augen. »Du kannst nichts dafür, dass Justin ein gewalttätiger Arsch ist. Er ist für sein Handeln verantwortlich und nicht du. Ich bin nur froh, dass du es eingesehen und dich ihm endlich in den Weg gestellt hast. Es wurde höchste Zeit.« Er schmunzelte leicht und Sadie entspannte sich allmählich.

»Was passiert jetzt mit ihm?«

»Wir werden ihn anzeigen. Ich habe mich bereits nach ihm erkundigt. Er ist zwar zurzeit noch hier im Krankenhaus, wird aber ständig bewacht, bis sie ihn verlegen können. Danach hat er eine lange Karriere in der Haftanstalt vor sich.«

Sadies Blick trübte sich bei dem Gedanken an die vielen Gerichtstermine, welche ihr bevorstehen würden.

Als ob Thomas ihre Gedanken gelesen hatte, sagte er liebevoll: »Wir stehen das gemeinsam durch. Vertrau mir. Wir sind immer für dich da.«

In diesem Moment konnte sie nicht dankbarer für ihre Ersatzeltern sein. Gemeinsam mit ihnen würde sie alles schaffen, das wusste sie genau.

Kapitel 19

Als Sadie aus einem wirren Traum hochschreckte, war es draußen bereits hell. Sie rieb sich ein paar Mal die Augen und blinzelte in das gleißende Sonnenlicht, welches sich durch die dünnen Gardinen hindurchstahl. Ein Blick auf ihr Handy verriet ihr, dass es bereits nach 10.00 Uhr morgens war.

»Wahnsinn«, murmelte sie erstaunt. Es war zwar schon nach Mitternacht gewesen, als sie Laura aus dem Krankenhaus entlassen hatten, aber danach war sie sofort ins Bett und in einen tiefen Schlaf gefallen. Somit hatte sie trotzdem fast neun Stunden am Stück geschlafen. Dies war ihr, seit sie mit Justin zusammen war, nicht mehr gelungen. Irgendwie schien ihr Verstand immer auf der Hut zu sein und erlaubte sich nie länger als ein, zwei Stunden am Stück abzuschalten.

Sadie streckte ihre Arme über den Kopf, ehe sie ein paar frische Sachen aus ihrem Koffer kramte. Noch etwas benebelt von den gestrigen Ereignissen stieg sie in die Dusche und drehte das Wasser auf, so heiß es ging. Sie hatte den Drang, den ganzen Schmutz, welcher sich in den gemeinsamen Jahren mit Justin an ihre Haut geheftet hatte, abzuwaschen. Ein für alle Mal.

Frisch frisiert und mit nur einem Hauch von Schminke, blieb sie vor dem großen Wandspiegel stehen. Mittlerweile war der Bluterguss auf ihrer Wange so sehr verblasst, dass normales Make-Up völlig ausreichte, um ihn zu kaschieren. Sie musterte sich eindringlich und fand, dass sie sich verändert hatte. Nicht nur, weil sie ihren natürlichen Look lieber mochte, sondern auch, weil sie sich endlich gegen Justin gewehrt hatte. Denn sie wollte dieses Leben unter keinen Umständen mehr.

Auch mit Andrew hatte sie reinen Tisch gemacht und ihm alles gebeichtet, was damals mit Jeff passiert war. Somit hatte sie endlich seit langem das Gefühl, frei zu sein. Sie wollte noch einmal neu anfangen. Und dieses Mal würde sie alleine über ihr Leben bestimmen. Der Gedanke an Andrew verlieh ihrem Herzen jedoch einen heftigen Stich. Sie konnte nur beten, dass ihr Brief etwas bewirkte und sie vielleicht irgendwann noch einmal die Gelegenheit bekam, mit ihm zu reden. Denn sie vermisste ihn jetzt schon wahnsinnig.

Nach einem tiefen Atemzug, der die traurigen Gedanken vertreiben sollte, lief sie den langen Flur entlang, um sich noch schnell einen Kaffee zu gönnen, ehe sie in die Redaktion fuhr. Das Problem mit dem Artikel war noch nicht aus der Welt geschafft. Sie wollte ihn in Ruhe lesen und sich anschließend mit den allfälligen neuen Ideen fürs kommende Jahr auseinandersetzen.

Sie erblickte Thomas und Laura am Küchentisch sitzend und begrüßte beide mit einer Umarmung.

»Wie geht es dir, Laura?« Sadie musterte sie mit einem besorgten Blick, doch ihre Ersatzmutter lächelte sie munter an.

»Unkraut vergeht nicht. Mach dir keine Sorgen.«

»Ich bin so unglaublich froh, dass dieser Alptraum endlich ein Ende hat und du hier bei uns bist«, sagte Thomas, ehe er genüsslich in sein Marmeladenbrot biss.

»Ich kann euch nicht genug dafür danken. Ich bin froh, dass ich diesen Schritt gewagt habe.«

»Es war auch höchste Zeit.«

»Thomas«, ermahnte ihn seine Frau streng, doch er zuckte nur mit den Schultern.

»Ich hab doch recht.«

Sadie drückte schnell die Taste für einen doppelten Espresso und angelte sich die Dose Zucker vom obersten Regal.

»Was hast du heute noch so vor, Liebes?«, erkundigte sich Laura.

»Ich mach mich jetzt gleich auf den Weg ins Büro. Ich möchte mir noch ein paar mögliche Artikel überlegen, außerdem hat sich bestimmt ein Berg Papierkram während meiner Abwesenheit angesammelt.«

Thomas sah sie mit einem unschuldigen Blick an und Sadie musste ein breites Grinsen hinter ihrer Kaffeetasse verbergen.

»Ich weiß überhaupt nicht, was du meinst«, flötete er in einem gespielt nichtsahnenden Ton.

»Natürlich nicht.« Sie pustete zweimal in ihre Tasse, ehe sie den Inhalt in einem Zug leerte.

»Aber apropos Arbeit, ich wollte noch mit dir über die Sonderausgabe reden.«

»Nicht nötig«, wandte Sadie schnell ein und stellte ihre Tasse in die Spüle. »Es war das einzig Richtige, dass du den Artikel gebracht hast. Es war unser Deal. Du hast mich nach Kenth geschickt, um das Geheimnis dieser Wunder aufzudecken. Und das habe ich gemacht. Für unsere Zeitung.« Sie zwang sich zu einem Lächeln, ehe sie schnell die Küche verließ.

Thomas rief ihr noch irgendetwas hinterher, aber die Haustür fiel bereits hinter ihr ins Schloss. Sie nahm einen tiefen Atemzug der frischen Morgenluft und setzte dann ihren Weg zum Wagen fort.

Der morgendliche Verkehr meinte es gut mit ihr und so war sie in Windeseile in Gastown angekommen. Sie parkte ihren Wagen im nahegelegenen Parkhaus und legte die letzten paar Meter zu Fuß zurück. Obwohl heute der erste Weihnachtstag war und keines der vielen Geschäfte in diesem Viertel offen hatte, waren dutzende Passanten unterwegs.

Sadie freute sich auf die Stille im Büro. Sie wusste genau, dass sie die Einzige war, die an einem Feiertag in die Redaktion kam. Natürlich abgesehen von Thomas, welcher eigentlich schon fast dort lebte. Aber auch er war ja, wie sie wusste, zu Hause. Somit konnte sie in Ruhe ihre Gedanken sortieren und einen Plan für ihr neues Leben schmieden. Schließlich war sie 38 Jahre alt und musste wieder bei null anfangen. Ohne Wohnung, ohne Partner und vielleicht sogar bald ohne Job, wenn die Sonderausgabe nicht wie eine Bombe einschlagen würde.

Sie stieg die zwei Stockwerke zur Redaktion der Vancouver Sun zu Fuß hoch und trat in den großen, stickigen Raum. Sie öffnete einige Fenster und holte sich einen Kaffee aus der Büroküche, ehe sie den Weg zu ihrem Tisch in der hinteren Ecke des Großraumbüros einschlug.

Schon von weitem sah sie die neueste Ausgabe der Zeitung auf ihrer Tastatur liegen. Ihr Herzschlag beschleunigte sich augenblicklich, denn jetzt war die Stunde der

287

Wahrheit gekommen. Nun würde sie endlich das über Kenth lesen, was alle anderen auch darüber erfahren würden. Sie hoffte inständig, dass Thomas den Artikel noch ein klein wenig abgeändert hatte, damit Andrew vielleicht doch nicht ganz so schlecht dastand.

Ihr Bürostuhl quietschte vertraut, als sie sich darauf niederließ. Mit großen Augen starrte sie auf das frisch gedruckte Bündel Papier, welches unschuldig vor ihr lag. Auf einem gelben Notizzettel erkannte sie Thomas' Handschrift. ›Merry Christmas‹ stand darauf und Sadie zog verwirrt ihre Augenbrauen zusammen. Was meinte er wohl damit?

Schnell öffnete sie die Zeitung und als sie bei der richtigen Stelle angekommen war, rutschte ihr ein weißer Umschlag entgegen.

›Bitte erst öffnen, nachdem du den Artikel gelesen hast‹, hatte Thomas in Großbuchstaben geschrieben. Zögerlich legte ihn Sadie neben sich auf den Schreibtisch, konnte den Blick jedoch nicht mehr von ihm abwenden.

War das vielleicht ihre Kündigung? Wusste er jetzt schon, dass auch die letzte Ausgabe dieses Jahres die Zeitung nicht mehr retten würde? War es das, was er ihr vorhin zu Hause hatte sagen wollen?

Plötzlich wurde ihr heiß. Obwohl die Fenster immer noch geöffnet waren, bildete sich ein kalter Schweißfilm auf ihrer Stirn. Mit zitternden Händen legte sie die aufgeschlagene Zeitung richtig hin und zwang sich, ihre Aufmerksamkeit auf den Titel zu lenken. »Die Wunder von Kenth. Eine Geschichte von Sadie Rivers«, stand da in fetten, schwarzen Lettern.

»Moment mal«, murmelte sie irritiert. »Das ist doch gar nicht der Titel. Das ist der Titel von meinem ... Oh nein.« Sadie schoss augenblicklich ein Gedanke durch den Kopf und sie begann hastig zu lesen.

Nachdem sie den ganzen Artikel dreimal gelesen hatte, konnte sie es immer noch nicht glauben. Thomas hatte nicht ihren Text über Andrew abgedruckt, sondern einen Auszug aus ihrem neuen Manuskript und die nachträgliche Mail, in der sie so sehr von Kenth und den Bewohnern geschwärmt hatte. »Ich kann nicht glauben, dass er das getan hat.« Den Kopf in die Hände gestützt, starrte sie auf die kleinen schwarzen Buchstaben, welche langsam zu einem unleserlichen Gewirr verschwammen, je länger sie sie ansah.

»Wie konnte er das nur tun?« Sie wusste beim besten Willen nicht, was sie fühlen sollte. Zum einen war sie wahnsinnig erleichtert, dass das Geheimnis von Andrew nicht gelüftet wurde, aber zum andern war sie stinksauer, dass Thomas einfach so und ohne sie zu fragen einen Auszug ihrer Rohfassung in der Zeitung abdruckte. Dieser Text war nicht annähernd zu ihrer Zufriedenheit überarbeitet worden. Dabei hätte sie doch so gerne noch daran gefeilt, ehe sie ihn der Öffentlichkeit zeigte. Schließlich wollte sie unbedingt einen Verlag finden. Nicht so wie bei ihrem ersten Manuskript.

Unruhig erhob sie sich vom Stuhl, nur um gleich danach wieder Platz zunehmen. Was sollte sie jetzt bloß tun? Nun ja, eigentlich war es bereits zu spät. Sie konnte nur noch beten und hoffen, dass der Text nicht den letzten Todesstoß für die Zeitung bedeutete.

Als sie nach ihrem Becher Kaffee griff, fiel ihr Blick erneut auf den weißen Umschlag.

»Na gut, viel schlimmer kann es kaum mehr werden.« Ohne weiter darüber nachzudenken, riss sie die Lasche auf, pulte hektisch den Inhalt heraus und überflog die Zeilen. Er war nur ein kurzer Brief. Nur ein paar Worte, aber für Sadie bedeutete es so viel mehr. Es war die Bestätigung, auf die sie schon so lange gewartet hatte.

Sehr geehrte Ms. Rivers,

besten Dank für die Einsendung ihrer Leseprobe. Sie hat uns sehr gefallen und wir möchten Sie deshalb bitten, uns das gesamte Manuskript zukommen zu lassen.

Besten Dank und frohe Weihnachten.

Freundliche Grüße
Simon Davis

Geschäftsführer
Davis Literary Agency

Sadie presste das Stück Papier vor ihr Gesicht und schloss fest die Augen. Wären dieselben Worte noch da, wenn sie sie wieder öffnete? Da sie sich wirklich nicht sicher war, beschloss sie, noch einen kurzen Augenblick so dazusitzen. Denn falls das alles gerade ein Traum war, wollte sie nie wieder daraus erwachen.

»Stör ich dich bei irgendetwas?«, durchschnitt eine Stimme die Stille und Sadie wäre beinahe vor Schreck vom Stuhl gefallen. *Scheiße*, schrie es in ihrem Kopf. Sie kannte diese Stimme. Sie kannte sie so gut wie keine andere. Nun war es amtlich, sie träumte. Oder sie war reif für die Klapsmühle. Eines von beidem war der Fall. Es konnte gar nicht anders sein. Denn dass diese Person, zu der diese Stimme gehörte, gerade wirklich vor ihr stand, war auf keinen Fall möglich. Nein, das konnte nicht ... Nein ... Wirklich, das konnte nicht ...

Als sie ein leises Lachen hörte, wagte sie endlich, den Brief sinken zu lassen und ein Auge ganz leicht zu öffnen. Was sie da trotz ihrer noch etwas verschwommenen Sicht erblickte, raubte ihr den Atem. Alles an der großen, muskulösen Gestalt kam ihr so vertraut vor. Die dunkelblonden Locken, welche ihm wirr in die Stirn hingen, die hellen, grünen Augen, die sie jetzt gerade mit einer Mischung aus Irritation und Belustigung musterten und das schiefe Lächeln, welches sich sofort auf seinem Gesicht ausbreitete, als Sadie verwirrt blinzelte.

»Was tust du hier?«, presste sie atemlos hervor und bemerkte erst jetzt, dass sie vergessen hatte, wie man eigentlich Luft holte.

»Stimmt das, was du in deinem Artikel geschrieben hast?«

O.k., er kam ohne Umschweife auf den Punkt. Noch verwirrter als ohnehin starrte sie ihn aus zwei weit aufgerissenen Augen an. »Wovon redest du da?«

»Von deinem Artikel. Hab ich doch gesagt. Geht es dir gut? Du siehst irgendwie ein wenig ... blass aus.«

Sofort setzte sich Sadie gerade hin, fuhr kurz mit den Fingern über ihren unordentlich zusammengebundenen Dutt und atmete tief ein.

»Mir geht es gut. Aber könntest du mir vielleicht nochmals verraten, wovon du sprichst?«

Er rollte mit den Augen und kam noch einen Schritt näher auf sie zu. Ihr Herz hämmerte mittlerweile so wild gegen ihre Brust, dass ihr der Verdacht kam, es wollte ins Freie springen.

»Ich rede von deinem neuesten Artikel in der Vancouver Sun. Dem Text über Kenth und deren Bewohner. Dem Text über ... mich.«

»Ja«, antwortete Sadie nach einer gefühlten Ewigkeit mit fester Stimme. »Ja, es ist die Wahrheit.«

»Und was ist mit Justin?«

Oh, o.k., das Verhör schien noch nicht beendet zu sein. Sie straffte die Schultern und sagte nach einem tiefen Atemzug: »Justin ist im Krankenhaus.«

Andrew blickte sie verwirrt an. »Wieso denn das?«

»Er hat mich bei meinem Chef aufgespürt und dessen Frau und mich angegriffen.«

»Oh mein Gott, geht es dir gut?«

»Es geht mir so gut wie schon lange nicht mehr. Denn ich konnte mich endlich von ihm lösen. Das ist nicht mehr das Leben, das ich führen möchte. Deshalb werde ich ihn anzeigen. Er ist viel zu lange mit seinen Spielchen durchgekommen. Es ist Zeit, dass er für seine Taten büßt.«

»Und du bist dir auch vollkommen sicher?« Andrew machte nochmals einen vorsichtigen Schritt auf Sadie zu.

»Ja, ich war mir noch nie einer Sache so sicher.«

»Gut.« Er setzte sich ohne ein weiteres Wort in Bewegung, umrundete mit schnellen Schritten ihren Schreibtisch, zog sie auf ihre Beine und trat dicht vor sie.

Sie konnte seinen warmen Atem auf ihrer Haut spüren und durch ihren ganzen Körper schoss ein elektrisierender Schauer. Doch sie wich nicht zurück. Sie verlor sich im sanften Grün seiner Augen und wünschte sich zum etwa tausendsten Mal, dass sie für immer in dieses Gesicht blicken durfte.

»Das ist sehr gut«, flüsterte er und strich ihr sanft mit einem Finger eine verirrte Haarsträhne aus den Augen.

»Andrew, es tut mir …«

Noch ehe sie den Satz zu Ende sprechen konnte, umfasste er ihr Gesicht, bückte sich schnell zu ihr hinunter und küsste sie, als hätte er nie im Leben etwas anderes getan.

Nicht in ihren kühnsten Träumen hätte sie gedacht, dass sie seine Lippen noch einmal auf ihren spüren würde. Deshalb umklammerte sie ihn, ohne zu zögern, so fest sie konnte. Ihre Hände glitten langsam an seinen Armen hoch zu seinem Nacken und zogen ihn noch ein klitzekleines Stückchen näher zu sich herunter.

»Ich kann nicht glauben, dass du hier bist«, flüsterte sie leise, als er kurz von ihr abließ.

»Ich auch nicht«, gab er zu und setzte wieder sein schiefes Grinsen auf.

»Woher hast du überhaupt gewusst, dass ich hier bin?«

»Dein Chef hat mir eine Mail an den Buchladen geschickt, mit einer Kopie von deinem Artikel. Er meinte, dass du wahrscheinlich auch heute im Büro sein würdest, nur für den Fall, dass ich mich bei dir für deinen Bericht bedanken wollte. Ich lese ja normalerweise keine geschäftlichen Mails in den Ferien. Aber aus irgendeinem Grund musste ich wissen, was dieser Thomas Montgomery von mir wollte.«

In Sadies Bauch breitete sich eine ungekannte Ruhe aus. Sie hatte das Gefühl, als wäre sie nach jahrelanger Suche endlich zu Hause angekommen, und zwar genau dort, wo sie sein sollte. Nämlich in den Armen ihrer ersten großen Liebe.

»Zum Glück hast du es getan«, sagte sie leise und konnte ein Lächeln nicht mehr unterdrücken.

»Du sagst es. Es gibt wohl doch noch Wunder.« Er zwinkerte ihr mit einem breiten Grinsen zu.

»Kommen die Wunder jetzt also nach Vancouver?«

»Vielleicht«, meinte er und hauchte ihr zärtlich einen Kuss auf die Lippen. »Unsere Geschichte ist auf jeden Fall noch lange nicht zu Ende.«

Danksagung

Nie hätte ich gedacht, dass ich dieses Buch so schnell veröffentlichen kann. Umso größer ist nun meine Freude.

Ein großer (wenn nicht der größte) Dank geht an meinen Mann und meine beiden Kinder. Danke, dass ihr mir immer den Rücken freihaltet und mich in meiner Leidenschaft unterstützt.

Dann möchte ich mich bei Sabrina und ihrem Team bedanken, welche mir die Veröffentlichung noch in diesem Jahr ermöglicht haben. Denn es ist so, wie ich immer sage: Geduld ist nicht meine Kernkompetenz. ☺ Natürlich gilt dies auch für meine Coverdesignerin. Vielen Dank, Alexa. Du hast die Atmosphäre von Kenth wunderschön eingefangen.

Ich danke meiner treuen Community auf Instagram und dem »Club der Selfpublisher«. Ihr habt immer ein offenes Ohr für mich und baut mich wieder auf, wenn ich mal den Wald vor lauter Bäumen nicht mehr sehe.

Last but not least, möchte ich dir dafür danken, dass du mein Buch gelesen hast. Ich freue mich über jeden einzelnen Leser und über jede einzelne Leserin.

Danke, dass du mich unterstützt! Ich hoffe, ich konnte dir ein paar schöne Lesestunden bescheren!

Über die Autorin

Cindy Jegge lebt mit ihrer Familie im schweizerischen Kanton Aargau. Schon früh entdeckte sie die Liebe zum Schreiben, welche sie bis heute begleitet. Mit ihrem Debütroman »Till the end – Solange dein Herz schlägt« erfüllte sie sich einen großen Traum. Das Schreiben ist zu einem fixen Teil ihres Lebens geworden, welchen sie nie wieder missen möchte.

Wenn Cindy nicht gerade schreibt, trinkt sie zu viel Kaffee, verbringt Zeit mit ihrer Familie oder schaut gemeinsam mit ihren zwei Samtpfoten ihre Lieblingsserien.

Möchtest du über Cindys Arbeit auf dem Laufenden bleiben?

Dann besuche sie auf ihrer Homepage:
www.cindy-jegge.ch

oder auf Instagram:
@cindy_schreibt

Mehr von Cindy Jegge

Was tut man, um sich einem geliebten Menschen näher zu fühlen?

TILL THE END
Solange dein Herz schlägt

272 Seiten
ISBN-13: 9783740772147
Verlag: TWENTYSIX
Erscheinungsdatum:
01.03.2021
Sprache: Deutsch
Als Paperback & Ebook erhältlich

Genau diese Frage stellte sich auch Sophia. Um mit ihren angestauten Gefühlen und der Sorge um ihre langjährige Liebe fertig zu werden, entschied sie sich eines Abends, wieder die Laufschuhe zu schnüren. Eigentlich war es die Passion ihres Freundes Matt. Aber als es ihm immer schlechter ging, fand sie den dringend benötigten Ausgleich und die Nähe zu ihrem schwerkranken Freund in diesem Sport. Zu dem Zeitpunkt hätte sie es nie für möglich gehalten, dass diese Entscheidung ihr ganzes Leben verändern würde.

»Eine gefühlvolle, lebensbejahende und aufwühlende Geschichte voller Herz.«
Anna K. Rhodes, Autorin von »Howbourne«

297

Triggerwarnung:

Dieses Buch enthält Inhalte, die triggern können.

Diese sind:
Häusliche Gewalt, Vergewaltigung, Stalking

Brauchst du Hilfe?
Dann wende dich an eine der folgenden Adressen:

Schweiz:
www.opferhilfe-schweiz.ch

Deutschland:
www.hilfetelefon.de

Österreich:
www.frauenhelpline.at